KATHARINA PETER
Erzählung vom Schweigen

Roman

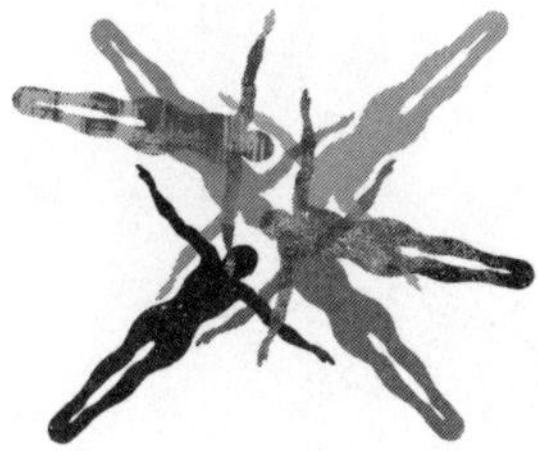

Matthes & Seitz Berlin

18. 03. 1908
Nach längerer Zeit verwirklichte sich endlich mein Plan betreffs Anlage eines Familienbuches, in dem jeweils die Häupter der Familie ihre Gedanken, Erlebnisse, Gutes und Böses aus ihrem Leben zu ihrer eigenen und ihrer Nachkommen Erinnerung niederschreiben mögen. Je länger das Buch in der Familie bleibt und je ausführlicher es geführt wird, desto größeren Wert wird es mit den Jahren erhalten. Vorläufig ist der Einblick nur mir und meiner lieben Frau gestattet. Unseren Kindern bleibt es, solange wir leben, ein verschlossenes Buch. Erben soll es einmal derjenige, der nach unserer Ansicht die beste Garantie für eine sorgfältige Weiterführung bietet.

1

Wir lebten in diesem leicht heruntergekommenen Haus aus den Dreißigerjahren, im Speckgürtel Frankfurts. Die Wegplatten im Vorgarten mussten unter ihrer Moosschicht einmal grün und rot und blau gewesen sein, auf einigen konnte man hin- und herkippeln, sodass sie ein dumpfes Klingen ausstießen. Als Kind fuhr ich auf Rollschuhen über sie hinweg, ich fühlte mich wie Kati Witt in Sarajevo 1984. Dann rutschte ich auf ihnen aus oder blieb an einer Kante hängen und fiel auf mein Steißbein. Die Wucht des Sturzes war so heftig, dass ich mehrfach nachprallte, nachbebte, wie ein Ball. Dabei vibrierte die Welt vor meinen Augen und in meinem Kopf.

Fotos beweisen, dass meine Eltern ein Paar waren. Elke und Klaus. In mir finde ich keine Bilder von den beiden als Paar.

Sie wollten alles ganz anders machen als ihre Eltern. Klaus wollte uns Kindern Freiheiten lassen, vor allem anderen Freiheit. Also keine Grenzen, nirgends. Elke wollte uns zu guten Revolutionären erziehen, wollte uns sozialistisch-proletarisch erziehen. (Härte, Arbeit, Struktur, Widerwille gegen Verweichlichung.) Sie tauschten die Rollen, sie wollten alle Tradition wegschmeißen, aber vor allem waren sie jung und unreflektiert und absolut unfähig, eine Beziehung zu führen.

Klaus war eine gute Mama. Er kochte, strickte, las uns vor und sang beim Putzen. Häuslich, treu und lieb. Das waren die ersten Ehejahre. Dann bekam er schlechte Laune. Oder eine Depression. Sein Laissez-Faire wurde ein Alles-egal. Ein Interessiert-mich-nicht, Ist-mir-zu-viel und Ich-kann-nicht-mehr. (Natürlich bin ich ungerecht. Eine Depression ist kein Deckchensticken.)

Meine Mutter liebte Anton Makarenko, den sowjetischen Reform-Pädagogen der 1920er. Er hatte straffällig gewordene Jugendliche in Heimen erfolgreich durch Arbeit, Disziplin und eine strikte Kollektivmoral resozialisiert. Bei Iris, Aki und mir funktionierte es nicht so gut.

Sie nannten mich Karolina. »Weil es schön klingt.« Doch dann riefen sie mich immer Kissi und wollten nicht, dass ich Kleider trug.

Was habe ich mich mit Elke über Schlingensief gestritten. Ich hätte gegen den Fahrersitz treten, ins Steuer greifen können vor Wut. Dazu ihr beschissener Fahrstil. »Er ist ein egozentrisches Arschloch.« Das war ihre elaborierte Meinung und nichts an seiner Kunst ließ sie gelten. Mit ihrer verquasten stalinistischen Weltsicht. Die idealistische Kunstproduktion unter Mao sprach sie wohl direkter an. Die fröhlichen Gesichter, der Sonne und der Zukunft zugewandt. Aufgekrempelte Ärmel, auch mal eine Waffe in der Hand. Klare Botschaften. Erbaulichkeit. (Die Kinderbücher der Siebziger und Achtziger waren so schön einfach gestrickt. Alle zusammen: Alles gut. Alle frei: Alles gut. Ketten weg, Böse weg: Das Gute siegt.)

Elke hätte nicht mit der Wimper gezuckt, verwöhnte Bürgertöchter in Erziehungsanstalten zu stecken, um ihnen beizubringen, was harte Arbeit ist. Immer idealisierte sie die extremen Verhältnisse, aus denen sie kam. »Ich bin kein Opfer. Ich kann arbeiten. Ich habe Respekt vor jedem Menschen, der arbeiten geht.« (Klaus und ich wussten, dass wir damit nicht gemeint waren.)

Ich wuchs auf mit dem lächelnden Mao auf dem Gästeklo. Ich mochte ihn sehr und hielt ihn für den lieben Gott.

Über die Antiautoritären lästerte Elke gerne und in sexuell konnotierter Fäkalsprache. (Später verstand ich, dass sie sich von kindlichen Bedürfnissen bedroht fühlte.)

> *Zum Beispiel die antiautoritäre Erziehung. Das ist eine Falle, die uns die Bourgeoisie gestellt hat. Und manche sind reingehüpft! Die Bourgeoisie will uns zum Individualismus erziehen. Wir leben im Zeitalter des Untergangs, das ist eine Wahrheit, die die Bourgeoisie nicht umstürzen kann. Dass der Kapitalismus untergehen wird, ist ein ehernes Gesetz der Geschichte. Wir haben ja erst angefangen, die sektiererischen Fehler der Vergangenheit aufzuarbeiten. Aber: Beim Überwinden des Linkssektierertums nicht die Partei vergessen! Der Rechtsopportunismus ist der Hauptfeind der Arbeiterbewegung! Es ist so sicher wie das Amen in der Kirche, dass eines Tages auch in Deutschland eine revolutionäre Situation entstehen wird. Wir wollen die Massen führen! Die Partei marschiert an der Spitze der Massen. Wir sind die einzige wahrhafte Partei der Arbeiterklasse.*

Klaus opferte sein Leben uns Kindern. Elke schaffte das Geld ran. Als sie weg war, blieb ihm nichts anderes übrig, als sich um uns zu kümmern und weiter Mama zu spielen. (Und ich weigere mich bis heute, Danke zu sagen.)

Einmal stieß ich in der Nacht auf ihre nackten Körper. Klaus war durch eine chronische Hüftentzündung in seiner Bewegungsfreiheit eingeschränkt. Elke unterstellte ihm verächtlich, dass er seine Symptome nur vorschob.

Meine Mutter badete mich in der Kultur der Verachtung. Sie stählte mich in ihrem Misstrauen und ihrer Angst, die sie so überzeugend als Wut tarnte.

Meine streitenden Eltern. Meine Trommelfelle übersät von Narben. Eitrig, entzündet wehrten sie die grausame Sprache ab, wollten nicht hören, aber hörten doch.

Elke war, tief, sehr tief in ihrem Inneren, sanftmütig. So streichelte sie einmal heimlich meine Ratte August, küsste sie auf die Schnauze, setzte sie sich auf die Schulter, sprach zärtlich mit ihr. Als ich mich im Türrahmen zu erkennen gab, warf sie August in den Käfig und schimpfte ihn ein beschissenes Drecksviech.

Nach jedem ihrer Ausbrüche: Flucht vor sich selbst, Türschlagen und um den Block gehen, stundenlang. Am nächsten Morgen wieder Witze auf den Lippen. Ihr Zorn, ihre Wut, die hatten einen Ursprung, der strahlte und strahlte. Je vehementer sie diesen Ursprung verleugnete, desto stärker strahlte er.

Mein Vater Klaus hingegen spezialisierte sich darauf, gewaltvoll zu schweigen. (Der Arme hat kein Bewusstsein über seine Taten, hält sich für ein Opfer und gleicht darin ganz seinem Vater, doch davon will er nichts hören, vor allem nicht aus meinem Mund. Seine Erzählung funktioniert für ihn nicht mehr, wenn ich ihm widerspreche. Er sagt: »Ich bin ein emanzipierter Mann. Ich war ein aufopferungsvoller alleinerziehender Vater.« Ich sage: »Du warst ein übergriffiges Wrack.«)

Mein Vater schwieg über jeden Schmerz hinweg. Er schwieg über das Echte und sprach umso mehr und unaufhörlich über all das Falsche. Er plapperte und plapperte, wie das Wasser läuft, wenn man den Hahn aufdreht. Im Reden hielt er sich die Gefühle vom Leib, die unendliche Traurigkeit, einsam und verlassen zu sein. (Nach der Trennung meiner Eltern blieb Klaus verlassen.) Und er setzte mich auf seinen Schoß und umklammerte mich, um nicht allein sein zu müssen, bis ich ihm schwor: »Ich werde nie von dir gehen.« Und er ließ mich nicht gehen. Er gab mich nicht frei.

Meine Geschwister gingen in die Schule und ich saß unter dem Tisch meines erfolglosen Vaters, der sich damals noch für einen möglichen Autor hielt. Elke fand es grundfalsch, dass Klaus mich daheim behielt und so meine Neurosen züchtete. (Darüber musste Klaus lachen. Sein Großvater hatte ihm beizubringen versucht, wie man Rosen züchtet, doch das Einzige, was er gelernt hatte, war die Fähigkeit, Neurosen in seiner Jüngsten wachsen zu lassen.)

Ich durfte keine Geheimnisse vor ihm haben und nicht anders denken als er. Wenn ich ihm widersprach, wurde ich zu seiner Feindin und er zog alles von mir ab, was ich Liebe nannte. Dann wurde er kalt und gehässig. Drei Töne aus tiefster Kehle: Ä, ä, ä.

Ich bin die Jüngste und alle wissen, die Jüngsten sind im Grunde narrenfrei. Keiner nimmt sie ernst, keiner glaubt ihnen, keiner traut ihnen etwas zu. So leben sie im Erwartungsschatten und mit etwas Glück, bei robustem Gemüt, können sie sich frei entwickeln. Frech werden und verhasst, so wie ich.

2

Was war der Grund für den Niedergang ihrer Liebe? Was war es für eine Liebe? Was zog diese beiden im Innern so einsamen Menschen an? War es ihre Einsamkeit, von der sie selbst nichts wussten?

Ich hielt es immer für einen Widerspruch, dass Elke sich nicht in einen starken Mann, in einen klassisch männlichen Mann, in einen Beschützer-Typ verliebte. Dass sie führen wollte und dass sie vermutlich nichts anderes konnte, als zu führen, war andererseits nur stimmig.

Sie erzählte mir von einer früheren Liebe. Johan aus Kassel. Im Alter sprach sie öfter von ihm und sie hatte kein reines Gewissen. Ich glaube, sie ließ ihn für Klaus mies sitzen. Und verriet dabei ihre Herkunft und die Revolution. Johan kam aus einer Arbeiterfamilie mit kommunistischer Tradition. Sein Vater hatte nach der Machtergreifung der Nazis drei Monate im Konzentrationslager Breitenau gesessen. 1943 war er in eine Strafdivision an der Ostfront einberufen worden, den Krieg hatte er als Einbeiniger überlebt. Wenn Elke Johan zu Hause besuchte, erlebte sie ihren potenziellen Schwiegervater als gebrochenen Mann, der zu viel trank und nachts wahnhaft murmelnd die Wohnung auf und ab humpelte. Sie gestand mir, wie sehr sie die Atmosphäre in Johans Elternhaus beklemmt hatte.

Mit dem Marxismus-Leninismus war es Johan aber ebenso ernst gewesen wie ihr und die beiden hatten leidenschaftlich und erfolgreich an der Frankfurter Universität agitiert.

Vielleicht wäre es zwischen den beiden gut gegangen? Vielleicht war der größte Konflikt meiner Eltern doch die Klassenschranke? Der Milieu-Unterschied? Elkes uneingestandene Sehnsucht nach Wohlstand und ihre Abwertung von Klaus' bürgerlicher Herkunft (bei gleichzeitigem Neid)?

Elke war durch Leistung der Armut ihres Elternhauses entflohen. (Sie weigerte sich, sich einzugestehen, unter der Armut ihrer Eltern gelitten zu haben. »Es hat mir nicht geschadet, es hat mir nicht geschadet ...«)

Genossin Schneider. Als sie meinen Vater kennenlernte, engagierte sich meine Mutter im Parteiaufbau der Kommunistischen Partei der Marxisten/Leninisten. Sie war einer der wenigen einflussreichen weiblichen Kader der bundesrepublikanischen K-Gruppen in den Siebzigerjahren. Von messerscharfer Intelligenz. Diszipliniert. Entschlossen. Von der Notwendigkeit revolutionärer Gewalt durchdrungen. Sie selbst sagte in der Rückschau über diese Phase: »War eine gute Zeit. Hab meinen Lenin verinnerlicht. Hat mir später im Beruf oft geholfen.« (Sie wurde Logistic Consultant für multinationale Konzerne.)

Am 9. 11. 1974 hielt sie eine Rede auf dem Campus Bockenheim. Eigentlich wollte sie über Liebknecht sprechen. Doch dann kam die Nachricht von Holger Meins' Tod frisch rein. Es entstand ein »revolutionärer Moment« und sie stachelte

»die Massen« dazu auf, die Straße zu erobern und das Polizeipräsidium zu stürmen. »Mein größter Auftritt.« Angeblich entflammte eine kleine Straßenschlacht. Dany Cohn-Bendit habe dann beschwichtigend eingegriffen. »Am Ende kam etwas Halbgares dabei heraus.« (Meine Schwester Iris nistete da schon in ihr.)

Meine Mutter führte mich früh in das marxsche Denken ein. Historischen Materialismus und Dialektik vermittelte sie mir Schritt für Schritt auf unseren Gewaltmärschen durch den Taunus. Sie impfte mich gegen den Rest der Welt: Alles Feinde. Sie impfte mich gegen Konsum, gegen verweichlichtes Verhalten, gegen Angeberei und Barbies. Sie lehrte mich, Selbstkritik zu üben und den politischen Gegner zu verachten. Sie lehrte mich, dass Katholiken Arschlöcher seien und der liebe Gott eine Erfindung zur Unterdrückung. Sie lehrte mich, dass der Tod eine wissenschaftliche Tatsache sei, auf die nichts folge: keine Engel, kein Himmel, kein Weihnachtsmann. (Sie konnte an keinem Gekreuzigten vorbeigehen, ohne ihn zum Teufel zu wünschen.)

Sie fluchte viel, wenn ihr etwas nicht gelang. Störte ich sie dann, entgegnete sie mir bestenfalls ein Schweigen. Die Verachtung in ihrem Blick war tödlich. Ihr Hassen machte mir Angst, da es immer auch mich treffen konnte. Ihr Schwärmen wärmte mich, ließ mich aber stets in dem Gefühl zurück, nicht zu genügen, ihr unterlegen zu sein.

Ich liebte sie mit heißem, sehnsuchtsvollem Herzen. Immer auf der Jagd nach den kleinen Momenten der großen Nähe und Wärme, des Lachens oder Gefeiertwerdens. Denn sie war nicht nur die Zornigste in diesen Momenten, sondern auch die Blendendste, die Ambestengelaunte.

Neben Johan war Klaus bloß Salonkommunist. Er trat zwar Elke zuliebe auch in die KPM ein, aber eigentlich wollte er bloß seinen Eltern vor den Koffer scheißen (natürlich bin ich ungerecht), was er sich allein nicht traute. Elke war seine Rettung. Elke war stark. Sie hatte auf alles eine Antwort. Sie war in der Lage zu handeln. Sie behauptete, keine Angst zu haben, und Klaus glaubte ihr. Aber war das sein einziges Motiv? Provokation der Eltern? Autonom von seinem Elternhaus zu werden, war für Klaus ein existenzielles Problem. Gleichzeitig imitierte er seine Eltern und setzte ihre Tradition fort: den Schwachen zu helfen. Ihm taten die Arbeiterkinder wirklich leid, die Ungerechtigkeit empörte ihn, er fand sie nicht okay. (Ja, ich bin ungerecht gegenüber meinem Vater.) Die kommunistische Ideologie sprach ihn an, weil sie auf Idealisierung setzte. Sonnenaufgang. Strahlende Gesichter. Entschlossenheit. Lösungen. Antworten. Elkes Erzählungen waren ein wärmendes Lagerfeuer im Grauen.

Bad Dornen 1970. Der Schweinebraten dampfte schon auf dem Tisch, als Klaus zum ersten Mal an der Seite seines neuen Liebchens durch den Stubentürbogen im Hause Estor schritt. Elke trug ein rotes Hemd zum knielangen roten Rock, eine Haarspange hielt den kurzen Seitenscheitel, ihr ungebremstes Lachen legte die Zähne frei. Meiner Großmutter fiel die Sauciere aus der Hand, mein Großvater rang gequält um Fassung.

Nach einem peinlichen Mahl bat Dr. Oskar Estor meine blutjunge Mutter ins Untersuchungszimmer. Sie wollte nicht unhöflich sein, war beeindruckt von all den Zimmern, dem Porzellan, den Teppichen, den Manieren – und hasste all das ebenso sehr, wie sie sich davon angezogen fühlte, und hasste sich selbst dafür, dass sie sich von den Insignien bürgerlicher Machtdemonstration verführen ließ, und stritt gleich alles wieder ab vor sich selbst und beharrte darauf, darüber zu stehen, ganz unabhängig zu sein, durch nichts würde sie sich je korrumpieren lassen, nein.

Oskar Estor befragte sie nach etwaigen Vorerkrankungen, Tuberkulose vielleicht, abgebrochenen Schwangerschaften, Drogenkonsum. »1952, Kinderlähmung.« Nicht weil sie sich zur Wahrheit verpflichtet fühlte, erzählte sie davon, sondern weil sie meinte, sich selbst beweisen zu können, dass es egal war. Dass sie kein Opfer war, kein Opfer ihrer Herkunft und kein Opfer irgendwelcher Kinderkrankheiten. Oskar Estor horchte auf, aber Elke unterstellte ihm das falsche Motiv. Kritisch beäugte er ihren Körper, suchte nach Deformationen und fand keine. »Bleibende Lähmungen?« »Rechter Mundwinkel.« Sie stellte sich vor ihn hin, als wäre sie ein zu begutachtendes Pferd und reckte das Kinn nach oben. Er leuchtete ihr in die Augen und schien plötzlich mit allem zufrieden. Wenngleich sich Elke im Busenhalter vor dem Vater ihres Freundes unwohl fühlte, so hob sie doch stolz die Brust. Oskar Estor registrierte die stramme, fast militärische Haltung der jungen Frau.

Übergriffe und Entmündigungsversuche haben in der Familie Estor bis heute Tradition. Besonders die Themenfelder »Berufswahl«, »Familienplanung« beziehungsweise »Geburtenkontrolle«, »Erziehung« und »Partnerwahl« sind davon überschattet. Es gibt gute und schlechte Partner. Ihr Wert bestimmt sich über Herkunft, Status der Familie, beruflichen Erfolg und das damit verbundene gesellschaftliche Ansehen.

Sie verstand nicht, was für eine Prüfung sie gerade absolviert hatte. Oskar Estors Lächeln wusste sie nicht zu deuten.

Er hielt sie im Grunde für eine gesunde Frau. Ihre niedere Herkunft war in seinen Augen kein Makel. Sie schien robust zu sein, fleißig und zupackend. Elke hatte ein hinreichend breites Becken und eine gesunde Brust. Seine Frau war damals auch ein einfaches Bauernmädchen gewesen, er hielt die Vermischung der Stände sogar für erstrebenswert. Solange sich die richtigen Eigenschaften durchsetzten. Nichts sprach dagegen, dass sie sich mit seinem Klaus fortpflanzte nach einer möglichen Heirat.

Von meiner Oma Mine Estor wurde Elke nicht akzeptiert – die zukünftige Schwiegermutter suchte die Hochzeit zu verhindern, mit allen ihr zur Verfügung stehenden Waffen. Diese waren jedoch begrenzt: Schweigen, Leiden, Protest; ihre einzigen öffentlichen Ausdrucksmittel. Sie richtete Schaden an, war aber machtlos gegen das Wort Oskar Estors, der sagte: »Wir werden Elke erziehen. Sie wird Kinder bekommen und ihren Platz finden. Es gibt keinen Skandal.«

Elkes Eltern (der Schneider-Strang) waren hingegen gleich begeistert von Klaus (Arztsohn!). Sie hofften, er werde einen guten (bürgerlich-ordnenden) Einfluss auf ihre hochfliegende Tochter haben. Die Haare und der Bart seien vielleicht etwas ungepflegt, aber das lasse sich leicht ändern. Zum Beispiel in Oma Ilses Friseursalon! Opa Fritz prüfte den jungen Mann schweigend aus der Ferne. Ließ ihn beim Schnapstrinken schließlich übers Messer springen. (Großbesäufnis bei Schneiders. Elke schämte sich für ihre Eltern und war gleichzeitig stolz verteidigend.)

Estors und Schneiders standen sich vor dem Standesamt zunächst etwas säuerlich gegenüber. Mine ertrug die Schmach kaum, warf mit vernichtenden Blicken um sich und klagte über Lähmungserscheinungen in Armen und Beinen. (Oskar hatte die ganze Nacht beschwörend auf sie eingeredet: Einfache Leute seien nicht selten ehrbarer als die Reichen.)

> *Klaus hatte Examen gemacht, Elke studierte in Frankfurt. Das Wie und Was und die Nebenereignisse waren von Bad Dornen aus durch uns Eltern nicht so ganz genau zu beurteilen. Ihr selbst werdet es ja wohl noch wissen und solltet es auch nicht vergessen. Es war ja – Ende der 60er- und Anfang der 70er-Jahre – nun mal eine stürmische Zeit in der akademischen Jugend, von der wir uns wünschen, dass das eine oder andere von der Gesellschaft übernommen werde. Wir Eltern haben nicht viel davon mitbekommen. Nur einmal schlugen die Wellen bis nach Bad Dornen, als ich von einem Polizeibeamten, den ich beruflich gut kannte, gefragt wurde, ob wir einen Sohn Klaus in Würzburg hätten, von dem wollte er nicht der Vater sein. Nun – wir haben gedacht, etwas Schlechtes oder Schlimmes wird es bestimmt nicht sein, so viel Vertrauen hatten wir zu unseren Kindern. Dann merkten wir, dass unser Klaus für uns nicht immer er-*

reichbar war, obwohl regelmäßig Anrufe von Würzburg kamen, dass er eine andere Anschrift hatte als die, die wir gemeinsam angemietet hatten. Dann plötzlich eine neue Adresse in Frankfurt, nun wurde ein Besuch fällig, das Ergebnis stellte allerdings große Anforderungen an unser Verständnis für revolutionierende Jugend. Ihr werdet das noch besser wissen als wir. Durch ein finsteres Treppenhaus in eine »eigenwillige Wohnung« geführt zu werden, war beklemmend, auf jeden Fall schön bunt möbliert, Grundfarbe rot. Aber das Leben geht weiter. Die Heirat war noch in Würzburg. Auf dem Standesamt erwarteten die Eltern Schneider und wir das Brautpaar, das sodann erschien – schön bürgerlich, brav angezogen und unser Klaus mit einem tollen Strauß, bestehend aus drei die Köpfe hängen lassenden Nelken. Wir schluckten, Frau Schneider erblasste. Dann sah Herr Schneider, wie ihr euch mit anderen Hochzeitern unterhieltet, und nahm an, es seien von euch geladene Gäste. Diese sahen allerdings wild verwegen nach echtem Bürgerschreck aus. Elkes Vater platzte bald vor Wut, bis er merkte, dass sie gar nicht zu euch gehörten. Die Trauung verlief hernach absolut bürgerlich im traditionellen Rahmen, die Väter als Trauzeugen. Mittagessen war in einem guten Dachgartenrestaurant, anschließend fuhren wir zu Schneiders zum Kaffeetrinken. Nur zur weiteren Illustrierung, unsere Mutter war an dem Tag krank, die gefürchtete, immer noch unbekannte Erkrankung, die gewiss mit eurer Hochzeit nichts zu tun hatte, hatte sie wieder einmal erwischt, aber sie wollte euch den Tag nicht verderben.

Ilse betrank sich und wurde anzüglich. Fritz schwieg lächelnd. (In seiner Meseritzer Familie hatten peinliche Motive bei Hochzeiten Tradition.)

Oskar versuchte, harmlose Kommunikation zu machen, fragte nach der Heimat Fritzens, erzählte Interessantes und lobende Geschichten aus dem Familienbuch seiner Frau. Mine bockte weiter. Elke wollte tanzen. Klaus verstummte schließlich, blass, mühsam lächelnd.

Meine kantige Mutter, mein runder Vater.

Sie muskulös und sehnig, er dick und weich.

3

Ich kann mich nicht sonderlich gut an die Szene erinnern.

Ich erinnere mich an die Kacheln unseres Küchenfußbodens: schmutzweiße, leicht gewölbte Steinquadrate mit grauen Fugen. Ich erinnere mich an die Kacheln an der Wand: holländische Windmühlen und Schiffe in Preußischblau auf Elfenbeinweiß. Ich erinnere mich an die Eckbank, die Kissen mit gelbem Bezug, an das staubfettige Radio, den Blick aus dem Fenster, die Oberfläche unseres Küchentisches.

Die Erzählung meiner großen Schwester Iris überlagert meine Erinnerung. Triumphierend zitiert sie immer wieder, was ich angeblich gesagt habe im Anschluss an die Rede. (Ich will es nicht wiederholen.) Als wäre damit irgendetwas klar.

Ich denke, Elke stand, als sie die Rede hielt. Ich bin mir sicher, dass Klaus schwieg.

Die Familienansprache zum Anbruch der neuen Zeit hieß: »Über die Unnötigkeit zu trauern.« Elke arbeitete darin heraus, dass sich im Grunde nichts ändern würde. Sie würde zwar zukünftig abwesend sein, doch trotzdem sei sie immer »da«. (Wie ließ sich das mit ihrem historischen Materialismus verbinden?) Die Trennung der eigenen Eltern möge auf den ersten Blick wie ein Unglück erscheinen. Doch sollten wir Kinder uns glücklich schätzen, dass unsere Eltern nicht uns Kindern zuliebe zusammenblieben. Denn damit nähmen sie uns in Geiselhaft und nur das sei traurig.

Klaus hatte mir wenige Monate zuvor versprochen, dass dies nie geschehen würde. Sein Wort war Butter.

Für Elke war es ihr zwanzigster Parteitag. Sie verriet unsere Familie, so wie Chruschtschow 1956 Stalin verraten hatte. (Dabei wollte Elke an Stalin nichts verwerflich finden.) Es war der zweite Weihnachtsfeiertag 1990. Statt Empörung unter den Genossen brach ich in Tränen aus. (Stimmt so nicht.) Iris, als 1. Generalsekretärin, schrieb Elkes Argumente innerlich mit. Sie würde die neue Linie der Familie in Elkes Abwesenheit verteidigen. Erst viel später verstand sie, dass es keine Familie mehr gab und sie hier mit uns gefangen war. Mit der verachtenswerten Klaus-Aki-Karolina-Clique. Mein Bruder Aki las einfach weiter oder tat wenigstens so. Noch im Rausgehen schaute er in sein Buch.

Der These folgend, man könne Schmerz umgehen, indem man den Abschied auslässt – wie damals, als sie meine Ratte plötzlich heimlich fortschafften –, verschwand Elke und mit ihr die Hälfte des Inventars sang- und klanglos, während wir in der Schule waren. Und dann war sie weg. Elke. (Mama hatte ich sie nicht mehr nennen dürfen seit einem Vorfall mit vier.)

Ich nährte mich noch lange vom alten Vokabular meiner Mutter. Ich klammerte mich an ihre Sprache. Ich übernahm ihre Denkfiguren: Misstrauen, Verachtung, Idealisierung.

Ich vermisste sie so sehr, hatte aber keine Worte für mein Gefühl. Meine Trauer durfte nicht sein.

Erzählungen meiner Mutter:
– »Ich laufe durch die Innenstadt. Da kommt dieser Scheiß-Akkordeonspieler und quäkt mir alte Revolutionslieder ins Ohr. Der will eine Taste in mir drücken. Mit seiner manipulativen Musik. Ich hab ihm einen Schein in die Hand gedrückt, dass er mich in Ruhe lässt.«
– »Sie hat sich vom Optiker eine Brille andrehen lassen. Ab da ging es bergab mit ihren Augen. Kein Wunder!«

Glaubenssätze meiner Mutter:
– »Hilfsmittel ebnen der Verweichlichung den Weg.«
– »›Hilfe annehmen‹ ist das Deckwort für ›sich abhängig machen‹.«
– »Hilfsangebote sind nur getarnter Verrat.«
– »Alleine kämpfen, niemandem vertrauen.«
– »Es aus eigener Kraft schaffen.«

Eine der fundamentalsten Geschichten meiner Mutter lautete: Ich bin kein Opfer. Nichts kann mich brechen. Ich lebe selbstbestimmt. Sie sprach ihre Gefühle hinfort. Sie empfand die Ideologie, die sie vertrat: Wenn ich nicht schwach sein will, dann bin ich es nicht. Geschichte ist immer die Geschichtsschreibung der Sieger und ich bin der Sieger über meine Geschichte. Ich habe mein Leben in der Hand und wer mir was anderes erzählen will, der kann mich verdammt noch mal am Arsch lecken. Okay?

Sie war meine Heldin.

Sie war grausam. Brüllte rum. Ließ einen alleine. Beachtete einen nicht.

Meine Mutter war ein harter Hund.

Die Ideologie der Schneiders lautete: Wir sind besonders. Wir sind anders als die anderen. Wir sind besonders intelligent. Wir sind besonders stark. Wir lassen uns nicht manipulieren. Wir fallen nicht auf Quacksalber herein und Seelenklempner. Wir verachten die Dummen und die Schwachen. Wir lassen uns von keinem was vorschreiben. Wer uns kritisiert, hat keine Ahnung. Was uns stört, schneiden wir ab.

Elke forderte von mir, ein gesunder Geist in einem gesunden Körper zu sein. Und ich versuchte es, oh ja. Es gelang mir über Jahre. Bis zum Zusammenbruch.

Wir lebten ab da in Grau, als würden die Ölquellen brennen. Klaus war oft stumm. Dann suchte er körperliche Nähe und wärmte sich an mir. Manchmal heulte er und tat so, als sei ich traurig und müsse getröstet werden. Meine Schwester Iris versuchte, Elkes Platz einzunehmen. Sie kopierte ihre Rhetorik. Die Heldengeschichten. Die Verachtung. Aber es blieb doch ein vulgärer Abklatsch. Bald begann sie, in Elke-Manier verächtlich über Elke zu sprechen. Sie übte sich auch im Gute-Laune-Aktionismus und Klaus zog bisweilen mit. Die beiden hatten seit der Scheidung diese irre enge Beziehung und besprachen in endlosen Telefonaten auch nach Iris' Umzug nach München alle Aspekte ihrer beiden Privatleben. Die Gespräche von Iris und Klaus hatten einen gewissen Suchtcharakter. Ich habe sie oft belauscht. (Daran war natürlich nichts problematisch, Miss Selbstgerecht.)

Mein armer Bruder Aki rutschte währenddessen langsam ab. Er rasierte sich den halben Kopf, hüllte sich in schwarze Stoffbahnen und begann, sich intensiv mit Feuerritualen zu beschäftigen.

Ich seilte mich immer öfter in die Schwimmhalle ab, träumte davon, eine Olympionikin zu werden. Alle lachten mich aus. Sie ahnten nicht, dass mein Ehrgeiz von Rache befeuert wurde. Ich würde Elke in die Welt folgen und wieder mit ihr zusammen sein.

Ich trainierte viel und galt bald als Talent. Iris zischte, wenn sie mich beim Träumen erwischte. Sie setzte auf linke Positionen und vielleicht eiferte sie dabei aus demselben Motiv nur mit anderen Mitteln auch Elke nach ...

> *Klaus und Elke hatten sich scheiden lassen. Warum die Ehe auseinanderging, wissen wir bis heute nicht mit Sicherheit zu sagen. Klaus eröffnete uns, es war wohl im Januar 1992, dass sie sich trennen wollten. Ein Zusammenleben sei nicht mehr möglich. Es war für uns nicht fassbar, denn Weihnachten hatten wir alle in schöner Harmonie und Fröhlichkeit gefeiert, ohne im Geringsten zu merken, dass sich das Verhältnis zwischen Klaus und Elke geändert hatte. Wir mussten die Entscheidung der beiden zur Kenntnis nehmen. Wir haben auch nicht versucht, Klaus zu bedrängen, da wir den Eindruck hatten, dass er nicht darüber sprechen wollte. Ein Gespräch mit Elke, zu der wir eigentlich ein gutes Verhältnis hatten, erübrigte sich somit. So schwer es für uns war, wir konnten nichts an der Entscheidung der beiden ändern, vertrauten nur darauf, dass sie alt, klug und erfahren genug waren, sich der Verantwortung für die Trennung bewusst*

zu sein. Die größten, vor allem seelischen Probleme fürchteten wir natürlich für die Kinder, aber – von heute zurückblickend – glauben wir, sagen zu können, dass die Kinder ohne bisher erkennbare Schäden die Trennung verkraftet haben. Sie halten Kontakt zu ihrer Mutter und haben, so sehen wir es wenigstens, mit ihrem Vater – und die drei Geschwister untereinander – ein gutes Verhältnis. Alle bei Ehescheidungen oft üblichen äußeren Schwierigkeiten sind, so weit für uns erkennbar, mit Anstand und Würde gelöst worden. Die Scheidungsformalitäten verliefen ohne für uns erkennbaren Zank und Streit. Wie es innerlich aussieht, wissen nur die Betroffenen. Wir können nur das Beste wünschen.

Klaus leugnete, dass es ihm schlecht ging. Er erlaubte sich keinerlei Reflexion seiner Lage. Dass er aus dem Himmel gefallen war, merkte er nicht. Er wollte nichts spüren und versuchte, mit aller Kraft zu verdrängen.

Klaus weigert sich bis heute, zu erinnern. Er kann nicht über Elke sprechen. Alle meine Fragen wischt er weg. Du darfst nicht erinnern – das Estorsche Erinnerungsverbot, Erinnerungstabu. Klaus bleibt seinen Eltern verbunden. Er hält sich für ihren Kritiker und pflegt doch ihre Tradition. Du darfst nicht erinnern. Die Geister der Vergangenheit sind gefährlich.

Seine Gereiztheit, seine hinter stumpfem Blick verschüttete Trauer, seine Grobheiten (Depressive sind auch aggressiv), die Kälte – mussten wir hinnehmen. Er war unsere einzige Bezugsperson.

Es war Klaus peinlich, dass Elke fort war. Er brauchte einen Mythos, der ihn sein Gesicht wahren ließ. Einen Opfermythos. (Genau wie Oskar hat Klaus nie einsehen wollen, was er selbst dazu beitrug.)

> *Nach der vernichtenden Niederlage waren die Deutschen zentral in ihrem Selbstwert getroffen. Die Abwehr des Erlebnisses einer melancholischen Verarmung des Selbst war daher zunächst die dringlichste Aufgabe der Psyche. Eine in ihrem Wahn bloßgestellte, der furchtbarsten Verbrechen überführte Bevölkerung, die sich im weitesten Sinne des Wortes von Traumata und Zerstörung umgeben sah, war so geschockt, dass sie sich zunächst nur um sich selber kümmern konnte. Die Naziperiode wurde derealisiert, sie verschwand wie ein Traum.*

Meine Mutter hingegen bestand darauf, Täterin zu sein, weil sie die Opferrolle hasste. Auf den Tod hasste und verachtete. Hätte sie sich in die Opferrolle gefügt, wäre sie schon als Kind gestorben. Hätte zusammen mit ihrer Sehnsucht nach Liebe und Trost vierjährig auf der Isolierstation im Krankenhaus sterben können. Aber sie starb nicht, sondern schwor Rache. Sie lernte ihren ersten Leitsatz: es allen zu zeigen. Immer und überall.

Sie lernte Nichtschwachseindürfen. Lernte Sätze, die Richtung haben müssen, um anerkannt zu werden. Sprache, die die Funktion hat, den Sieg zu verkünden über den Tod. Wir leben, also haben wir glücklich zu sein.

Ich lernte früh, mit Menschen zu brechen. Es gab nicht einen Bruch, es gab immer wieder neue Brüche in meinem

Leben. Der Abbruch – das typische Muster. (Kann ich je wieder etwas kitten? Einen einzigen all dieser Brüche wieder zusammenfügen?)

In Phasen brach ich lustvoll mit Menschen. Die Freiheit nach dem Bruch, ich atmete Unbesiegbarkeit. Ja. Ich war stolz darauf, nichts zu empfinden. Ich war nicht sentimental, konnte die Richtung wechseln, sooft ich wollte.

Bleib gebunden, Schmerz, und werde nicht zu Sprache, sonst kommst du wieder zur Welt. Bleib gebunden im unbewussten Boden. Nimm Gestalt an, werde endlich erkannt, zu Sprache, und ziehe als Wolke dahin und vorbei.

Heute sehne ich mich nach deiner Liebe. Zärtlichen, verständnisvollen Worten. Als Kind wusste ich nicht, dass ich sie vermisse. Ich kannte keine liebevolle Nähe. Nähe zu dir war immer vergiftet durch grelles Anerkennen, Herausheben, Bewundern. Das war, was dir einfiel, wenn du nett sein wolltest: mich für meine Leistung, meine Talente zu loben. Der Abstand zu den anderen war nötig. Ich war dann stolz. Wusste aber, dass ich ohne Besonderheit nichts wert sein würde. Was könnte ich für dich sein, wenn ich ohne Talent und Begabung wäre?

Es war deine Art zu sagen: Ich liebe dich. In deiner Sprache, die mit Gefühlen nur mittelbar in Berührung kam. Du konntest nie über ein Gefühl sprechen, weil du es nicht erkanntest. Es galt für dich nicht, du wolltest es nicht wahrhaben. Du verachtetest den Schmerz und wurdest so Herrin über ihn. Um welchen Preis? Du entkamst ihm, aber du musstest dich dafür von deinem eigenen Kern trennen. Du tratst den Beweis an, jedes Gefühl zu bezwingen. Du hast gewonnen. Immer wieder. In jeder Beziehung hast du den anderen Menschen besiegt. Es war unendlich traurig, deinen Siegesfeiern beizuwohnen. Du leugnetest deine Einsamkeit.

Hättest du irgendwo abbiegen können? Bist du abgebogen? War es deine Rettung, uns zu verlassen? Du warst doch in Sicherheit, danach. Keine Gefahr mehr für dich und uns.

4

Ich erinnere mich an die Schwimmhallenakustik, diesen gedämpften Lärm, in dem Innen und Außen verschwimmen. An das grelle Licht. Die warme Luft. Im Bauch des Taunusbads.

Ich stehe in einem Zwischenraum, vor der Tür, die zur Schwimmhalle führt. Sie ist aus Metall und grauem Plastik. Ein schwarzes Glasquadrat der Handgriff. Diese Tür ist unendlich schwer. Noch ist es kalt. Die grauen Fliesen an meinen nackten Füßen; Winterluft, die durch Ritzen dringt; kalter Zug auf meiner Haut. Eine Lüftung röhrt. Die Duschen gehen in der Ferne an und aus. Hinter der Tür, als ich sie schließlich aufbekomme, toben Geräusche. Hitze schlägt mir entgegen, eine Wolke aus Licht und Feuchtigkeit legt sich um meinen Körper.

Es war Winter, die Halle des Taunusbads stark geheizt und hell beleuchtet. Zwei Bahnen am Rand abgetrennt für den Nachwuchs vom SSC. Draußen hinter den großen Scheiben dunkelte es bereits.

Mir machten die Stimmen der Trainerinnen Angst und ich schlich mich über den Zuschauerbalkon hinaus, zog mich wieder an und kletterte unter dem Drehkreuz hindurch zurück in den Eingangsbereich. Im Plastikschalensessel wartete ich mit verschränkten Armen auf meinen Vater. Ich und der Ficus im Seramis-Topf. Ich und der blanke grau-grüne Marmorfußboden. Zwei Klotüren an der Stirnseite des Foyers. Ein Vorhang aus Pfeifenreinigern vorm Schwimmbadrestaurant, in dem schweigend Bier um Bier gezapft und getrunken wurde.

Mein Fluchtversuch war geglückt. Doch ich kehrte bald freiwillig in die Schwimmhalle zurück. Wieder und wieder. Weil ich es wollte. Ich biss mich fest. Ich sprang ins Wasser und setzte mich aus, spannte mich an, dehnte und stählte mich, entkam mir, kam zu mir, kam an in meinem Körper, mithilfe des Wassers und der Musik.

Evchen und ich waren sechs Jahre alt, als wir zusammen Duett schwammen. Unsere Beine dünn und gerade wie Sonnenblumenstängel. Wir verloren unsere Milchzähne und lachten löchrig und süß mit breiten Lippen.

Wir standen am Beckenrand und knabberten an unseren Nasenklammern herum. In unseren viel zu großen glitzernden Badeanzügen, die aus einem Gruppen-Kür-Satz der Vereins-B-Mannschaft stammten. Unsere nette Trainerin Susi hatte die Träger dreimal verknotet, doch der Stoff schlotterte schon um unsere Bäuche, als er noch trocken war. Evchen und ich standen kurz vor unserem ersten öffentlichen Auftritt. Hatten wir in der halben Stunde zuvor noch gekichert und geblödelt, jetzt bekamen wir kein Wort mehr heraus. Susi lächelte und strich uns beruhigend über die Haut. Dann marschierten wir ein und stellten uns in Position: Evchen vorne, ich hinten. Wir kippten unsere Oberkörper in einen Neunzig-Grad-Winkel Richtung Boden, streckten den rechten Arm am Ohr, den linken am Po vorbei und spreizten alle fünf Finger weit ab. Ich vergaß, mein linkes Bein anzuwinkeln, den dazugehörigen Fuß elegant aufzustellen, sah es aber in letzter Sekunde noch bei Evchen. Dann setzte die Musik ein: die ersten vierzehn Sekunden von Whitney Houstons »One Moment in Time«. Helle, liebliche Klänge eines Synthesizers flogen wie Feenstaub durch die Luft. Evchen und ich bewegten unseren hinteren Arm langsam nach vorne, die Handflächen hin- und herkippend, richteten uns schließlich auf, drehten uns einmal um die eigene Achse, schauten einander an und sprangen mit einem Fußsprung ins Wasser.

Ich war extrem beweglich und hatte einen grotesk hohen Muskeltonus. In meiner Familie kursierte diese Geschichte: Schon als Kleinkind hätte ich auf laute Geräusche stark körperlich reagiert, sprich: mit den Armen gerudert, wenn ich mich erschrak. (Mindestens einmal rutschte jemandem das Wort »spastisch« heraus; heftige, zum Teil überscharfe Dementis folgten.) Mein Vater sei dann mit mir zum Physiotherapeuten gegangen. (Eine neue Profession damals, meine Mutter voll Misstrauen gegen diese »Geldschneider«.) Er soll ihm folgende Empfehlung gegeben und Klaus diese auch mindestens einmal an mir exekutiert haben: »Halten Sie das Kind am Fuß in die Luft und schütteln Sie es. Dann renkt sich das wieder ein.« Angeblich musste mein Vater weinen und brachte es nicht übers Herz, mich so zu traktieren. (Er war aber auch pflichtbewusst und arzthörig. Wie oft erfüllte er seine schwere Aufgabe, bevor er entgegen dem Rat der Autorität hinwarf?) Danach ging er angeblich mit mir zur Krankengymnastik, ich rollte über Medizinbälle und war selig, das motorische Problem offiziell gelöst. Happy End, lass uns nie wieder drüber reden.

Susi war lieb und geduldig und ihre Augen glänzten schwarz wie die meines Lieblingsteddybären. Beim Duschen schien ihr immer eine hellblaue kurze Schnur an der Vulva zu kleben, was ich damals interessiert beobachtete, aber nicht verstand.

Sie baute mein erstes Solo für mich auf. Dazu durfte ich in ihr strahlend rotes Auto steigen und mit ihr nach Hause fahren, eine kleine Dachmansarde, hell und freundlich. Auf ihren Tassen aufmunternde Morgen-Botschaften. Es roch nach Apfel-Zimt-Tee und ich fühlte mich wohl und besonders. An der Wand hing ein gerahmtes Foto von ihr und ihrem Freund. Er drückte ihr einen Kuss auf die Backe, während sie mit geschlossenen Augen glücklich lachte. Ich wollte wie Susi sein, wenn ich einmal eine Erwachsene war.

Ins Becken springen und untergehen. Die Bedeutung der Kacheln, die Bedeutung des Lichts. Natürlich die Wassertemperatur. Wie der Klang angenehm dumpf wird, alles wegrückt, das Wasser meinen Körper umschließt, mich hält und drückt; wie meine Lunge steigen will, wie ich trete und boxe, sanfter Widerstand – einen Zug nach vorn, nirgends haben meine Arme so viel Kraft wie unter Wasser.

Als C-Mädchen war ich ein Dürrlapps, stand bibbernd mit blauen Lippen am Beckenrand. (Übertrieb es ein bisschen mit den zitternden Knien, bis sie mich erlösten und vorzeitig ins Wärmebecken schickten.) Am Ende meiner aktiven Zeit würde ich es gar nicht mehr schaffen hineinzuspringen. Siebzehnjährig saß ich manchmal zwei Stunden auf der geheizten Steinbank, guckte durch die riesigen Scheiben auf die Tannen im Wind, den VDO-Turm, die hässlichen Laternen und versuchte, mich aufzuraffen. Aber es war ja alles egal und vorbei, oft schaffte ich es bloß noch unter die Dusche. Wenigstens Haare waschen. Bisschen rasieren.

Tatjana war die Cheftrainerin unseres Vereins. Sie trug riesige Unterhosen aus weißer, weicher Baumwolle. Sie hatte diese spezielle Art, sie in der Umkleide vor sich in die Luft zu halten, zusammenzulegen und zu falten. Vorher entfernte sie ungeniert die Slipeinlage daraus mit einem »Ratsch«, rollte sie auf der benutzten Seite ein und trug sie zum Papierkorb. Sie mochte FKK-Urlaub und bewegte sich, wie mir schien, sehr selbstbewusst in ihren hundert Kilogramm. Ihr Schamhaar war rotblond und ausgedünnt, ihre Brustwarzen konisch, ihre Haut von dem dunkelsten Braunton, den hellhäutige Menschen durch ausgiebige Solarienbäder erzielen können. Ihre Dauerwelle verkaufte sie als Naturlocken oder behauptete, sie nehme nur ein klein bisschen Spray, um ihre natürlichen Locken mehr zur Geltung zu bringen. Ich mochte Tatjana sehr. Sie konnte ungeheuer witzig sein. Beim Lachen riss sie ihre Zähne auseinander. Oft war sie ziemlich albern. Sie hatte drei, vier Sprüche in ihrem Repertoire, die sie mehrmals täglich wiederholte. Immer spielte sie darin auf Begriffsstutzigkeiten an, ihre eigene oder die ihres Gegenübers. »Ah, jetzt, ja!« Dabei verdrehte sie ihre Augen, bis fast nur noch weiß mit roten Äderchen zu sehen war. Bissig konnte sie werden, auch unverschämt. Wenn ihr ein Ober dumm kam, oder ihr Mann Lutz. Oder eine niederrangige Trainerin. Ich bekam ihre schlecht gelaunte Seite nie zu spüren.

Die meiste Zeit verbrachte ich unter ihr. Mich am Beckenrand festhaltend, während sie auf dem Startblock saß. Pflichttraining. Ariane und ich schwammen abwechselnd unsere Übungen, Tatjana korrigierte uns. Ihre Anweisungen beschränkten sich auf das Übliche: Po reindrücken, Knie nicht überziehen, langsamer, gleichmäßiger, Spagat länger liegen lassen, nicht so wackeln im Handstand, höher stehen, nicht so viel wandern. Sie beschrieb meine Fehler, hatte aber keine Idee, was ich verändern müsste, um sie zu beheben. Zwar nahm sie fleißig alle Lehrgänge mit und kopierte die aktuellen Trends, stellte ambitionierte Trainingspläne auf, führte Mittelkörpertraining und Kürsets ein, erklärte uns die amerikanischen Techniken und lehrte uns, was sie über die neuen Figuren erfahren hatte – aber sie blieb solide. Als Kürtrainerin ging ihr jeder Esprit ab. »Esprit« sprach sie übrigens zuverlässig als »es spritzt« aus und so ungefähr war auch ihr Sinn für Grazie und Eleganz. Die Kürmusiken, die sie uns vorschlug, waren schlicht nervtötend. Vier Jahre schwammen wir mit unserer Gruppe im Verein zu einem Abba-Beatles-Mix. Weil dies ihre Lieblingsbands waren und sie diese auch gerne im Training hören wollte. Der Takt war so eingängig wie dämlich, so langweilig wie unambitioniert. Wir gerieten beim Schwimmen quasi automatisch ins Schunkeln. »We All Live In A Yellow Submarine«. Sie fand es vermutlich witzig. Die Armbewegungen, die sie sich für uns ausdachte, entstammten dem Geist einer 80er-Jahre Aerobic-Veranstaltung. Offene Hand, auf und zu, hoch und runter, rechts und links. (Es schmerzt mich, so respektlos über sie zu sprechen.)

Ich verbrachte sehr viel Zeit mit ihr. Sie schaute mir genau zu bei allem, was ich im Training tat. Sie konzentrierte sich auf mich. Sie sprach mit mir. Sie schrieb für mich Trainingspläne. Fuhr mit mir auf Lehrgänge, Wettkämpfe. Wie oft saß ich neben ihr in ihrem Porsche und bretterte über die Autobahn. Sie kritisierte mich nicht. Sie meckerte mich nicht an. Sie machte mir keine Vorwürfe. Sie nahm mich in den Arm, wenn ich weinte, drückte mich im Badeanzug an ihren riesigen Busen, weinte mit mir mit, lachte schließlich, wobei ihr Busen dann bebte, und brachte mich endlich auch zum Lachen, mit einem der drei, vier Witze aus ihrem Repertoire.

Tatjana tröstete mich, als der Streit zwischen mir und meinen Freundinnen ausbrach. Evchen und die anderen warfen mir 1991 vor, dass ich mich zum Schlechten verändert hätte. Ich kröche Tatjana in den Arsch, um ihr zu gefallen. Ich sei neuerdings schrecklich eingebildet und käme mir wohl wie etwas Besseres vor. Meine Bemerkung zu Bettina sei voll daneben gewesen. Es mache ihnen keinen Spaß mehr, mit mir zusammen zu schwimmen.

Tatjana vermutete, meine Freundinnen seien neidisch, weil sie nicht so viel Talent hätten wie ich. Sie würde ab nun mein Pflicht- und Kürtraining übernehmen. Ich war mit Evchen zusammen in den Kindergarten gegangen, die anderen kannte ich seit der ersten Klasse. Unsere Eltern bildeten seit Jahren eine Fahrgemeinschaft, um uns ins Schwimmbad zu bringen und von dort abzuholen. Das änderte sich jetzt. Genauso wie die Trainingszeiten. Mein Vater fuhr mich alleine hin, Tatjana brachte mich heim. Die anderen kamen später oder gingen früher. In der Überlappungszeit begegneten wir uns zwar, aber sie schnitten mich nun oder ich schnitt sie, jedenfalls bildeten sie eine Ansammlung aus Körpern und ich blieb allein. Sie achteten nicht auf ihre Körperhaltung, ich schon. Sie bummelten vor dem Duschen, ich nicht. Sie verdrehten die Augen hinter dem Rücken der Trainerin und kicherten. Ich nahm mein Training ernst und ernster: Ich würde mit Tatjana meine neue Solokür erarbeiten. (Tatjana folgte meinen künstlerischen Ideen mit Applaus.) Ich würde nach Chemnitz zur Sichtung fahren. Vielleicht hatte ich nächste Saison die Chance auf eine Medaille bei der Deutschen Meisterschaft. Womöglich würde ich schon bald im Nationalkader schwimmen. Tatjana lobte mich für meine Einstellung: »Breitensport bleibt Breitensport und Leistungssport bleibt Leistungssport.«

Als ich Ariane zum ersten Mal sah, verliebte ich mich sofort. (In sie? In die Idee, mit ihr nach Olympia zu fahren?) Sie war die begabteste Kunstschwimmerin, die ich mir ausmalen konnte. Sie kam aus einem viel besseren Verein, von den Kinzig-Nixen, einer strahlenden, kleinen Mannschaft. Große, hübsche, gutgelaunte Frauen schwammen dort zu fetziger Musik ihre eleganten, anspruchsvollen Küren und landeten bei Hessischen Meisterschaften immer auf den vorderen Plätzen. In ihrem Jahrgang war Ariane mit Abstand die Beste. Ihr Solo schwamm sie zu James-Bond-Musiken, trug dazu einen pink-türkisenen Schwimmanzug, der komplett mit Bügelpailletten beklebt war. (Ich vergötterte sie für diesen Anzug.) Sie war dynamisch, pflügte geradezu durchs Becken, ihre ewig langen Beine flogen hoch und runter, sie hatten leichte Sichelform, der Spann ihrer angespannten Füße zwei perfekte Kommata.

Wir kamen ins Gespräch und entwickelten einen gemeinsamen Traum. (Olympia.) Und ein Trainingsprogramm zum Muskelaufbau. Ariane war besessen von Geschichten rund ums Krafttraining. (Anders als ich. Mich verzauberten die Mythen der Flexibilität: rhythmische Sportgymnastinnen, Eiskunstläuferinnen. Je blasser und trauriger, desto elektrisierender.) Sie raunte mir zu, woran es liege, dass Daniela Buntschuhs Wadenmuskel so übertrieben exponiert sei: »Sie trainiert zu Hause heimlich mit einem Hammer am Fuß!« (Bis heute verstehe ich nicht, *wie* die konkrete Übung ausgesehen haben könnte. Doch an Danielas Waden erinnere ich mich.)

Auch Ariane experimentierte zu Hause mit Gewichten. Einmal hatte sie so starken Muskelkater, dass eine Form von Übersäuerung eintrat, die sie lähmte. Ihr Ehrgeiz war genauso krank wie meiner, darum passten wir zueinander wie ein Magnet und sein Stück Eisen. In uns beiden manifestierte der Ehrgeiz sich körperlich: Sie bekam einen Stiernacken, ich lachte mit eingefrorenem Unterbiss.

Als Elfjährige nähten wir uns Gardinenblei in den Badeanzug, um gegen zusätzliche Widerstände anschwimmen zu müssen. Ariane ging mit Zwei-Kilo-Manschetten an den Knöcheln joggen. Ich schloss mich in meinem Zimmer ein, machte den Fernseher an und packte volle 1,5-Liter-Flaschen aus, um damit zu trainieren. (Offiziell durften wir noch kein Gewichttraining machen.)

Als Ariane in unseren Verein wechselte, wurden wir Duettpartnerinnen. Ich meinte, einer meiner größten Träume gehe in Erfüllung. Bald schon bekämpften wir uns dann sehr ernst. Wir schärften unsere verschiedenen Profile wie Messer aneinander. Sie war die Starke, die Ausdauernde, die Kräftige. Ich die Auffassungsschnelle, die Bewegliche, die Ausdrucksstarke. (Als wir später um den letzten freien Platz im Nationalteam kämpften, wandelte sich unsere Beziehung in einen Alptraum. Heute hoffe ich, dass sie noch lebt.)

Die Deutsche Jugendmeisterschaft in Mannheim war mein Durchbruch. Wir waren in einer ehemaligen Bundeswehrkaserne untergebracht. Die Matratzen mit einer knisternden Folie bespannt. Vor Aufregung und Geraschel schlief keine.

Ich lag nach dem Pflichtwettkampf auf Rang zehn. Alle Schwimmerinnen vor mir waren zwei Jahre älter, bis auf eine, Petsy Bernburg. Sie war eine Märzgeborene aus großbürgerlichen Verhältnissen. Ausdrucksstark und flexibel, im Mittelkörper etwas instabil, aber das kommt oft zusammen. (Flexibilität und Instabilität, meine ich, also im Körper, bei mir war es auch so.) Petsy hatte ein schmales Gesicht und diesen leichten Mäuseüberbiss. Die Zähne weiß glänzend, übertrieben weiß, chemisch gereinigt weiß. Und trotzdem der Überbiss. Ich glaube, das machte sie mir von Anfang an sympathisch.

Petsy Bernburg kicherte ständig, war aber keine von diesen aufgesetzten Sanguinikerinnen, denen immer das dämliche Grinsen im Gesicht hängt. (Ich meine nicht alle Sanguinikerinnen, sondern bloß eine, Kathrin M. vom Militärsportverein Saar. Die nette Kathrin M. mit ihrer bezaubernden Amelie-Frisur, einem braunen, kinnlangen Bob zu kurzem Pony. Die durch mich erkennen musste, dass es unmöglich ist, zu allen nett zu sein, sobald Dinge geschehen, die nicht nett sind.)

In unserem letzten gemeinsamen Kaderjahr ging es Petsy manchmal schlecht. Ihre kleine Schwester war an Leukämie erkrankt. Petsy lachte nicht unbedingt weniger oft als früher, aber manchmal heulte sie, also manchmal hatte sie geheult, denn beim Heulen sah ich sie nie, immer erst danach, wenn sie mit verquollenem Gesicht irgendeine Tür öffnete und lachend wieder reinkam. (Ich denke, dass jemand bei ihr war, wenn sie weinte. Penelope Bernburg war sicher ein Mensch, der sich umarmen und trösten ließ. Nur eben nicht von mir.)

Hans Zimmermann, der Fachwart, also das höchste Tier im Verband, kam in Mannheim zu mir. Im weißen Polohemd, Mülltüten über den Halbschuhen. (Er blieb auch im Schwimmbad immer ein Anzugmensch, was seine Integrität und Seriosität ja schon nahezu bewies. Mir jedenfalls war nichts bekannt von seinen Knien, seinen eventuellen Nagelpilzen oder Zehenverwachsungen. (Ich könnte eine Typologie erstellen, was sämtliche andere Erwachsene in diesem Zirkus betrifft.) Höflich, förmlich und korrekt war er immer, der Hans Zimmermann vom Tuspo Ruhr. Das ist so erwähnenswert wie unselbstverständlich.) Er schüttelte mir die Hand, eine absurde Geste der Wertschätzung, wie ich damals vermutlich empfand. Ich sei ein Talent. Er werde mich im Auge behalten. Von mir könne man noch viel erwarten.

Am nächsten Vormittag fanden die Solowettkämpfe statt. Ich war nicht gemeldet, niemand hatte mir zugetraut, die erforderte Punktzahl zu erreichen. Ich saß alleine am Beckenrand und zog mir die Küren der AK B rein. Petsy war fantastisch. Sie trug einen blau-rot gestreiften Badeanzug mit angedeutetem Stehkragen. Als Dutt ein winziges rundes Hütchen in denselben Farben, im Stil eines Hotelpagen. Sie schwamm zu diversen Zirkusmusiken. Sie strahlte, ihr Spagat lag beidseitig flach auf dem Wasser. Kein Haar blinzelte aus dem Schritt ihres Anzugs, an ihren Beinen oder der Achsel.

Liebe Tatjana,
HERZLICHEN GLÜCKWUNSCH ZU DEN TOLLEN ERFOLGEN BEI DEN DEUTSCHEN MEISTERSCHAFTEN!!!
Ich freue mich sehr für dich und Karolina. Ihr habt hart dafür gearbeitet. Es ist schön, den Namen unseres Vereins auch auf deutscher Ebene ganz vorne zu finden.
Nun zu deiner Bitte zum Krafttraining. Ihr habt für die Klimmzüge noch ca. sechs Wochen Trainingszeit. Zum Glück kommt es beim Krafttraining innerhalb kürzester Zeit zu einer Kraftzunahme. Wichtig ist es, die Klimmzüge täglich zu trainieren. Da Karolina zu Hause eine Reckstange hat, dürfte das kein Problem sein. Wichtiger als alles bei dieser kurzen Zeit ist

die Regelmäßigkeit, da pro Woche locker fünfzig Prozent mehr Klimmzüge erreicht werden können als in der Vorwoche. Fällt allerdings ein Tag aus, reduziert es sich auch schnell wieder. Folgende Übungen sind also nur ein NOTPROGRAMM für den kurzfristigen Erfolg. Langfristig muss Karolina anders trainieren, das heißt, ab Herbst sollte sie ein allgemeines aufbauendes Krafttraining absolvieren.

Ich wurde in den CD-Kader aufgenommen und fuhr nun regelmäßig nach Leipzig zu Lehrgängen. Als Nächstes wollte ich es in die Jugendnationalmannschaft schaffen.

Karolina ist ein kleines, etwas kräftiges Mädchen. Dadurch wirkt sie besonders gegenüber einigen anderen etwas »pummelig«. »Kissi« ist sehr lebhaft und war in vielen Situationen unser »Pausenclown«. Sie ist also ein nettes und beliebtes Mädchen.
Ihre konditionellen Fähigkeiten sind wie bei vielen anderen Aktiven auch sehr unterschiedlich ausgebildet. Ausdauer und Beweglichkeit sind normal entwickelt, wobei aber die aktive Beweglichkeit noch wesentlich schlechter als die passive ist. Auch in der Körperspannung ist Kissi normal trainiert und damit schon ein wenig besser als andere. Aber ihr Wassertreten ist auffällig schlechter als bei anderen Mädchen des gleichen Alters. Hier schien besonders die Technik nicht genug ausgefeilt zu sein.
In der Auffassung und Umsetzung neuer Bewegungsabläufe war Kissi recht schnell und auch einfallsreich bei der Entwicklung des Kürablaufs.
In ein bis zwei Jahren ist Kissi sicherlich reif genug, in der Jugendnationalmannschaft mitzuschwimmen, wenn sie so wie bisher weitermacht. (Kissi sollte auf ihr Körpergewicht achten.)

Die erste Bundestrainerin, mit der ich zu tun hatte, hieß Valeska Schatz. Und sie war ein Schatz. Ich lernte sie im Fernsehen kennen. Also durch das Fernsehen. Ich saß auf der Sitzlandschaft »Florida«, die mein Vater nach dem Wegzug aus dem Haus gekauft hatte. Viel grau, etwas pink, hellblau und gelb. Eine harte, raue Oberfläche. Das Unterteil konnte vorgezogen, danach die Rückenlehne umgelegt werden: Schlaffunktion. Es roch noch intensiv nach Verpackungsmaterial. Valeska saß in einer Moderatorenkabine in Barcelona und ko-kommentierte das olympische Solo-Finale. Ich hatte die Sendung auf VHS-Kassette aufgezeichnet und sah sie mir immer wieder an. Valeskas Stimme, weich und warm, mit diesem wippenden badischen Timbre, vermochte jedes unruhige Kind in den Schlaf zu wiegen. Ich träumte mich fort, ins olympische Becken: Hellblau strahlte es in der Sonne. Die Ränge, zweitausend rote Schalensessel, voll besetzt. Dünner Jubel durschnitt die Mittagshitze und begleitete jede Athletin bei ihrem Einmarsch in die Arena. Sobald die Stadionsprecherin eine Schwimmerin aufrief – die Feierlichkeit ihrer Ankündigung wurde dabei doppelt vom Lautsprecher verstärkt –, durchfuhr die Sportlerin ein Ruck und sie nahm Haltung an. Alle Muskeln ihres Körpers gerieten in Anspannung, das Gesicht bekam schlagartig einen völlig anderen Ausdruck. Dabei musste es sich nicht zwangsläufig um ein Lächeln handeln. (Vielleicht ist »Lächeln« ohnehin als Begriff hier an der Stelle fehl. Lächeln verkörpert Zartheit, Milde, ist eine schüchterne Gefühlsäußerung und ganz grundsätzlich unvereinbar mit der aggressiven Kampfhaltung, die eine Synchronschwimmerin in Aktion einnimmt, einnehmen muss, um Höchstleistung zu bringen.)

Ich fuhr mit meinem Zeigefinger über die Kante der fremden Couch, während ich die Frauen im Fernseher studierte. Öffnete mein Vater dann die Tür, fühlte ich mich ertappt und verschränkte die Arme vor der Brust.

»Zum wievielten Mal guckst du das jetzt?«

»Deine Sitzlandschaft stinkt.«

»Spinnst du?«

»Lass mich in Ruhe.«

Ich passte nicht ins Milieu der anderen Nationalschwimmerinnen. Zum einen, weil wir uns als Familie für was Besseres hielten, und zum anderen, weil wir gleichzeitig Angst hatten, nicht dazuzugehören. Mit dieser Einstellung verhindert man ja recht zuverlässig, von anderen als gleich anerkannt zu werden. Aber es gab auch tatsächlich handfeste Unterschiede in den Familienkulturen. Anders als bei den anderen Kindern wurde meine Wäsche etwa nicht mit Weichspüler oder wenigstens Ariel gewaschen, sondern mit Brechmittel, wenigstens roch es so. Klaus hatte kein Händchen für unsere Wäsche. Handtücher waren grundsätzlich rotgrau verfärbt und so hart wie Schleifpapier. Das machte mich in der Dusche gleich verdächtig. Überhaupt meine Kleidung: Second-Hand-Ramsch. Aus Prinzip. Ich verlegte mich deshalb früh aufs Klauen. Und legte mir eine Garnitur zu, die ich vor Iris und Klaus geheim hielt. Winterstiefel mit Absatz. Jacke mit Pelzimitat. Sie hätten mich totgelacht. (Linke können sehr intolerant sein, lernte ich.)

5

Düsseldorf, Ostern 1995. Mein zweiter Einsatz für die Jugendnationalmannschaft unter Valeska Schatz. Ich galt als Mannschaftsfloh und Maskottchen, war mit Abstand die Jüngste und Kleinste. Kurz vor dem Pflichtwettkampf bekam ich Heimweh. (Klingt unplausibel, aber so war es.) Ich rief zu Hause an und sofort war klar, dass alles aus den Fugen geraten war. Mein Onkel Richard ging ans Telefon. Ich fragte: »Warum bist du bei uns?« Er reichte den Hörer weiter an meinen Vater. Meine Mutter war im Hintergrund zu hören. Ich erkannte sie daran, wie sie durch die Zähne ausatmete. An ihren wütenden Schritten. Schließlich stieß sie einen unverkennbaren Laut aus. »Warum ist Elke bei uns?« Mein Vater behauptete, ich hätte mich verhört. Es sei alles in Ordnung. Er log mir direkt in den Kopf. Gaslighting. Ich hatte damals keinen Begriff für die Gewalt, die er mir damit antat. Klaus beteuert bis heute, er habe es gut gemeint und mich schonen wollen. Ich hängte auf und war wie abgeschnitten.

Ich nehme an, dass mein Bruder während meiner Abwesenheit endgültig durchgedreht war. (Bis heute hat nie jemand mit mir darüber geredet.) Wochen vorher hatte er angefangen, die Wände in seinem Zimmer mit Chinatusche schwarz anzumalen. An seltsamen Orten in der Wohnung fanden sich immer öfter kleine Zettel, auf die er schreiende Botschaften gekritzelt hatte. Einmal fand ich zum Beispiel einen im Zimt: »DIE ELTERN ERSTICKEN DIE KINDER, WEIL IHR STINKENDER ATEM DEN NEUEN GEIST TRÄGT.« (Klaus war seit Jahren chronisch von Aki genervt gewesen. »Als hätte ich nichts Besseres zu tun, als mir von einem pubertierenden Jugendlichen auf der Nase rumtanzen zu lassen.«) Sein Bettkasten war zu einem Hort leerer Wodkaflaschen gewachsen. »Weißt du, man kann es nicht riechen, wenn einer Wodka trinkt«, hatte er mir im Herbst zuvor noch mit seiner geduldigen, gütigen Stimme erklärt. »Ich kann es riechen, wenn du am Morgen Wodka trinkst.« »Ja, du. Du zählst ja auch nicht.« Mir war er bis fast zum Schluss sehr liebevoll begegnet. (Du idealisierst ihn. Du brauchst die Spaltung. Böse Iris – guter Aki. Aber du weißt, dass das nicht stimmt.)

Für einen Samurai-Krieger hatte er sich gehalten, viel Zeit investiert, das lautlose Anschleichen zu üben, und schließlich war er mit einem scharf geschliffenen Schwert nach Hause gekommen. Kurz bevor ich mich auf den Weg nach Düsseldorf machte, lauerte er mir damit hinter der Tür auf. Ich stand in einem neuen Badeanzug vor dem Spiegel und übte Bewegungsabläufe meiner Solokür. »Eitel bist du und verlogen!« Ich schaute in seine fremden Augen und erwartete meine Exekution.

Ich schwamm einen grottenschlechten Wettkampf und meine Chance, diese Saison für die Jugendweltmeisterschaft nominiert zu werden, schwand.

Aki war verschwunden, als ich aus Düsseldorf nach Hause kam. Klaus' Bruder Richard hatte Aki eine Überweisung in die Klinik geschrieben, doch Elke hatte ihr Veto eingesetzt und ihn mit nach Zürich genommen. (Elkes Wohnorte entfernten sich immer weiter von uns. Als Nächstes würde sie auf den Mond ziehen.)

Jetzt war ich mit Klaus allein.

Ich versuchte, mit ihm zu sprechen.

»Ich habe Angst, dass ich auch verrückt werde.«

Er sagte, dass ich ganz normal sei, dass ich nicht so ein Drama machen solle, dass es ausnahmsweise einmal nicht um mich ginge.

Ich lernte, dass mein Vater in der Not keine Hilfe ist.

Ich leide wieder unter Konzentrationsschwäche. Mein Blick hält Geschriebenem nicht stand. Ich flüchte springend, stürze mich von Punkt zu Punkt. Die Gleichzeitigkeit von Unruhe und Leere. Das Gefühl, mich nicht verbinden zu können, abgetrennt und einsam zu sein. Dabei geht es um alles. Meine Biografie, meine Geschichte, mein Leben. Gelingt es mir nicht, meine Geschichte zu formulieren, einen Sinnzusammenhang zu schaffen, so gehe ich unter. So unterwerfe ich mich der Prophezeiung meines Vaters, eine Kranke zu sein.

Vielleicht war es fatal, dass Elke verhinderte, ihn in die Psychiatrie einweisen zu lassen. Vielleicht war es fahrlässig. Vielleicht war es eine Gnade.

Elke fuhr mit Aki in die Berge. Dort verbrachten sie zwei Wochen auf einer Alm ohne Strom und fließend Wasser. Angeblich sperrte sie ihn in den ersten Tagen ein, vielleicht fantasiere ich mir das aber auch bloß zusammen. Als Elkes Jahresurlaub aufgebraucht war, setzte sie einen Vertrag auf, den Aki unterschreiben musste. Er verpflichtete sich darin, sich »an die Regeln zu halten«. Natürlich haute er sofort ab. Erst Monate später schickte er ein Lebenszeichen. Aus Lappland. Im Grunde ist er bis heute ein Phantom geblieben.

6

Aki und ich waren uns als Kinder so nah, vielleicht war er meine engste Bezugsperson. Ich erinnere mich nicht an seinen angeblichen Zorn. (Warum musst du deinen Bruder idealisieren? Es ist eine Lüge, dass er ein »guter Mensch« war. Du brauchst die Spaltung, das ist alles.)

Wir sangen auf dem fadenscheinigen grün-beige-roten Teppichboden unseres Kinderzimmers heimlich Lieder aus dem evangelischen Religionsunterricht. »Danke, für diesen guten Morgen! Danke, für jeden neuen Tag! Danke, dass ich all meine Sorgen auf dich werfen mag!« Wir sangen am Lagerfeuer der Sozialistischen Jugend »Blinde Katharina«: »Nur weil ich vermute, dass ich sehend bin, brauch ich doch nichts erkennen, komm wir schmeißen einfach alle Regeln hin, du zeigst mir, wie man sieht.« Wir sangen »Es ist vorbei, bye bye Junimond« in einer modrigen Kate im Thüringer Wald und Aki sah aus wie der junge Rio Reiser. Wir grölten sämtliche Ärzte-Lieder auf Luftmatratzen im pisswarmen Mittelmeer.

Jeden Herbst fuhren wir mit einer Kindergruppe der Sozialistischen Jugend auf die Hütten im Steinbruch. Der Ofen im Schlafhaus qualmte. Unten eine Schlafebene, ein Fenster mit Blick auf den Hang. Eine Leiter führte auf die zweite Ebene ohne Tageslicht. Hier fanden wir es gemütlicher. Aki und ich tricksten die anderen Kinder aus, verschafften uns einen Vorsprung, besetzten die obere Ebene und gaben sie nicht mehr her. Schon im nächsten Jahr hatten wir Hausrecht.

Ich war immer mit Aki zusammen unterwegs. Heute frage ich mich, ob es ihn genervt hat. Seine kleine Schwester. Ich war zwar aufgeweckt und frech, sogar mutiger als er, aber ich konnte keine Freundschaften schließen. Ohne Aki wäre ich immer allein geblieben. Ob das stimmt? Keine Ahnung. In manchen Momenten frage ich mich auch, ob es Aki jemals gegeben hat.

Die Küchenhütte lag etwa fünfunddreißig Schritte entfernt der Schlafhütte gegenüber. Eine in den Stein geschlagene Treppe führte zu ihr hinauf. (In meiner Erinnerung springe ich sie jedes Mal nach oben.) Vor den Küchendiensten drückte ich mich oft erfolgreich, weil mich das Wasser im Spülbecken anekelte. (Gab es vielleicht noch einen tieferen Grund?) Ich konnte mich gut in Luft auflösen. Ich war überall die Kleinste und zog meinen Nutzen daraus. Wenn man aus einem der drei Küchenfenster hinauskletterte, geriet man auf das Vordach aus Teerpappe. Die TeamerInnen (so schrieben sie sich damals selbst) saßen in der Morgensonne auf diesem Dach, tranken ihren Kaffee und rauchten Selbstgedrehte. Es war einer der gemütlichsten Orte dieser Welt. Unter dem Vordach befand sich eine Feuerstelle. Bei feuchtem Herbstwetter kamen Feuersalamander aus den Ritzen der Mauer. Irgendwelche Idioten versuchten einmal, sie mit brennenden Stöckern auszuräuchern.

Wir waren freie Kinder. Gefährlich frei waren wir.

Ich mochte den Hohlweg. Die offenen Wurzeln. Das gebrochene Licht. Wir rannten und rannten ihn entlang, wurden schneller und schneller. Den Hohlweg entlangzuschreiten war immer ein Siegeszug. (Welche Schlacht noch mal hatten wir gewonnen?) Wir grölten und lachten. Die Wurzeln trugen uns stolz. Von der Wiese aus waren wir unsichtbar in ihm, so klein wie wir waren, so tunnelartig er sich in den Boden eingegraben hatte. Er beschützte uns. Ich liebte ihn sehr, den Hohlweg.

Ich trauere um meinen Bruder, um die glücklichen Momente meiner Kindheit.

Aki war immer an meiner Seite, er ließ mich nie aus den Augen. Wenn Iris mich verprügelt hatte, nahm er mich in den Arm. Neben Aki war ich nie allein.

Er wollte mich beschützen und ich denke, dass es ihm mehrfach gelang. Ich denke, dass er sich für mich geopfert hat.

Mich von allen distanzieren, um mich selbst nicht zu verlieren. (Psychose: Erlebt Nähe als Selbstverlust. Verliert sich in der Beziehung. Nimmt große Distanz ein, um den Preis der Einsamkeit. Geringes Selbstwertgefühl bei hohen Ansprüchen, selbstkritisch.)

7

Vielleicht wäre mir das Kommende erspart geblieben, wenn ich damals beim Nominierungsendausscheid in Köln nicht aufgegeben hätte. Mich nicht wie tot hätte treiben lassen. Auf dem Wasser. Zumindest hätte ich nicht so dramatisch tun müssen. Ich konnte nicht mehr, ja. Aber ich war nicht bewusstlos. Es war mir bloß zu peinlich, einfach so aufzugeben. Ohne den simulierten Schwächeanfall. (Warum habe ich mich nicht durchgebissen? Valeska Schatz wollte mich in der Mannschaft haben. Sie hat an mich geglaubt.) Ich wurde nicht für die JWM in Québec nominiert. Ein beschämender Sommer stand mir bevor. Klaus und ich alleine auf Gomera. Dann dieses Lager der Sozialistischen Jugend in Südfrankreich, für das ich eigentlich zu jung war. Kinderschutz war kein Wert von Bedeutung in der Sozialistischen Jugend. In mir sah niemand ein schutzbedürftiges Kind.

Heiko war für ein Jugendlager zu alt, obwohl er dem Jungen auf der Kinderschokolade ähnlich sah. Der Scheitel und die weißen Zähne. Doch er war dunkler. Seine gebräunte Haut bedeutete ihm viel. Ich litt damals unter der Angst, an Hautkrebs zu erkranken, und trug auch bei Hitze einen langen Kapuzenpulli. Heiko würde sich schon bald über meine irrationalen Ängste lustig machen und danach zog ich den Pulli aus. Er war sieben Jahre älter und er sprach abfällig über Aki, verriet mir Akis geheimen Spitznamen. (Ich habe diesen Spitznamen nie benutzt.) Spätestens da hätte ich Heiko ins Gesicht spucken müssen, ihn verächtlich abwerten. Ihn beschämen. Ich konnte das doch eigentlich. Er machte mir ein Kompliment, das auf einer Beleidigung des von mir am meisten geliebten Menschen auf der Welt beruhte. Er strich irgendeinen Vorzug an mir heraus, der mich gegenüber meinem Bruder abhob, und ich verriet meinen Bruder Aki im geöffneten Türrahmen eines gelben VW-Busses. Ich weiß nicht mehr, ob ich im Bus saß und hinaus in die Sonne starrte oder ob ich draußen im Licht stand und nach innen guckte. Doch. Ich erinnere mich. Der Hell-Dunkel-Kontrast. Ich schaute nach Innen. Tag und Nacht. (Sicher konstruiere ich hier. Ich flüchte mich in Ästhetik.) Ich genoss die Aufmerksamkeit. Wollte ich mich an Aki rächen? Weil er weg war und ich nicht? Ich spürte vielleicht, dass es falsch war. Aber Aki war weg.

Ich mochte Heiko nicht. Ich entschied mich für ihn.

Ich sage meinem Vater ins Gesicht, was damals geschehen ist: »Ich war 14. Er schlief mit mir. 21-jährig. Das ist eine Straftat, sofern die Jugendliche nicht sexuell selbstbestimmt handelt, und ich war nicht sexuell selbstbestimmt.« Seine Augen sind grau. Er schaut mich an, aber er sieht mich nicht: »Ich wusste das ja nicht.« (Er wusste das ja nicht.) »Aber ich war 14. Warum hat es dich nicht gekümmert, mit wem ich gehe?«

Du hast doch sowieso immer gemacht, was du willst.

Das wird er jetzt sagen. Ich weiß es schon vor ihm. Er sagt es nur mit seinen Augen. Widerwillig schüttelt er den Kopf. Er hält den Satz zurück. Aber ein anderer fällt ihm immer noch nicht ein.

Ich war die emotionalen Verrenkungen gewöhnt. Nicht unterscheiden zu können zwischen angenehmen und unangenehmen Gefühlen. Zwar unterscheiden zu können, aber unfähig zu sein, die unangenehmen Gefühle abzulehnen, mich gegen sie zu entscheiden, von ihnen wegzugehen. Das Bild von mir im Außen hatte mehr Wert. Die Idee vom Gewinn durch die Situation. Mein Gefühl war ganz unwichtig. Ich ging früh ins Training der Gefühlsverdrehung.

Das Gefühl der Lähmung. Mich nicht wehren zu können. Gegen Berührungen, die ich nicht will. Gegen Situationen, in denen ich feststecke wie in einer Felsspalte. Die Lähmung hat viele Gesichter. Auch im Lachen kann sie sich zeigen. Auch im Sprechen. Sie richtet sich gegen das Gefühl. Die Lähmung ist immer ein Zurückhalten des Gefühls. Eine Verkleidung des Gefühls.

Ich erzähle Klaus, was die Dame der Beratungsstelle mir gesagt hat: »Warum hat Sie niemand geschützt?« (Aus meiner Antwort ging hervor, dass ich bereit war, ihn bis heute zu schützen, sein Verhalten zu entschuldigen.) »Mein Vater war nach der Scheidung schwer depressiv.« »Sie wissen, dass wir Kinder in solchen Fällen aus der Familie nehmen?« Ich verstand den Satz der Beraterin falsch, bezog ihn sofort auf mich, übernahm eine vermutete Schuld und interpretierte ihre eigentlich mitfühlende Bemerkung als Drohung: Mein Kind könne mir weggenommen werden. Als sich das Missverständnis aufklärte, brach ich weinend zusammen. Verstört. Erleichtert. Ungläubig.

War vielleicht doch nicht ich selbst an allem schuld, was ich erlebt hatte? War ich mit vierzehn vielleicht doch nicht so schrecklich frühreif gewesen, wie mein Vater stets behauptet und damit suggeriert hatte, ich hätte mich jeder Erziehung durch ihn entzogen?

Auch Elke hatte an dem Mythos mitgestrickt: Wir seien stark und selbstständig und gingen unserer Wege.

Das Hochbett in der ausgefrästen Deckenverkleidung. Darauf Henry Millers *Opus Pistorum*, in dem ich las, wenn er sonntags nach dem Club zum Fußballspielen ging. Falls seine Mutter klopfte, bewegte ich mich nicht. Ein Funkwecker stand da. Den starrte er an, wenn er nackt seine Liegestütze machte. Dünn und kurz war sein Zeigefinger. Meine Potenz frustrierte ihn. »Eines Tages wirst du eine umwerfende Frau sein.« (Habe ich mich deshalb all die Jahre selbst sabotiert: um seine Prophezeiung nicht wahr werden zu lassen?) Stolz führte ich sein Foto im Portemonnaie und erzählte allen Schwimmkameradinnen, dass er einundzwanzig sei.

Ich war missbraucht worden, ich hatte keine Worte dafür und niemanden, der es glaubte. Ich hielt den Missbrauch für Liebe. Den Makel, der darin bestand, dass ich die Sexualität mit einem erwachsenen Mann nicht genießen konnte, den Makel suchte ich in mir, ich hielt mich für den Makel, ich war mir ein Makel.

Scham über mich selbst. Mir fehlte das Wort dafür. Erst als ich meine alte, meine beste Freundin wiederfand, nach über zwanzig Jahren, konnte sie es mir erklären. Sie sprach von ihrer Scham, die verhindert hatte, eine ähnliche Gewalt auszusprechen. Die Scham hatte ihr eingeflüstert, sie müsse es ertragen.

Nackt neben ihm im Bett stellte ich mich manchmal tot, um zu prüfen, ob er es bemerkte. Ich atmete nicht mehr, zitterte, lag deckenlos, bis ich ausgekühlt war.

Ich habe mehrfach versucht, mit Klaus über seine Sexualität zu reden. Nicht, weil ich es wollte, aber weil ich es für notwendig hielt. Es gab doch keine Alternative für uns, als dass wir unsere schreckliche Beziehung an einen Punkt brachten, in der wir uns in Frieden gehen lassen konnten. Doch jeder neue Versöhnungsversuch scheiterte schlimmer als der vorangegangene.

Wir besuchten gemeinsam eine Teufelsaustreibung. Um die Dämonen zwischen uns zu besänftigen. (Ich bin nicht stolz drauf.) Klaus hatte seine esoterischen Phasen und ich auch. Die »Behandlung« kostete einen Haufen Geld und bewirkte zumindest, dass wir wieder einmal herzlich miteinander lachten. Vielleicht war für den kurzen Moment wirklich alles in Ordnung, als wir nackt und schwitzend in dieser kleinen Erdsauna saßen und uns gegenseitig mit gewürztem Wasser überschütteten.

Klaus erwähnt irgendwann ganz nebenbei, dass Tante Ingrid ihn als Vierzehnjährigen »mit ins Bett« genommen habe. In den Familienfilmen war mir längst aufgefallen, dass sie ein besonderes Interesse an ihm hatte. Ständig überfällt sie ihn von hinten, umarmt ihn und flüstert ihm etwas ins Ohr. Ob das Übergriffe auf ihn gewesen seien, frage ich. Sein Gesicht wird zur bockigen Maske. Die Arme verschränkt er zum Bollwerk vor der Brust. In diesem Panzer erzählt er mir dann wieder das alte Märchen seiner revolutionären Sexualität. Seine These von befreiter Sexualität als Impfung gegen den autoritären Charakter hat er mir schon oft vorgetanzt. Ich schalte dabei wie immer schnell ab.

Ich hatte Klaus damals erzählt, dass Saras deutscher Stiefvater sie missbrauchte. Klaus wusste sofort: »Das denkt sie sich aus. Ich habe mir auch mal eine erwachsene Freundin ausgedacht.«

Sara, warum habe ich mich dir nicht anvertraut? Du wusstest doch, was es heißt, missbraucht zu werden. Hätten wir uns nicht zusammentun können? Warum zog ich mich stattdessen vor dir zurück?

In unserer Familie werden Geheimnisse gut gehütet. Als könnten sie dadurch reifen, wie in Fässern vor dem Tageslicht geschützt. Natürlich faulen sie bloß. Die Hoffnung, sie könnten verrotten zu nährstoffreichem Humus und Düngekraft entwickeln, muss enttäuscht werden: Sie düngen allein die vererbten Traumen.

Warum sprichst du erst jetzt? Wer diese Frage stellt, kann sich in eine missbrauchte Seele nicht einfühlen. Versteht nicht den Nutzen von Verdrängung: imstande sein, weiterzumachen. Weitermachen. Aufstehen. (Statt liegen zu bleiben. Reglos. Kommentarlos. Bleischwer. Als stimmiger Ausdruck des Innendrucks, als authentische Geste.) Sprechen.

(Statt zu verstummen. Die Sätze verstümmeln, die Worte. Weil intakte Sprache die Zerstörung nicht übermitteln kann.) Arbeiten. (Statt anzuerkennen: Nichts macht irgendeinen Sinn.)

Ich brauchte über zwanzig Jahre, um Sara wiederbegegnen zu können. Bis die Scham in mir, die Scham über mich selbst, die Erinnerung an die Scham keine Macht mehr über mich hatte. Einmal näherte sich Sara dem Wohnhaus meines Vaters, in dem auch ein Bekannter von ihr wohnte. (Klaus erzählte mir oft von Sara. Seltsam prahlend. Wusste er doch, dass ich keinen Kontakt mehr zu ihr hatte.) Ich sah sie kommen und sprang ins Gebüsch. Mit zitterndem Herzen. Und sie ging an mir vorbei.

Warum sprichst du jetzt? Diese Frage enthält den Subtext: Warum schweigst du nicht für immer?

Weil ich es damals nicht wusste und nicht glauben konnte. Ich wollte die Beziehung zu Heiko um jeden Preis. Ich hielt es für eine Auszeichnung, dass er mich WOLLTE. (Fear-Fact: Mein Vater beschrieb mit denselben Worten, was er empfand, als meine Mutter IHN wählte.)

Mein Vater ist nicht das Objekt meiner Begierde. Ich empfand ihn als drohenden Berg, dabei ist er ein Sumpf. Ich brauche mich nicht vor ihm zu ducken, ich muss mit Brettern an den Füßen über ihn waten. Ich muss Sicherheitsvorkehrungen treffen. Ich muss mich ihm stellen. Solange ich mich vor ihm verstecke, ist die Macht ungebrochen. Nicht seine Macht über mich. Meine Fantasie seiner Macht in mir.

Ich stellte mich später meinen Erinnerungen an Heiko, um nicht länger von ihnen bestimmt zu sein. Um mein Vermeidungsverhalten ablegen zu können und nicht länger von Heiko bestimmt zu sein. Vorsätzlich triggerte ich meine Erinnerung täglich fünf Minuten lang. Über mehrere Wochen. Roch an der Creme, die er benutzt hatte. Spielte die Kassette, die er mir aufgenommen hatte. Starrte auf sein Bild, das ich allen so stolz präsentiert hatte. Der Prozess der Desensibilisierung war schmerzhaft und therapeutisch vermutlich verantwortungslos. (Ich arbeitete mich durch ein Selbsthilfebuch.) Der Effekt war befreiend.

Ich bin unsicher. Ob ich gehen oder bleiben, sprechen oder schweigen soll oder muss oder darf. Was will ich? Ich weiß es nicht. Was ist richtig? Welche Instanz gilt für mich? Unsicher bis tief in die Syntax.

8

Der Sommer ging vorbei und der Herbst kam. Heiko und ich blieben neun Monate lang ein Paar. Als er sich von mir trennte, war ich untröstlich.

Eine Verbandsintrige entmachtete Hans Zimmermann und auch Valeska Schatz fiel ihr zum Opfer. Die Bräuer-Crew aus dem Saarland übernahm die Macht im DSV. Als die neuen Kader standen, war ich wieder Teil der Mannschaft für Deutschland.

Die neue Bundestrainerin hieß Imke Bräuer. Sie war vermutlich ein unsicherer Mensch. Am Anfang versuchte sie, sich bei uns einzukratzen. Mit uns zu lachen, wie eine Freundin für uns zu sein. Als aber im Lauf der Saison Konflikte auftraten, wurde sie punktuell unangemessen hart. Aus dem Nichts ordnete sie Geldstrafen an und drohte mit Mannschaftsausschluss. So gut wie jede ordnete sich unter. Hinter ihrem Rücken lästerten Sophie, Nele und ich über sie. Sophie kam aus demselben Club wie Hans Zimmermann und hasste Imke aus Vereinstradition. Sie wollte sich nicht von ihr trainieren lassen, weil sie sie für inkompetent hielt. Jede Korrektur nahm sie mit regungslosem Gesicht entgegen. Sie verlegte ihre Kraft darauf, Imke zu ignorieren. Die Gruppenkür interessierte Sophie nicht. Sie war die geborene Solistin. Sie war 1,80, hatte wohlproportionierte Beine, trainierte hart. Trotzdem erlag sie Imkes Psychokrieg und musste ihre Solokür auf dem wichtigsten internationalen Wettkampf nach einem Blackout abbrechen.

Nele regte sich furchtbar auf. Sie wollte keinen schwarz-rotgoldenen Schal stricken, um diesen auf der JWM in Israel zu schwenken. »In Israel! Ich schwenke doch keine Deutschlandfahne in Israel!« Sie hatte recht. Ich war noch zu feige oder zu harmoniesüchtig, um mich offen auf ihre Seite zu schlagen. Auf dem Wettkampf in Tel Aviv brach auch sie nervlich zusammen. (In meinem letzten Jahr versuchte ich, sie zu rächen.)

Ich erkrankte immer wieder an Mandelentzündung, immer kurz vor einem Wettkampf. Als Carmina Burana, als Feuervogel. Vor der Sichtung, vor den Süddeutschen. Wir hatten ein Ritual, Klaus und ich. Er schaute mir in den Rachen und verkündete, ob er »weiße Stippse« sah. Falls ja, handelte es sich um eine eitrige Mandelentzündung und diese bedurfte einer Antibiotikatherapie. Dann war es mit dem Wettkampf gelaufen, beziehungsweise durfte ich nicht ins Training. Allerdings verschob sich auch diese Grenze irgendwann – wenn der Arzt die Eitertupfen mit einem Wattestäbchen abkratzte, durfte ich trotzdem schwimmen.

In meinem letzten Mannschaftsjahr war der Saisonhöhepunkt die Weltmeisterschaft in Moskau. Ich wurde als Mannschaftssprecherin wiedergewählt. Imkes Methoden waren weiterhin unterirdisch. Sie brüllte bulimische Mädchen quer durch die Halle an: »Wer kotzt, fliegt!« Sie sorgte auf den Lehrgängen zuverlässig dafür, dass wir in einen zerrütteten, demoralisierten Zustand versetzt wurden. Sie bevorzugte die Mädels aus ihrem Verein. Uns Leistungsträgerinnen schikanierte sie. Ich setzte schließlich einen Brief auf und forderte bessere Bedingungen. Alle Athletinnen unterzeichneten den Forderungskatalog. Bis auf Kathrin M.

Kathrin M. lachte mich an, auf eine zerknirschte Weise, und ich bemerkte, dass ihr die Tränen in den Augen standen. »Ich kann nichts Schlechtes tun«, weinte sie kichernd. Sie sollte einfach ihre Scheißunterschrift unter den Brief setzen. Stattdessen marschierte sie zu Imke.

Wir befinden uns in Moskau, im Hotel Russia, die Zimmernummer habe ich vergessen. Imke sitzt neben ihrer Schwester Lefke, ihrem Mann Bernd und daneben ihre Mutter Annegret, aufgereiht an der Seitenkante eines langen Tisches. Dies ist das Tribunal, vor dem ich alleine stehe (doch, ich weiß es ganz genau, dass außer mir nur Bräuers im Raum waren), als sie mir verkünden, dass ich jetzt raus sei. Es ist der Vorabend des Gruppen-Finales. Natürlich dürfe ich den Wettkampf noch zu Ende schwimmen. Natürlich dürfe ich mit der Mannschaft gemeinsam nach Hause fliegen. Natürlich. Natürlich. Meine Nationalmannschaftskarriere sei aber ab dem 1. September beendet. Meine Förderung durch den Deutschen Sportbund ebenso. Den Grund könne ich mir denken. Rädelsführerin. Boykottbrief-Unterzeichnerin. Aufrührerin. Unruhestifterin.

Ich stand vor dem Bräuer-Clan. Ich besaß keine Anwältin. Sie machten mir keinen fairen Prozess. Wir waren in Moskau. Wollten diese Arschlöcher Stalinisten sein? In ihrem verfickten Saarland wählten sie CDU oder FDP und hier setzten sie sich in einer Reihe nebeneinander und spielten Exekution? Und was habe ich gesagt? Sprang ich ihnen ins Gesicht? Natürlich nicht. Natürlich. Natürlich. Ich spannte meine Muskeln an, damit ihre Bösartigkeit nicht durch meinen Leib dringen konnte. Ich hielt mein Herz von ihnen getrennt. Ich lächelte kalt. Und sie verstanden mich.

Ich wusste, dass ich Elke in Moskau treffen würde. Sie arbeitete damals für Unilever und jettete einem irrwitzigen Zeitplan hinterher um die ganze Welt. Auf Nachfragen, was genau sie dort eigentlich tat, winkte sie immer genervt ab. Ob sie einen für zu dumm hielt, es verstehen zu können, oder ob sie selbst nicht ganz im Reinen mit ihrer Tätigkeit war, ließ sich nicht beurteilen. Ihre moralische Integrität begann damals langsam für mich zu bröckeln. Sie schimpfte und verachtete irgendwie alle Institutionen und Parteien. Auf irgendwen oder irgendwas war sie offensichtlich sauer. Auf die Amerikaner? Meine Fragen waren zu naiv, um von ihr beachtet zu werden. (Oder war sie doch auf MICH sauer?)

Wir trafen uns auf dem Roten Platz. Ich war froh, sie zu sehen. »Sie haben mich aus der Mannschaft geschmissen.« Sie sah mich komisch an. Wenn ich rausgeschmissen worden war, hatte ich mich wohl nicht an die Regeln gehalten, selbst schuld. Das las ich in ihrem Blick. Wir ließen ein Polaroidfoto von uns machen. (Ich bin darauf weiß wie die Wand im Leninmausoleum. Sie sieht aus wie in Bronze gegossen.) Kurz schauten wir uns Schaufenster im Kaufhaus Gum an. Bald trennten wir uns.

Ich trainierte nicht ab. Von Ariane und den anderen habe ich nie wieder etwas gehört. Was Tatjana wohl heute über mich denkt?

Ich schloss mich in meinem Zimmer ein, machte den Fernseher an und bewegte mich nicht mehr. Ich nahm mir vor, meinen Körper als Strafe für sein Versagen zu quälen. Als Erstes begann ich mit dem Rauchen. Klaus interpretierte es falsch und lobte mich dafür, nicht mehr so verbissen auf die Optimierung meines Sportlerkörpers zu achten. Ich begann, mir einen Panzer aus Sarkasmus zu häkeln. Ich fügte meinem Körper grobe Verletzungen zu. Nichts anderes hatte ich all die Jahre zuvor getan, im Training. Doch solange ich dabei lächelte, war es keinem seltsam vorgekommen. Nun wusch ich mir nicht mehr die Haare. Ich experimentierte mit Seifenlauge. Ich las irgendwo, es mache den Knochen brüchig, wenn man den Arm mit ihr beschmiere und über Nacht in einen Plastiksack stecke. Ein beherzter Schlag auf eine harte Kante reiche danach angeblich aus, ihn zu brechen. Ich hatte kein Glück. Bloß blaue Flecke.

Im nächsten Sommer nahm ich an Elkes Schulung »Wie leben?« teil. Elke setzte mich neben sich ins Flugzeug und ich durfte mit in ihr neues Apartment nach Madrid. Ihre Therapie lautete: Kochen. Sie brachte mir ihr Einmaleins der Ernährung bei und duldete keinen Widerspruch. (Dazu muss man wissen, dass meine Mutter Orthorektikerin war. Eine elaborierte Form von Essstörung ist das. Wie man in der Orthografie richtig schreibt, so isst man in der Orthorexie »richtig«. Das Gute essend, hält man sich das Schlechte vom Leib.) Sie klebte mir Leib und Seele mit Tesafilm zusammen und erwartete, dass ich für die Ewigkeit hielt. Ihre Regel Nummer eins lautete stets: Trinke, trinke um dein Leben. Trink, so viel du kannst, erst wenn du fast daran ersäufst, ist es genug. So spülst du dich rein. Wovon? Wenn du rein wärst, müsstest du nicht solche Fragen stellen. Ich fragte Elke, ob ich zu ihr ziehen dürfe, und sie sagte Nein.

Im Herbst verliebte sich Klaus kurzzeitig in Cornelia Kummerlöw. Eine Psychoanalytikerin und berühmte Veteranin der Kinderladenbewegung. Sie zog bei uns ein und eine Zeit lang bemühte sie sich rührend um mich. Ich konnte sie aber nicht leiden. Ihre chronische Ironie vergällte mir das Leben. Sie glaubte daran, dass eine »gewisse Leichtigkeit« im Umgang mit mir den »Druck aus der Sache nehmen« könnte. Ich sollte nicht Stiefmutter sagen, sondern »Belle Mère«, schöne Mutter, wie es die Franzosen laut ihr machten. Machte ich aber nicht. Ich agierte und regredierte ziemlich doll, hinterging und beklaute sie und sie erklärte mir den theoretischen Hintergrund meines Verhaltens. (Auch ihr gegenüber war ich sehr ungerecht, ich weiß, und zog doch einen Libidogewinn daraus, sie zu quälen.)

Cornelia setzte immer wieder zu Gesprächen an übers Vögeln. Ich lief schreiend davon. (Später habe ich sie mit obszönen Telefonanrufen belästigt. Ein ungelöster Konflikt auf der Folie unterentwickelter Objektrepräsentanten vielleicht. Spielvogel vermutete, ich hätte Rache genommen für all die sexuellen Details, die mir Cornelia anvertraute und die ich nie hatte hören wollen.)

Klaus war kurzzeitig begeistert von meinem intellektuellen Interesse. Er wünschte sich, dass aus mir eine Journalistin im Stil der jungen Ulrike Meinhof würde. (Später war er enttäuscht von mir. »Wir haben eine Bettina Röhl gekriegt.«)

Cornelia und Klaus trennten sich. Es ging ihm sehr schlecht.

Ich habe mich in dieser Zeit oft über Klaus lustig gemacht. Ihn Klausi, Kläuschen, Klause-Maus genannt. Iris war da schon ausgezogen. Aki weg. Ich war gottlos und gemein. Klaus empörte sich genervt, brüllte manchmal, war dann wieder kuchenweich.

Vielleicht wollte ich die Gewalt aus ihm rauskitzeln. »Immer musst du Streit anfangen, Kissi!« Seine Wut war wenigstens echt. Die unterdrückten Aggressionen waren dann besser zu ertragen.

Mit siebzehn zog ich bei Klaus aus, wechselte nach Frankfurt auf die Oberstufe, brach alle Bindungen ab und verwechselte Gewalt mit Liebe.

Getrieben von Ungeduld und Angst, gepusht vom Koffein – das ist die Schneidersche Linie –, flüchtete ich mich weiter durchs Leben. (Mit dem Trauma-Begriff würde ich mich erst Jahre später auseinandersetzen. Von Triggern verstand ich noch nichts.)

Wir entkommen uns nicht. Wir wissen nicht, wer wir sind, und wir entkommen uns nicht.

9
Über das Wegsperren

Oma Ilse Schneider sperrte Elke als Kleinkind weg, wenn sie abends ausgehen wollte. Regelmäßig. Einmal befreite Elke sich, indem sie im Schlafanzug aus dem Fenster kletterte und die Mutter in der Stadt suchen ging. Wo sie sein sollte, war sie nicht.

Opa Fritz Schneider wurde Schließer in der JVA Runkel. Elke selbst saß zwölf Monate in Haft.

Ich sperrte meine Erinnerungen weg. Zunächst behelfsmäßig in einen schmalen Wandschrank, gegen dessen Tür ich meinen Rücken drückte. Das Schloss schloss aber nicht recht, es blieb im Schrank nicht ruhig, es schrie heraus und stresste mir in den Nacken. Mithilfe professioneller Unterstützung schaffte ich mir bessere Gefäße an, um die Erinnerungen zu verschließen.

Heute dürfen sie manchmal heraus, sich zeigen und strecken, zum Bild werden und ihren Anspruch auf Teilhabe äußern, am Ganzen. (Schließlich ist ständige Auflösung kein Zustand. Auch ich habe das Recht auf einen roten Faden, auf ein zuverlässiges Erscheinungsbild.) Oft drängen sie sich jedoch feist und ungefragt ins Leben und kratzen das Unverdächtige kaputt.

Ich will nichts wegsperren, wenn ich ehrlich bin. Doch die existenziellen Spannungszustände, in die mich alte Traumen bis heute versetzen können, beanspruchen mich zu sehr. Wenn sie nach mir greifen, muss ich sie ernst nehmen und aushalten, sie durcharbeiten und ganz verstehen. Das ist eine raumgreifende, schmerzhafte Aufgabe. Jedes Mal, wenn es mir gelungen ist, sie zu überstehen, tröste ich mich mit der Fantasie, in Zukunft ganz sicher nie wieder von den Abgründen der Vergangenheit eingeholt zu werden.

Aber auch die Traurigkeit, diese harmlose kleine Schwester, kann ich nicht immer gebrauchen. Vor Kindern will ich nicht zerfließen. Vor den Nachbarn nicht. Nicht auf der Post. Nicht im Zug. Manchmal geschieht es mir doch und immer weine ich gerne, weil es ein Gefühl ist, und zwar ein selbstbestimmtes, eins, in dem ich führe und mit mir bin und in mir. Weinend kann ich immer lachen.

Wer das nicht kapiert, hat vielleicht nie Gefühlslosigkeit empfinden müssen, das Abgetrenntsein von sich und jedem Menschen und allen Gefühlen. Diese Einsamkeit ist besonders schlimm, weil sie absolut ist und das Ich keinen Standpunkt einnehmen kann, der diese Einsamkeit spiegelt oder relativiert. Die Einsamkeit hat keinen Namen und keine Gestalt. Es gibt keine Bilder, die diesen Zustand in Relation setzen, es gibt keine Farben, keine Totale. Sie ist unerkannt und ein Betrauern oder Bedauern unmöglich. Alles fehlt. Die Gefühlsregungen anderer scheinen fremd und falsch. Ein Tor liegt zwischen mir und der Welt, aber ich weiß nicht, dass mich das Tor von der Welt trennt. Für dieses Ich ist der enge Raum seiner Haft die Welt.

Nach der Vergewaltigung durch X. kam mir alles Reden nur noch sinnlos vor. (Da war ich achtzehn. Las gerade Nietzsche und wir waren auf Interrail in Osteuropa unterwegs.) Wir saßen auf dem Deck der Fähre nach Brindisi. Das Geplapper meiner besten Freundin ging mir einfach nur noch auf die Nerven. Ich hörte auf zu reden. Stattdessen kommentierte ich in meinem Kopf jeden Satz, den ich hörte, mit sarkastischer, rußiger Stimme.

Ich bin heute in Sicherheit und kann frei darüber sprechen. Das erste Sprechen darüber jedoch war eine folgenschwere Tat. Erst durch das Aussprechen wurde die erlebte Gewalt zur Wirklichkeit, dann erst spürte ich den Schmerz. Ein zweischneidiges Schwert. (Schreckliche Metapher.)

10

Ich fahre zu meiner Schwester Iris nach Berlin. Ich will sie auf der Bühne sehen. Ich muss mit ihr reden. Ich war lange nicht hier. Die Stadt war mal meine Rettung. War sie das? Oder mein Verderben? Vermutlich beides.

Als wir in den Neunzigern hier ankamen, fuhren wir über den Ku'damm in die Stadt hinein. Iris riss einen Witz über das fehlende Dach der Gedächtniskirche. Die Lichter machten mich betrunken.

Dann der eigenartige Geruch in den sommerlichen U-Bahn-Schächten. Diese seltsamen Krümel, die dort zusammengefegt wurden mit breiten Besen. (Waren es grüne Reinigungskrümel, aus Fett und Staub?)

Iris fuhr damals noch ihren Saab. Sie kutschierte mich damit durch die Nacht. Dreimal um den Alex herum in großem Bogen, wir jubelten und koksten und waren uns plötzlich ganz schrecklich nah.

Die größte Distanz zu meiner großen Schwester hatte ich empfunden, als wir zusammen nach Buenos Aires zu Elke geflogen waren. Ich war Mitte zwanzig, sie Anfang dreißig und ich begann in dieser Zeit langsam, mich von ihr abzulösen. Dass wir gemeinsam Urlaub machten, war noch Ausdruck der alten Abhängigkeit. Meine aufkeimende Angriffslust ihr gegenüber zeigte schon meinen Impuls, aus der Verstrickung auszubrechen. Iris und ich nahmen alle Aspekte der Reise grundverschieden wahr. Iris war notorisch beeindruckt. Ich chronisch bedrückt.

Elke hatte sich fünf volle Tage für uns freigenommen und zeigte uns ihre neue Stadt. Gut gelaunt und energiegeladen spulte sie ein Programm ab, das Iris fantastisch gefiel: kulinarisch, kulturell, politisch, energetisch. Ich war genervt.

Iris und Elke begannen den Tag mit Yoga auf der Dachterrasse. Ich saß mit verschränkten Armen auf dem Sofa und sah ihnen durch die Scheibe hindurch zu. Diese Körper sind falsch, dachte ich. Schon damals kam mir immer wieder der Verdacht, Elke sei eine Maschine. Iris spiegelte sich in ihr und zog daraus Kraft. Ich verstand nicht, dass bei Iris funktionierte, was sich für mich nur faul und hohl anfühlte.

Elke verdiente mittlerweile Unmengen Geld, was ihr peinlich war. Sie wollte nicht für eine Kapitalistin gehalten werden. Ständig ließ sie durchblicken, welche politischen Projekte sie finanziell unterstützte. Meinen konkreten Fragen nach ihrer Arbeit wich sie aus. »Kaufmännische Angestellte.« Ich begann eines Abends beim Bier, eine Liste von Fragen abzuspulen. Nach den spezifischen Umständen ihrer Haft, den Details rund um die Scheidung, ihrer Motivation zur Familiengründung. Sie panzerte. »In deinem Alter habe ich mein eigenes Geld verdient.«

»Warum musst du alles kaputt machen? Warum können wir nicht einfach eine gute Zeit mit ihr haben?« Iris saß auf dem Bett im Gästezimmer und feilte sich die Nägel. »Weil es eine Lüge ist? Weil Elkes Performance keine Substanz hat? Weil ich nichts davon habe, mir ihre Show reinzuziehen? Weil ICH kein Teil dieser Show sein will?! IMMER braucht sie Publikum! Bei ALLEM, was sie sagt und tut, geht es ihr NUR um den Effekt. Sie ist GEFALLSÜCHTIG. Auf unkonventionelle Weise gefallsüchtig ist sie!« »Du bist paranoid, Kissi. Entspann dich mal. Hast du eine Ahnung, wie schrecklich normale Mütter sind?«

Iris wollte auch später niemals wahrhaben, wie schrecklich unsere Mutter wirklich war. Welche schrecklichen Aspekte zumindest auch ein Teil ihrer Persönlichkeit gewesen waren. Meine Erzählungen über Elkes Schatten wischte Iris zuverlässig weg. Für sie war meine Erinnerungsfähigkeit das Problem und nicht Elkes politische, moralische, zwischenmenschliche Integrität.

*

2005, New York. Ich machte ein Auslandssemester an der Tisch School of the Arts. Große Ehre. Viele exzentrische Dozenten. Seltsame Drogen. Abgründige Sexualität.

Elke war beruflich ebenfalls oft in der Stadt und wir sahen uns etwa zweimal pro Woche. Unsere Beziehung gestaltete sich zu diesem Zeitpunkt streng hierarchisch. Sie stellte die Fragen. Ich antworte wie ein Schulmädchen. Mit einem Schwall aus Sätzen, von denen ich glaubte, dass Elke sie hören wollte. Anfänglich noch laut und selbstbewusst, dann zunehmend defensiv, bis ich mich langsam abebben hörte. Wollte ich sie beeindrucken? Warum bediente ich diese Hierarchie ...

Meine Mutter stand zu der Zeit unter außerordentlichem Druck. (Sie hat nie über ihre konkreten Aufgaben bei McKinsey gesprochen. Heute vermute ich, dass sie die feindliche Übernahme von Konzernen optimierte.) Jedenfalls war sie schräg drauf. Sie sprach von »Selektionen« im Betrieb. Meine Erzählungen von der Uni nervten sie, ich hatte damals eine jüdische Geliebte und ein paar schwule Freunde. Auch das nervte sie und ich fragte mich die ganze Zeit, was ich falsch machte.

Ich kann nicht mehr rekonstruieren, wie wir an genau diesen Punkt im Gespräch gelangten. Ob ich sie bewusst oder unbewusst provozierte. Wir saßen bei einem kleinen Italiener, in dem wir über ihre großartigen Beziehungen einen Tisch bekommen hatten. Im Separée meinten wir, Woody Allen sitzen zu sehen. Natürlich hatte Elke eine Anekdote parat, in der sie auf irgendeinem Empfang mal mit ihm gesprochen hatte. Botschaft: Er war furchtbar neurotisch und anstrengend.

Ich hatte ein wenig Oberwasser, weil ich an der Uni gut ankam. Doch wie immer kritisierte sie meine Arbeit streng. Ich könne mich doch mal mit relevanten Fragen auseinandersetzen. Politische Ökonomie. Mich für andere Menschen interessieren oder für relevante gesellschaftliche Themen. Statt immer nur für mich. Hm.

Sie hatte in der Öffentlichkeit nie gerne Deutsch gesprochen, wurde nicht gerne als Deutsche identifiziert und arbeitete hart daran, ihr akzentfreies Englisch zu perfektionieren. Deutschland hasste sie leidenschaftlich. Die Deutschen blieben ihr unheimlich wie das Deutsche in ihr selbst, das sie bis zum Schluss verleugnete.

Ein Gespräch darüber mit ihr zu führen, beleidigte ihre Intelligenz. »Das Deutsche. Was für eine gottverflucht beschissene Fragestellung. Bin ich Walser oder Strauß, mir einen darauf abzuwichsen?«

An dem Abend sprachen wir jedenfalls Deutsch. Ich erzählte ihr, wie positiv meine neuen internationalen Freunde Deutschland bewerteten. Und dann riss ich mich hin zu dem Satz, irgendwie sei ich schon stolz auf das moderne Deutschland.

Sofort bellte sie los: »Du brauchst nicht denken, dass es die Amis waren, die die Euthanasie erfunden haben. Äh, die Nazis.« Ich verstand nicht, was da gerade passierte.

»Du brauchst nicht denken, dass die Nazis die Konzentrationslager erfunden haben. Die Engländer haben die KZs erfunden.« Ich misstraute sofort meinen Ohren, nicht ihrem Mund.

»Was war denn der Einmarsch der Amis in den Irak anderes als der deutsche Einmarsch in Polen?«

Ich wagte nicht, ihren Antisemitismus zu benennen. Nicht vor ihr und nicht vor mir selbst.

Für meine große Schwester bleibt diese Erzählung eine böswillige Konstruktion.

*

Iris Estor ist eine gefeierte Theaterschauspielerin. Früher war sie ein Häufchen Minderwertigkeitsgefühle. Vor tausend Jahren hat sie an der Otto-Falkenberg-Schule in München Schauspiel studiert. Sie kam damals fast um vor Angst zu fliegen. Bei ihr klappte es nicht mit der Einfühlung, das bekam sie jedenfalls ständig als Feedback, dass man es ihr einfach nicht »glaubt«.

Schon für das Vorsprechen hatte sie sich in alle Himmelsrichtungen verbogen. Ich meine, sie wollte das Käthchen von Heilbronn sein! Klaus hatte ihr das Käthchen eingeredet, weil er a) diesen Kleist-Fetisch und b) diese Übergriffigkeit besitzt und einem so lange ins Hirn scheißt, bis man sich selbst verliert.

In Nürnberg am Stadttheater musste sie sich während ihres ersten Engagements dann ständig auf der Bühne vergewaltigen lassen. Irgendwann hatte sie die Schnauze voll und beschloss, wieder Musik mit ihrer alten Band zu machen. Die Jungs von früher hingen verstreut in diversen Proberäumen von Marzahn über Friedrichshain bis Sachsenhausen ab und kifften fleißig vor sich hin. Iris fand zu ihrer rotzigen Haltung zurück. Sie schimpfte verächtlich über den Betrieb und leckte die Wunden ihrer Kränkungen. Vielleicht war es auch schlicht die Kraft des Eyeliners, die ihr zu alter Größe verhalf. Die scharfe Konturierung des Blickes als Mittel zur Einschüchterung ihres Gegenübers. So dumm wie an der Schauspielschule, wo sie nach einer ätzenden Bemerkung eines Dozenten über ihre »Opfer-Augen« für Jahre auf das Make-up verzichtet hatte, kam ihr keiner mehr. Sie ließ ihren knochigen Körper einen knochigen Körper sein, verstellte ihre Stimme nicht mehr, die der Meinung einer Dozentin nach zu »tief und dreckig« war, und zog in alter Manier über jeden her, dessen Nase ihr nicht in den Kram passte.

Dann übernahm sie mit den Vaginae Dentatas die Berliner Volksbühne. Das war eine krasse Zeit. Ein radikalfeministisches Kollektiv operiert nicht immer gewaltfrei. (Für Iris bin ich seitdem das personifizierte Rollback.) Sie waren sehr erfolgreich. Mit *Klitoris aus Stahl* kam der Durchbruch.

Ja, ich beneide sie, und ja, ich bin missgünstig. Sie hat echten Erfolg. Obwohl sie Narzisstin ist. Sie glänzt, sie schafft es irgendwie immer, Oberwasser zu haben. (Und ja, ich lauere darauf, dass sie in einen Abgrund fällt, und vielleicht wünsche ich ihr auch so eine Krise an den Hals, die ihr die Chance gibt, endlich ein ganz anderer Mensch zu werden. Eine übergriffige, moralische Fantasie ist das, ja. ICH TUE GENAU DAS, WAS ICH KLAUS VORWERFE!)

Ihr auf der Bühne zuzusehen, ist trotzdem unglaublich. Ihr Körper wirkt gleichzeitig hart und zerbrechlich. Sie ist sehr groß und schmal. Ihre Silhouette gleicht einem Schürhaken, sie hat irgendwie eine skulpturale Erscheinungsform. Dazu diese irre Stimme, die Kraft und Präzision, mit der sie Sprache zu entfremdeten Klängen zerstückelt. Sie spielt, ein

Mensch zu sein, und ist ihrem Wesen nach mehr ein Stück Holz oder Speckstein.

Sie war Caligula. Sie war grausam und geil. Es lief mir kalt den Rücken runter. Sie spielte nackt. Mächtig und durchscheinend stand sie allein auf der Bühne und berauschte sich an sich selbst. Alle Männer in den ersten Reihen hielten unwillkürlich die Hände schützend übers Genital.

Seit einer Stunde stolpere ich durch die Katakomben der Volksbühne und finde die Kantine nicht. Sobald ich Schritte höre, hocke ich mich hin und nestele an meinen nicht vorhandenen Schnürsenkeln, ohne aufzuschauen. Ich bin nicht soziophob. Ich bin bloß zu stolz, um nach dem Weg zu fragen. Genau wie Elke. Als ich Wuttke sehe, der im Bademantel den Gang entlangschlurft, hefte ich mich unauffällig an seine Fersen.

Meine Schwester ist ein echtes Kantinentier. Sie hockt in der Kantine und lässt sich bewundern. Ihre Stimme ist laut und flexibel, sie kann jedes Register ziehen. Ich finde sie körperlich abstoßend. Ich will mit ihr über sexualisierte Gewalt sprechen. Was fällt ihr zu MeToo ein? »Me three.« Lachschwall. Die Pointe stammt aus einem Helmut-Kohl-Witz der späten 1980er-Jahre. Seine angebliche Verfressenheit und seine mutmaßlich schlechten Englischkenntnisse gepaart mit einer typisch deutschen Aussprache aufs Korn nehmend. »Jeder erlebt im Bett mal Scheiße. Klar. Du musst eben wieder nach oben kommen. Du darfst deine aktive Position nicht aufgeben. Sexualität ist mein Motor. Politisch korrekten Sex kann es nicht geben. Natürlich sind Mainstream-Pornos scheiße. Aber vor allem für Männer. Die kommen doch nur als Augen vor und als käsige Hintern, Nackte mit Socken.« Damit ist das Thema beendet. Ich beschließe, später erneut anzusetzen.

Sie erzählt mir von der aktuellen Produktion. Eine zeitgenössische Adaption eines klassischen Romans, russisch oder französisch. Ich verstehe es nicht genau, will aber nicht nachfragen, da es mir im Grunde egal ist und ich hoffe, das Gespräch bewegt sich schnell in eine andere Richtung. (Ich habe mir Sätze zurechtgelegt, die ich mir als Schutzschilde umhängen will, falls Iris mit mir über Elke oder Klaus zu sprechen beginnt.) Iris spricht gerne über abwesende Dritte und arbeitet heraus, was mit ihnen nicht so recht stimmt. Das ist ein alter Familiensport. Vernichten im Sprechen dient sowohl dem gepflegten Abbau von Aggressionen als auch der Bekundung von Nähe zum Gesprächspartner. (Brüchige Nähe, da unklar ist, nach welchen Kriterien die Opfer ausgesucht werden, ob nicht Abwesenheit allein bereits genügt, im nächsten Vernichtungssprechen zum Gegenstand der Kritik zu werden.)

Um ehrlich zu sein: Iris und ich hatten diesen Sport immer leidenschaftlich gerne gemeinsam betrieben. Vielleicht war ich einst sogar die treibende Kraft gewesen.

Immer wieder brach ich den Kontakt zu Iris ab. Klaus erzählte mir dann bloß von ihren tollen Rollen. Und immer wieder setzte nach einigen Monaten plötzlich der Nähesog wieder ein, dem ich mich nicht entziehen konnte oder wollte. Wenn ich etwas von ihr zu brauchen glaubte oder mich schlecht fühlte und vor Scham über meine Brutalität ihr gegenüber in den Dielenritzen zu versinken drohte. Ich rief sie an oder fuhr zu ihr und flehte um Verzeihung, mein Verhalten sei grausam und für mich selbst unverständlich gewesen. Zack, verschmolzen wir wieder zu einem Stück. (So lange, bis ich die falsche Nähe nicht länger ertrug und sie wieder abrupt kaputtschlug.)

Da ist ihr Lachen. Vordergründig boshaft, schadenfroh. Wenn sie die Schwächen anderer beschreibt. Ein seltsamer Reflex. Wie ein Schütteln. Ihr Gesicht dabei eine Fratze. Was sagt dieses Lachen? Lacht sie die anderen aus? Zieht sie ihr Urteil zurück? Ein gemeines Lachen. Gewaltig. Gewaltvoll. Beschämend. Wer lacht? Was lacht? Es drängt auf Komplizenschaft: Stimm ein in mein Urteil.

Ich erzähle Iris von unserem Onkel Eugen Bierstich. (Unser Halbgroßonkel, um genau zu sein.) Dass er ein Nazi war, ist keine Neuigkeit, aber dass ein SS-Feldgericht ihn wegen Vergewaltigung angeklagt hat, schon. Jetzt wird die Dr.-Eugen-Bierstich-Straße in Roseneck endlich umbenannt. Ich erzähle ihr, dass er als Arzt im KZ Sachsenhausen gearbeitet habe. Sicher sei er ein maligner Narzisst gewesen. Ein Säufer und Vergewaltiger. Ich habe alle Akten zum Thema gewälzt. Im Bundesarchiv, im Landesarchiv, Opas Familienarchiv ist als Nächstes dran. »Unsere Geschichte ist nicht unsere Geschichte«, sage ich zu ihr. »Unser Narzissmus ist bloß ererbt.«

Iris fragt mich, auf welche Blut- und Boden-Ideologie ich mich eigentlich beriefe, warum ich mich, durch was, mit diesem rechten Arschloch verbunden fühlte? Sie will von einer Verwandtschaft nichts wissen. Sie leugnet auch die kleinste Ähnlichkeit in ihrer psychischen Anlage und Charakterstruktur. Und reinszeniert in diesem Schatten (so meine These) auch bloß wieder Narzissmus. Der deutsche Narzissmus ist kollektiv. (Wie Iris mit ihren Assistenten umgeht, ist im Übrigen auch kein Ausdruck gesunden Beziehungslebens.)

Iris hat ihre Macken. Sie ist paranoid. Sie erträgt Nähe zu anderen Menschen nicht gut. Und sie kann nicht alleine sein. Eine tragische Kombination. Solange sie in ein oder mehrere Produktionen eingespannt ist, kommt sie klar. Sie muss darauf achten, es mit Alkohol und Koks nicht zu übertreiben, aber der Betrieb gibt ihr ein Korsett, das sie mehr oder weniger lebensfähig macht. Bloß außerhalb von Produktionen fällt sie in tiefe Löcher. Sie glaubt dann, niemand wird sie je wieder besetzen. Sie vertraut nicht darauf, dass sie gut gespielt hat. Sie ist unerträglich. Sie beschimpft einen mitunter recht derbe. Der Alltag ist ein Schreckgespenst für sie. Einkaufen gehen ist für sie nicht möglich. Ich habe sie zweimal in solchen Phasen erlebt. In ihrer Wohnung fühlt sie sich so lange sicher, wie jemand sie umsorgt. Und sie beruhigt. Ihre Ängste entkräftet. Ich habe ihr gesagt, dass sie eine Therapie machen muss, aber sobald die nächste Produktion beginnt, ist alles vergessen. (»Kümmere dich um deinen eigenen Scheiß, Kissi. Alles, was du über mich sagst, könnte ich auch über dich sagen. Du sprichst sowieso immer von dir selbst.«)

Iris ist grausam zu mir aus Tradition. Ich sei ein schwieriges Kind gewesen. (Auch das Thema der Opferverschiebung hat in unserer Familie eine lange Tradition: Die wahren Opfer werden schuldig gesprochen. Die eigene Täterschaft bleibt unerwähnt, wird durch den Mythos ersetzt, selbst Opfer zu sein.) Iris jammert bis heute in mein Ohr, wie sie als Kind darunter litt, dass Aki und ich in die Welt kamen.

Sie log mich oft an beziehungsweise fand es witzig, mich zu verarschen. Da sie sieben Jahre älter ist als ich, war das nicht so schwer. Ich glaubte ihr, dass Ameisen im unteren Teil der Eistüte ihre Eier ablegen. (Und gab sie ihr.) Ich glaubte ihr, dass die kleinen weißen Stränge in Blutorangen Babyaffenknöchelchen sind. Ich glaubte ihr auch, dass meine langen Wimpern hässlich wie Spinnenbeine sind. Ich glaubte ihr, dass es eine Ehre ist, wenn sie mir ihre ausgelutschten Kaugummis zum Verzehr überlässt. (Deine Grammatik hält dich in der Vergangenheit gefangen. Willst du ewig ein Opfer sein?) Wenn sie von einem Spielzeug genervt war, das ich mochte, versteckte sie es, nahm die Batterien heraus oder machte es kaputt. Sie hielt mich fest, wenn meine Freundin klingelte, damit ich die Tür nicht öffnen konnte. Sie schlug mich auf den Marmorboden und schmiss mich die Treppe runter, nachdem ich ihr aus Wut einen dreckigen Spülschwamm ins Gesicht gedrückt hatte.

Iris sagt, es sei nicht leicht für sie mit mir gewesen. Sie habe sehr unter meiner unangemessenen Aggression gelitten.

Bis heute habe ich Angst, mich gegen Iris Übergriffe nicht wehren zu können. Ihr ausgeliefert zu sein. Mich ohnmächtig zu fühlen. Ihre Erzählung über meine zu stellen.

Erinnerung, von ihr als Jugendliche benutzt worden zu sein. Das Verdrehen meiner Wahrnehmung: »Aber du wolltest das.« »Du hättest Nein sagen können.« »Ich hab es für dich gemacht.« Plötzlich heftige Trigger aus dem Nichts.

Mein Vorwurf lautet nicht: Du wusstest, dass Heiko mich missbrauchte. Sondern: Lass uns über Zeugenschaft ohne Bewusstsein sprechen. Nicht: Warum hast du mir nicht geholfen, mich nicht gerettet. (Allein schon, dass du denkst, du hättest mich retten können und, selbst wenn du es gekonnt hättest, dass ich es hätte wollen können.) Sondern: Warum hat sich das für keinen in unserer Familie falsch angefühlt. Und falls es sich falsch anfühlte, wieso gab es keine Handlungsoption.

Iris gefällt nicht, in welche Richtung sich das Gespräch entwickelt. Sie wirft mir Undankbarkeit vor. Was mir überhaupt einfalle. Nähe, die schädlich ist: zu viel Intimität zwischen uns.

»Wie kam es dazu, dass wir gemeinsam Pornos geguckt haben? Als ich vierzehn war. Und du einundzwanzig.« Ich erwarte, dass sie mich ins Gesicht schlägt, nachdem ich es ausgesprochen habe. Doch sie verdreht nur die Augen und schüttelt den Kopf. »Oh, Kissi. Werd' endlich erwachsen.«

Mein Bewusstsein von heute verändert meinen Blick auf damals, Schlussfolgerung für heute: Ich möchte Nähe, die sich unangenehm anfühlt, nicht aufrechterhalten müssen. Und das betrifft auch unsere Beziehung. Wenn ich darin nicht ehrlich sein kann, ohne abgewertet zu werden.

Ich sage ihr, dass die Symbiose mit ihr für mich ein Übergriff ist, ein unangemessenes, kontrollierendes Eindringen, ich fühle mich an sie gekettet, gezwungen, nicht frei in meiner Wahrnehmung, einer Macht ausgesetzt.

Sie sagt, dass ich ein Stück Scheiße sei. Dass ich meine Macht offenkundig überschätzt hätte. In Zukunft könne ich sie gerne am Arsch lecken. Zumindest für die nächsten siebzig Jahre oder so.

11

Elternteile, die ihr Kind missbrauchen. Nicht körperlich zur Befriedigung ihrer Sexualität, aber doch zur Erfüllung ihrer Bedürfnisse. Dass ihnen jemand zuhört und ein verlässlicher Partner ist. Dass diese Nähe zum Kind erzwungen ist, erkennen sie nicht an. Ihre guten Gefühle, die sie daraus ziehen, lassen sie aber gelten und nehmen sie wahr.

Falsche Nähe zu den eigenen Kindern. Natürlich nicht pauschal bei allen Vornamen-Eltern. Aber doch gehäuft bei der Elterngeneration, die sich von ihren Eltern emotional abwandte, weil sie deren Leben und Denken, politische Einstellung und Kultur ablehnte.

Die Kinder fühlen sich aufgewertet. Durch die Aufmerksamkeit. Als gleich behandelt zu werden. Sie spüren aber doch, dass sie nicht frei sind. Das ist der Preis. Das Elternteil ist traurig und einsam und nur froh, wenn das Kind da ist. Das Kind spürt, wo Gefahr und Unheil drohen: im Gehen. Um das Elternteil glücklich zu machen, müsste das Kind ewig zu Hause bleiben. Könnte es nur den Frust verschwinden machen darüber, an das Elternteil gekettet zu sein.

Iris ist so ein Fall. Klaus hält sie besetzt. Sie ist seine erste Frau. Zwischen die beiden kommt kein Blatt.

Mir war meine Unabhängigkeit von Iris und Klaus schon früh wichtig. Ich empfand die beiden in meiner Jugend als wenig hilfreich, vielmehr immerzu störend, mich und meine Gefühle missverstehend. Ich fühlte mich dem Spott meiner großen Schwester hilflos ausgeliefert. Ich fühlte mich von meinen Eltern nicht geschützt, ich hatte später das Gefühl, Iris flüsterte Klaus Dinge über mich ein, stellte mich vor ihm extra schlecht dar und genoss es, eine Sonderstellung als Tochter einzunehmen.

12

Vor dem abgebrannten Kinderkarussell in Runkel

Auf dem Foto posiert meine Großmutter Ilse Schneider mit mir und meinen Geschwistern vor einem abgebrannten Kinderkarussell auf dem Schützenplatz in Runkel. Runkel ist die Heimatstadt meiner Mutter. Es sind die frühen Achtzigerjahre. Ich bin etwa drei Jahre alt, mein Bruder Aki vielleicht fünf und meine Schwester Iris demnach zehn. Aki und ich tragen Mützen und Winterstiefel, dazu die gleichen roten Jacken und auch rote Hosen. Meine Oma ist ganz in Brauntöne gekleidet, ihre körperbetonte halblange Pelzjacke könnte aus Kaninchenfell sein. Sie hält Aki und mich fest an unseren Schultern, als würde sie uns zwingen, nach vorne zu schauen. Ihr Gesichtsausdruck ist hart. Durch die getönten Scheiben ihrer Brille dringt ihr angreifender Blick, vermutlich trifft er auf meinen fotografierenden Opa. Aki albert herum und dreht sich dabei leicht aus dem Griff Ilses heraus. Er verzieht seinen Mund zu einem geschlossenen, grimmigen Grinsen, die Augen zu Schlitzen verengt. In der Hand hält er einen blau-gelben würfelförmigen Gegenstand; vielleicht ein Spielzeug, das er dort auf dem Jahrmarkt erhielt. Auch in meiner Hand ein Figürchen aus Plastik, ich halte es gleichzeitig stolz und abwehrend vor mich in die Luft (es könnte auch eine Süßigkeit sein). Es scheint, als hebe mich Ilse leicht am Kragen, so schaue ich von unten hinauf, wie aus der Wäsche. Oder es liegt an der geblümten Strickmütze, die mir tief in der Stirn sitzt. Iris hält nichts in der Hand. Sie trägt einen lilafarbenen Parka und steht etwas abseits, allein. Sie schaut leblos. Ihre Brille, ein schlichtes, rundes Drahtgestell, bedeckt ihre Augenpartie wie eine Schlafmaske.

Das Kinderkarussell, vor dem wir stehen, ist mit rot-weißem Absperrband umzäunt. Es ist durch einen Feuerschaden schwer beschädigt. Zwar steht das Metallgerüst noch, doch die einzelnen Streben sind schwarz angelaufen, die Dachplane ist bis auf einen traurigen Fetzen ganz abgebrannt. Der Lack des kleinen roten Feuerwehrautos, das sich vormals drehte, das blinkte und auf Knopfdruck hupen konnte, ist im Inneren der Fahrerkabine zu gelbschwarzen Bläschen geronnen.

Warum wurden wir vor einem abgebrannten Kinderkarussell fotografiert? Aus Absichtslosigkeit? Weil die Zeit drängte und der Ausflug schnell noch fotografisch festgehalten werden musste, bevor er vorbei war und wir drei wieder unseren Eltern übergeben wurden? Weil man eben ein Foto macht, wenn man mit den Enkeln auf den Rummel geht? Das Motiv im Hintergrund egal. Vielleicht war hier einfach viel freier Platz. Der Geruch des Brandes dürfte noch in der Luft gelegen haben. Dieser könnte die Erklärung für Akis Grimasse sein. »Hier stinkts.« Drei Jugendliche im Hintergrund, einer hält sich die Nase zu. Wahrscheinlich hat meine Oma scharf auf die spontane Äußerung meines Bruders reagiert. »Was weißt du schon vom Stinken.« Iris' versteinerter Blick ist eventuell auf die Spannung zurückzuführen.

Groß genug, um den Ernst der Lage zu erkennen. Strategie: zu verschwinden. Ich habe davon sicher nichts verstanden. Meistens hörte ich infolge entzündeter Mittelohren ohnehin nicht viel. Sicher wurde das Foto nicht gemacht, um die »schöne Stimmung« zwischen uns festzuhalten. Es gab keine schöne Stimmung. Immer war Ilse ruppig und boshaft. Selbst ihr Lachen war schmerzhaft wie Peitschenschläge. Ihre zarten oder besser leisen Momente bestanden aus Weinerlichkeit und Vorwürfen.

Das Foto fiel mir beim Aufräumen in die Hände. Ich konnte mich nicht erinnern, es je zuvor gesehen zu haben. Auf der Rückseite eine handschriftliche Notiz Akis. Seine seltsam unausgegorene Schrift, in der die kleinen Buchstaben mitunter die großen übertrumpfen, die wirr Form gewordene Unregelmäßigkeit. »Meine Geschichte ist nicht meine Geschichte.« Wann hatte Aki diesen Satz geschrieben!?

Was hatte Aki in diesem Foto gesehen? Und vor allem: wann? Sah er, dass wir vor einem Tatort posierten? Wollte er mich auf den Trichter mit dem transgenerationalen Zusammenhang bringen? Wie war das Foto plötzlich zu mir gelangt? Hatte er mich heimlich besucht? Um mir diese wichtige Botschaft unterzuschieben? Warum meldete sich der Idiot nie, warum kommunizierte er nicht so, dass ich mit ihm ins Gespräch kommen konnte? Oder bildete ich mir alles ein, lag das Foto schon seit Jahren bei mir rum und ich hatte es bloß noch nie wahrgenommen? Hatte Aki den Satz als Jugendlicher geschrieben, etwas ganz anderes gemeint, Wirres etwa, das ich jetzt nachträglich mit meinem Sinn auflud?

Seit seiner vermeintlichen Psychose tauchte Aki immer wieder kommentarlos ab und auf. Er war nicht zu halten und ließ sich nicht binden. Es war unmöglich, darüber mit ihm zu sprechen. Ratschläge und Analysen vergraulten ihn zuverlässig und für immer längere Zeiträume. Ich akzeptierte seine Flüchtigkeit schließlich und erkämpfte mir dadurch immerhin die Möglichkeit, ihm in kurzen Momenten sehr intensiv zu begegnen. Und wenn ich in Not war, kam er mir zuverlässig zu Hilfe. Wie er das erspürte, bleibt mir ein Rätsel. So brachte er Möbel für mich aus Frankfurt nach Berlin, als ich ausgebrannt war. Buchstäblich. Meine Wohnung war ausgebrannt, ich konnte nicht länger darin wohnen. Glücklicherweise war ich nicht im Feuer gestorben, war noch rechtzeitig aufgewacht, mit meiner Freundin und ihrem Freund, hatte die Feuerwehr angerufen und war barfuß und in Unterhose auf die Straße gerannt. Um mich von irgendwem beschimpfen zu lassen, dabei hatte ich eine Brandwunde am Bein.

Nein. Ich bringe die Zeit durcheinander. Die Möbel brachte Aki vor dem Brand. Damit ich mich einrichten konnte. Vorher muss das gewesen sein. (Wozu Möbel in eine abgebrannte Wohnung stellen, die unbewohnbar ist, solange sie nicht renoviert wird?) Ich kam nie zurück dorthin, ich war nur eine inoffizielle Untermieterin der Mieterin gewesen, ohne Rechte. Es muss vorher gewesen sein, dass er mir Möbel von Frankfurt nach Berlin brachte. Und dennoch: eine große, liebevolle Geste meines Bruders. Er hatte den Sperrmüll abgesucht nach Möbeln für mich, er hatte diesen kleinen Lastwagen organisiert und er hatte sich in ihn hineingesetzt und ihn alleine zu mir nach Berlin gefahren. (War er wirklich allein? Ist das möglich? Ich erinnere mich bloß an den grauen Pullover, den er an diesem Tag trug. Vage an ein lavendelfarbenes Halstuch.)

Du musst einsehen, dass es keine übersinnliche Verbindung zwischen euch gibt. Er konnte nicht spüren, dass du in Not warst. Du warst nicht in Not. Das ist deine Konstruktion. Wo war er denn, als du wirklich in Not warst?

Ich weiß, wie eine abgebrannte Wohnung riecht. Das verschmorte Plastik die dominante Note darin, etwas Stechendes, wie Ersticktes, natürlich. Ich trug Schuld an dem Brand in meiner Berliner Wohnung. Weil ich nachts aufstand, zum Klo ging und folgenden Satz dachte: »Dann brennt die Bude eben ab.« Die Rauchentwicklung dürfte zu dem Zeitpunkt bereits massiv gewesen sein. Ich pinkelte, spülte, legte mich wieder hin und schlief weiter. Durch das viele THC war mein Verstand getrübt, stärker noch mein Verantwortungsgefühl.

Ich verstand mein Ich von damals lange nicht. Auch mein Gefühl am nächsten Nachmittag, als ich inmitten meiner verbrannten Möbel, Kinderfotos und Notizen stand, welche die Feuerwehrmannschaft während der Löscharbeiten durch das Fenster in den Hof geworfen hatte. (»Deine Diplomarbeit?« Das Entsetzen der Nachbarin löste sich umgehend in Erleichterung auf, als ich verneinte und mich bloß als Autorin auswies.) Dieses Gefühl, als ich neben dem Haufen meiner intimsten Dinge stand: nichts davon aufsammeln und mitnehmen zu wollen.

Ich fühlte mich so frei wie nie, ich war alles los.

Dass es nicht zu einer Verurteilung kam, habe ich bis heute nie ausreichend wertgeschätzt. Ich wurde als Zeugin auf die Polizei geladen. Meine Freundin Bella und ihr damaliger Liebhaber Fu auch. Natürlich sprachen wir unsere Aussagen vorher ab. Die Drogen verschwiegen wir. Auch, dass Fu den ganzen Abend vor dem Kohleofen gesessen, ihn immer weiter angeheizt hatte – ich sehe bis heute den Widerschein der lodernden Flammen in seinen Augen vor mir. Bella hing bekifft auf dem grauen Zweisitzer aus Lederimitat, das später so dominant stank, sich durch das Brennverhalten als Plastiksofa entlarvte; zwischen Bellas Fingern hingen selbstgedrehte Kippen und Joints wie an einem seidenen Faden, gingen aus, mussten wieder angezündet werden. Sie aschte nachlässig in die Ritzen, vielleicht rutschte ihr ein glimmender Stummel einfach aus der schönen Heroinenhand.

Bella war schockiert, als ich ihr Jahre später beichtete, was ich damals beim Pinkeln im Morgengrauen gedacht hatte. »Dann brennt die Bude eben ab.« Sie sprach es nicht aus, wir sprachen nie Dinge aus, die zwischen uns standen. Auch nach meiner Vergewaltigung hatte ich nichts gesagt, ihr aber aus ihrer unsensiblen Reaktion mir gegenüber einen unausgesprochenen Vorwurf gemacht und mich innerlich über Monate von ihr abgewandt. Sie zeigte mir ihre Wut über meinen fahrlässigen Umgang mit dem Wohnungsbrand in Form von abwertenden Bemerkungen: »Du bist so krass ...«, zwanzigmal am Tag. Ihre Botschaft kam bei mir an: Was war ich bloß für ein Mensch? Ohne Moral, ohne

Gewissen. Kaltblütig hatte ich mein Leben und das meiner Freunde riskiert. Ich hatte uns in Gefahr gebracht. Wir hätten sterben können. Mir war alles scheißegal gewesen. Meine radikale Sicht auf mich selbst war aber bloß ein Teil der Wahrheit, denn immerhin hatte ich die Bude nicht selbst angezündet. Fus Feuerwahn hatte ich nicht angefacht. Bellas verantwortungslosen Umgang mit den Zigaretten hatte ich nicht zu verantworten.

Was empfand Oma Ilse, als sie vor dem abgebrannten Kinderkarussell stand?

Der unwirsche Ausdruck, sowohl im Gesicht als auch im Körper meiner Oma, ihre Zähne scheinen etwas zu mahlen, die Wangenpartie hart wie Stein, ihre Finger schrauben sich in unsere Kinderjacken hinein; ihre ganze Haltung ein Gerüst, um WAS zu halten? Ja, was. Ich denke, einen Fluchtimpuls, den sie mit aller Macht, ja aller Muskelkraft unterdrückt. Unterdrücken muss?

Ilse wusste, dass Körper, die im Feuer brennen, schrumpfen. Woher wusste sie das? Woher weiß ich, dass sie das wusste? Ich habe mir verschiedene Geschichten zusammengereimt. Sie war im BDM. Dort fanden Luftschutzkurse statt. Später war sie Wehrmachthelferin. Sie hat viele Erhängte und Erschossene auf ihrer Flucht bei Kriegsende gesehen. Sie hat auch Verbrannte gesehen. Ich kenne die näheren Umstände nicht. Sie hat diese Körper gesehen.

Warum bestand Ilse darauf, dass wir vor dem abgebrannten Karussell abgelichtet wurden? Sie herrschte über uns alle, natürlich war sie es, die alle Entscheidungen traf. Welche Erinnerung rief der Brandgeruch in ihr wach? Wie stark verdrängte sie ihre Gefühle? Fluchtimpuls? Angst? Eine Mischung aus Ohnmacht und Wut? Wollte sie uns heimzahlen, dass wir nie erleben mussten, was sie hatte erleben müssen? Wollte ich erleben, was sie erlebt hatte? Wollte ich durch das Feuer gehen, um es hinter mir zu lassen? Ohne davon zu wissen? Wusste Aki, in was für eine Spur er mich durch das Bild setzte?

Ich stehe im Hof, schaue nach oben, sehe das Fenster meiner Wohnung im vierten Stock, die Hauswand ist rundherum schwarz verbannt, der Rahmen herausgebrochen, eine Höhle in der Stadt. Darüber der blaue Himmel. Ich fühle mich so frei und unabhängig wie nie. Der Schuttberg neben mir, so hoch wie ich, besteht aus den Dingen, mit denen ich zusammenlebte. Sie sind zerstört. Ich mache keinen Versuch, etwas davon zu retten. Ich empfinde keine Traurigkeit. Ich fühle mich gut. Von allem gelöst. So unabhängig und frei wie nie.

13

Ich trat mit dem Kopf voran durch die Glastür der Rettungsstelle. Kopfwunde. Schleudertrauma. Selbsteinweisung.

Die Patientin kam eigeninitiativ zur Vorstellung in unsere Klinik.

Der Bettenturm am Urbanhafen öffnete mir seine Arme. Sie legten mir eine Krawatte um und ich versprach, brav zu sein.

Glaubhaft paktfähig. Gefährdungsaspekte ergaben sich nicht.

Man führte mich auf verschlungenen Wegen durch den südöstlichen Ausgang zu einem zweistöckigen Backstein-Pavillon aus der Kaiserzeit. Das Krisen-Interventionszentrum umwob eine Ästhetik der Geborgenheit. Ich fühlte mich missverstanden.

Wach, bewusstseinsklar, geordnet, voll orientiert, erhebliche Selbstzweifel und Selbstanklage, die Kriterien des Wahns noch nicht erfüllend, Insuffizienzerleben, keine Halluzinationen, keine Ich-Störung, die Stimmung zwar gefasst, aber im Affekt kaum moduliert, fast starr, verzweifelt, angespannt und unruhig.

Der Geruch der Handseife aus den Spendern neben der Tür würde bis in die Hölle an mir kleben bleiben.

Hintergrund sei, dass sie erhebliche Zweifel an der Eigenständigkeit und vor allen Dingen an der Berechtigung ihres Erfolges im Rahmen ihrer Autorenschaft hege.

Meine Schwester Iris nannte mich pathetisch, als es damals mit meinen Depressionen losging. Kichernd erinnerte sie daran, wie ich als Kind geglaubt hatte, einen Hirntumor zu haben und bald sterben zu müssen. »Du warst schon immer paranoid«, tröstete sie mich.

Mein Vater Klaus verwies mich an seinen Leinenkleider-Therapeuten. Der warnte: »Geh nicht in die Akut-Psychiatrie! Nimm eine andere Tür. Such dir eine gute psychosomatische Klinik.« (Aber wieder einmal entschied ich mich lieber für eine selbstschädigende Handlungsoption.)

Meine Mutter Elke schlug vor, ich könne den Kontakt zu ihr abbrechen. »Vielleicht hilft das?«

Mein Bruder Aki schwieg.

In der Klinik gab es eine nette Ärztin. Frau Mohnkuchen oder Himbeerschnitte oder Donauwelle hieß die. Sie war Anfang dreißig und ich beneidete sie um ihr festes Gehalt und ihre abgeschlossene Berufsausbildung. Ihre Frisur und ihren Kleidungsstil fand ich absolut lächerlich. (Wie ich später lernte, hatte die reflexartige Abwertung aller Menschen die Funktion, mich nicht von ihnen bedroht fühlen zu müssen.) Ich verachtete sie für ihre Naivität und Gutherzigkeit, wie ich es daheim gelernt hatte. Ich hegte starke Aggressionen gegen sie und sagte ihr das auch. Aber Frau

Mohnkuchen war nur noch freundlicher und legte sich noch mehr ins Zeug, um mich zu retten. Ich stand ja ganz am Anfang. (Im Frühling war ich ihre Patientin.) Sie legte sich auf den Bauch und langte in den Abgrund hinein, um mich herauszuziehen. Natürlich wollte ich sie bei mir unten haben. Diese Klinik musste der Ort des Verderbens werden, den meine Mutter in ihm sah. Frau Himbeerschnitte gab alles, um mich von meiner Liebenswürdigkeit zu überzeugen. »Sie leiden unter einer schweren Depression.« Ich bestand darauf, dass ich der Teufel sei. Ich konnte das Spiel nicht stoppen. Sie entschuldigte alles, was ich tat. In unserer letzten gemeinsamen Sitzung weinte sie und beichtete mir, dass wir uns ähnlicher seien, als ich für möglich hielt. Sie sei auch einmal depressiv gewesen. Ich lachte sie aus. Danach ließ sie sich an ein anderes Krankenhaus versetzen. Oder beging Selbstmord. Oder bekam ein Kind. Was weiß ich.

Mein eigenes Sprechen das grausamste von allen. (Narzissmus! Oh, berausche dich an deiner Schlechtheit. Das grausamste Monster von allen bin ich! Die Hunde bellen mich an, so hässlich bin ich!)

Ich hielt es mit Groucho Marx. Wer mir zu helfen versuchte, den verachtete ich. (Manche nennen es Tragik. Andere Doublebind. Ich versuchte einfach, meine Mutter nachzuahmen.)

In den Monaten vor meiner Einweisung gab ich alles, um Elkes Schmerz herauszupressen. Hätte sie zugegeben, ein einziges Mal in ihrem Leben der Verzweiflung nah gewesen zu sein, dann hätte ich mich mit meiner Schwäche versöhnen können. Aber sie stritt immer wieder und immer vehementer ab, jemals tiefen Schmerz empfunden zu haben. Nicht, als sie vierjährig isoliert worden war für mehrere Wochen in einem Krankenhauszimmer. Nicht, als sie in Haft gesessen hatte. Nicht, als sie sich von ihren Kindern trennte. Nie und nie. Jede Erzählung ein Lehrstück.

Sie forderte von mir, ein gesunder Geist in einem gesunden Körper zu sein. Und ich versuchte es, oh, ja. Es gelang mir über Jahre. Bis zum Zusammenbruch. Ich war nicht *lebenswert*.

Dann kam der Kontaktabbruch. Sie schlug sich mich aus dem Herzen.

Noch im Spätsommer änderte sich der Wind in der Klinik. Ich hatte mich bereits zweimal entlassen. Klaus kam nach Berlin, um mich zu »unterstützen«. Wir klammerten uns aneinander wie Versinkende.

Im Winter fuhr ich wieder ein. Diesmal teilstationär. Die psychiatrische Tagesklinik war in der stilvollen ehemaligen Kapelle untergebracht. Morgenkreis und Mittagessen spielten in der weitläufigen Eingangshalle. Hier hatten sie früher die Leichen aufgebahrt. Ich und meine Mitpatient*innen aber lebten noch. Wir erholten uns von Manien, Psychosen, depressiven Episoden und waren ein komischer Randgruppen-Haufen.

Da weder die Medikamente noch die Therapie wirkten, verlegte ich mich darauf, Kunst zu machen und neue Freunde zu gewinnen. Die Psychotiker waren für beides offen.

Bei Millie nahm ich Klavierstunden. Fridolin zeigte mir die Ölmalerei. Thomas und Geraldine erzählten von ihren Psychosen, ihren Eltern und ihrem Lebensweg. Klara schwieg, aber es war offensichtlich, worüber.

> *Im Verlauf der Behandlung änderte sich das psychopathologische Bild dahingehend, dass die Patientin in den therapeutischen Beziehungen agierte, in der Stimmungslage häufig wechselte, affektiv zunehmend angespannt erschien, teilweise parathym. So sahen wir eine mitunter fahrige, chaotische Patientin, in Beziehungen teilweise Halt suchend, dann wieder erheblich ablehnend, destruktiv. Insgesamt verhielt sie sich auch Mitpatienten gegenüber distanzgemindert, teilweise in der Stimmungslage hypoman gehoben.*

Der Oberarzt hieß Doktor Blumenkohl oder Mischgemüse oder Soljanka. Er diagnostizierte mir eine kombinierte Persönlichkeitsstörung. (Ich ihm eine narzisstische.) Auf eine konkrete wollte er sich nicht festlegen und ich denke, damit tat er gut. Wenn es mir in der Vergangenheit »gut« ging, wenn ich also nicht depressiv, krank, ängstlich war, dominierten die Aspekte der narzisstischen Störung. Mit arschlochhaftem Auftreten stopfte ich das Loch meiner inneren Leere. In Gesprächen stand ich ständig unter Druck, etwas Originelles zu sagen. Ich haute auf die Kacke, so gut ich konnte, um mein Gegenüber bloß zu beeindrucken. Um gemocht zu werden. Gerne wusch ich Schmutzwäsche. Prahlte mit Geheimnissen anderer Leute, die sie mir anvertraut hatten. Damit wollte ich für mich werben als ein Mensch, den andere als vertrauenswürdig einschätzten. Ich wollte Eindruck schinden. Nach jedem Treffen ging ich alle Repliken im Kopf noch einmal durch. Was hatte ich gesagt? War es gut gewesen? Wie hatte der andere es aufgenommen? Und immer, immer überfiel mich im Nachklang der Verdacht, es versaut zu haben. Ein unmögliches, peinliches Bild abgeliefert zu haben. Nicht gut genug gewesen zu sein. Nicht liebenswert im Grunde. (Doch eigentlich war das damals keine Kategorie von Wert.)

Als Schneider läuft man mitunter Gefahr, sich sprechend zu versteigen. In Höhen ohne Geländer. Um dann nachts im Bett zu wiederholen, was man gesagt hat, und sich dafür zu schämen.

Nach dem Kater trat ein anderer Aspekt der kombinierten Persönlichkeitsstörung ins Licht: der histrionische. Einzelne Vertraute, Familienangehörige, enge Freunde oder aktuelle Partner kannten mich auch so: die Bedürftigkeit in Person. Panische Angst vor Krankheit, Tod und Versagen, Zweifel an meinem Wert an sich. Panikattacken mit melodramatischen Auftritten. Hyperventilation. Anrufe mitten in der Nacht. Eine versagende Stimme. Emotionale Erpressung.

Als mein Vater mich besuchte, um mir zu helfen, legte ich mich auf dem Rückweg vom Supermarkt auf den Boden und beschwor ihn, ich könne keinen Schritt weitergehen.

In einem holländischen Coffeeshop glaubte ich einmal, sterben zu müssen, und legte eine große Szene hin. Mein liebsorgender Freund spielte mit und hielt meinen Kopf in seinen Armen, Tränen in den Augen.

Auf einer griechischen Insel war ich einst überzeugt, Diabetes im Endstadium zu haben und vor Ort an akutem Nierenversagen sterben zu müssen. Meine liebe Freundin war sehr empathisch.

Warum ließ ich die Kifferei nicht einfach sein, wenn sie mir doch nicht guttat? (Für Himbeerschnitte war es der Versuch einer Selbstmedikation.)

In der Tagesklinik bäumte sich mein großkotziges Selbst zum (vielleicht) letzten Mal in alter Größe auf: Ich wollte an Weihnachten ein Theaterstück präsentieren. Peter Weiss' *Marat/Sade*. Natürlich.

Der Pfleger und die Ergotherapeutinnen fanden die Idee gar nicht *soo* schlecht. Es müsse aber ein etwas überschaubareres Projekt sein und ich dürfe die Psychotiker nicht einbeziehen.

Ein paar Tage blieb ich im Gespräch und arbeitete an einem braven Konzept. Es langweilte mich aber bald und ich flüchtete in große Fantasien und berauschte mich daran. (Die Niederungen des Klinikalltags, die sedierte Atmosphäre und vor allem der Geruch der Seifenspender deprimierten mich nach wie vor zu Tode. Schwänzte ich einen Tag, bekam ich daheim Panikattacken.)

Mischgemüse brauchte Zuhörer. Visite war sein Genre, der Halbkreis an rangniederen Kollegen passte zu Sprechhaltung und Gestus. Im Zweiergespräch Patient–Arzt versagte er. Zu laut, zu viel Pathos, zu hohles Tönen. Zweiersitzungen waren in seiner Position auch nicht vorgesehen, doch ich hatte es darauf angelegt. Ich hoffte darauf, er könnte mir helfen. (Meine Idealisierung schmeichelte ihm, nehme ich an.)

»Glauben Sie an die Wahrheit? Dann werden Sie diese Krise überwinden.« An dem Satz arbeitete ich mich ab. Zigarette für Zigarette saugte ich ein und führte ein lebhaftes inneres Streitgespräch: Natürlich glaube ich an die Wahrheit. Ich glaube schließlich auch an Gott. Glaubte. Ja. Früher. Es war einmal. Heute glaube ich an Nichts. Und es liegt nicht in meiner Kraft, mir auszusuchen, woran ich glaube. Ich wünschte, ich könnte wieder an die Wahrheit glauben. An Moral und Gewissen und das Gute in der Welt. Nein, ich glaube nicht mal an das Böse. – Hier musste ich ein wenig weinen, was mich rührte und für einen kurzen, winzigen Moment sogar tröstete. Wie einer zerplatzten Seifenblase schaute ich diesem Gefühl hinterher und die Leere danach brachte mich fast um.

Bald fand ich seine Sprüche nicht mehr vielversprechend. Aber ich hätte Mischgemüse nicht dermaßen angreifen dürfen. Ich hätte meine verdammte Fresse halten müssen. (Natürlich hätte ich das. Heute ist mir das klar.) Aber ich hielt es mit der guten Oma Ilse: »Steck sie alle in einen Sack und hau druff. Es wird immer den Richtigen treffen.«

»Er geht in den Puff und diagnostiziert jeder seiner Ex-Nutten eine frühe Störung. Ist bekannt. Mischgemüse und sein kleiner Schwanz. Im Kit-Kat-Club nennt man mich Kissi und Herr Mischgemüse ist mir wohlbekannt.«

Ich hatte ihn verleumdet, seine Kompetenz kritisiert und die Therapie nicht ernst genommen. Ich war bekifft gekommen, hatte eine sexuelle Beziehung mit einem schwer kranken Patienten (Schizophrenie, post-psychotisch) begonnen und meine Medikamente eigenhändig abgesetzt. Ich hatte das getan, was ich immer tat, damit es mir gut ging. Und kurzfristig wirkte es.

> *Ging es inhaltlich in den Einzelgesprächen zu Beginn der Behandlung noch um differentialdiagnostische Erörterungen im Sinne einer Rationalisierung, erhielt bei zunehmender Regredierung der Patientin der Beziehungsaspekt in vielfältigster Art und Weise besondere Bedeutung.*

Es war absurd und es war falsch und es war dumm, aber ich verliebte mich in Ilya, mit Pauken und Trompeten, in der Psychiatrie, und die Verliebtheit gab mir meinen Lebenswillen wieder.

Ilya war blass und grobporig wie ein Blatt Recyclingpapier, als er unsere gute alte Leichenhalle betrat. Seine schwarzen Locken, die blassblauen Augen. Niemals hatte ich einen so traurigen Menschen gesehen. Ich fühlte mich soghaft angezogen.

Er ließ sich auf mich ein. Dass ich mal eine Autorin gewesen war, fand er vitalisierend. Wir fuhren zu meiner Schwester. Ich verstand ihr Entsetzen nicht. Ich verstand nicht, was sie in ihm sah, was ich nicht sah.

Nachdem die Patientin einen sexuellen Kontakt zu einem psychotisch erkrankten Mitpatienten benannte, schließlich eine Wochenendreise mit dem genannten Patienten einräumte, bei der der unter hoch neuroleptischer Medikation stehende Patient am Steuer saß, führten wir ein striktes und eingrenzendes Gespräch bezüglich Distanzminderung und eigen- und fremdverantwortlichen Verhaltens. Hierauf reagierte die Patientin wiederum chaotisch, wenig organisiert, erschien schließlich wiederholt verspätet in der Tagesklinik, erklärte die Behandlung zuletzt als erfolgreich beendet.

Sie warfen mir vor, parathym zu agieren. Zu lachen, obwohl ich verzweifelt war. (Ist übertriebene Härte und Stärke nicht immer Ausdruck von Angst? Wie tief diese auch verborgen sein mag, verschüttet, vergraben oder zugedeckt? Meine Großmutter Ilse Schneider zum Beispiel. Die ihre frivolverächtlichen Sätze durch den Hochzeitssaal peitscht, in der Blüte ihres Lebens, auf dem Zenit ihrer Beziehungsmacht. Deren Lachen schmerzt. Jeden, der ein Herz hat. Aber auch ihr eigenes?

Was geschieht, wenn der Ausdruck dem gleicht, was innen ist. Kongruenz von Gefühl und Selbstäußerung?

Morgens schließt sie Tag für Tag den Salon auf. Ihre Maske sitzt perfekt. Kein Riss im Putz. Im Mauerwerk. Die Kaffeemaschine sprotzt. Ilse schweigt. Ihr Schweigen ist vernichtend, erstickend. Ihre Kundinnen kennen sie so. Leicht entzündlich. Im Grunde völlig ungeeignet für den täglichen Kundenverkehr. Die Verachtung ist vom Mund in den Blick gerutscht, aber im Blick geht der Witz verloren, den man vorher noch versöhnlich finden konnte. Ilse ist unbeliebt. Eine schwierige Person. Zu Hause wird sie wieder weinen und das einzige Mitleid empfinden, das sie für einen Menschen aufbringen kann. Das für sich selbst.)

> *Medikamentös behandelten wir die Patientin zunächst weiter wie schon zuvor verordnet mit Remergil 30 mg zur Nacht, setzten das Medikament jedoch ab, nachdem die Patientin gestand, es schon zuvor lange nicht mehr eingenommen zu haben. Auch hierin sahen wir eine Bestätigung der eher persönlichkeitsgestörten als neurotisch strukturierten Persönlichkeitsstruktur.*

Persönlichkeitsstörungen sind eine sehr unbeliebte Diagnose und gelten als schwer therapierbar. Unangenehme Menschen, die bloß Probleme machen. Ichbezogen, anstrengend, kalt und ohne Einfühlungsvermögen.

Dass ich depressiv sein könnte, schloss ich kategorisch aus. Ich wusste nichts über Depressionen. Mit Elke hielt ich es für eine Alibi-Diagnose der Willensschwachen und Leistungsverweigerer.

Bis zum Frühjahr schlug ich mich in Freiheit durch. Ich warf das Literatur-Preisgeld aus dem Fenster und plünderte die Sparkonten meines Großvaters Oskar Estor, kaufte mir ein Auto, mietete eine teure Zweitwohnung im Stalinbau, deckte mich mit Möbeln, Designerklamotten und Büchern ein. Fridolin und ich hatten als Kalamata und Gurke zwei Ausstellungen. (»Aquarium« ist bis heute verschollen. Gouache mit Flossen auf Leinwand. Vielleicht habe ich es in den Müll geworfen.)

Meine Freundschaften zerbrachen. Die Beziehung zu meiner Schwester lag auf Eis. Der Kontakt zu Elke blieb abgeschnitten. Aki hatte ich vergessen.

Der liebe Ilya hielt meiner Liebe nicht stand. Ich verstand, dass wir nicht nach Argentinien auswandern und eine Familie gründen würden. Ich schämte mich für meine Existenz, aber wusste es nicht.

17. 11. 1908
Heute ist Buß- und Bettag und noch dazu das passende Wetter, grau und neblig. Recht stimmungsvoll, um mit den alten Sünden und Gewohnheiten kräftig abzurechnen. Wie häufig las ich in letzter Zeit Bücher der Lebensführung und Selbsterziehung. Theoretisch liest sich dies alles sehr schön, aber zur Durchführung in der Praxis gehört mehr als der bloße Wille. Da gehört eine eiserne Energie zu und viel Mut und Geduld, um bei Rückfällen immer wieder von vorn anzufangen. Des Morgens nehme ich mir vor, streng diesen oder jenen Fehler zu unterdrücken. Mittags gelobe ich mir, meinem Vorsatz treu zu bleiben, und abends im Bett prüfe ich, ob ich mich in Gewalt hatte und treu meine Vorsätze befolgte oder wie viel Mal am Tage ich sie über den Haufen warf. Trotz der sogenannten Jugenderziehung drängen einem der Beruf oder auch die Umstände Charakterfehler auf, die wir bei unserer inneren Selbstreinigung unange-

nehm bemerken und die uns unseren inneren Frieden mit uns selbst nicht recht aufkommen lassen.
Es mag ja sehr viele Menschen geben, die sich selten oder niemals über ihr Leben eine Rechenschaft ablegen; zu denen gehöre ich glücklicherweise nicht. Ich rechne genau mit mir und meinen Taten ab, was war gut oder schlecht, was war pflichtgetreu, was tadelnswert, heißt es da. Mein Beruf als Kaufmann schreibt mir schon eine solche Bilanz vor. Wie die dann jedes Mal ausfällt, mache ich mit mir allein aus. Das ganze Leben soll bis zu unserem Lebensende eine strenge Selbsterziehung sein, damit wir an unserem Lebensabend uns ehrlich sagen können: Ich habe aus mir gemacht, was in meinen Kräften stand, und wenn ich auch mein Ziel in dem Maße nicht erreichte, wie ich es mir vorgenommen, so habe ich mir doch die redlichste Mühe gegeben. Wenn meine Nachkommen später diese Zeilen lesen, so mögen sie die Konsequenzen aus dem Gesagten ziehen.

Der Versuch, mal eine andere Berliner Akut-Psychiatrie auszuprobieren, scheiterte. Von der Charité wurde ich wieder ins Urban geliefert. Offene Station, Bettenturm. Fast war ich ins Herz der Finsternis vorgedrungen.

Station 31 roch nach Kräutertee und Tabletten. Der Linoleumboden gelb, die Wände gelb-orange. Ich bezog ein Zweibettzimmer. Die Bettwäsche gelb. Der Blick aus dem Fenster trotz allem unverwüstlich wunderschön.

Im Raucherraum dieser offenen Station traf ich den wandelnden Tod. Er oder sie trug Windeln und hinterließ Pfützen, wo er oder sie stand. Der Mund zahnlos, eingefallen. Die Finger gelb verfärbt, war es immer auf der Suche nach

Tabak, zündete sich die ausgedrückten Stummel der Mitpatienten wieder an und saugte sie aus bis in den Filter. Jemand meinte, er oder sie sei hier falsch. Nach wenigen Tagen verschwand es.

Es kam Klaus. Der letzte Mensch auf meiner Erde. Er wollte mir helfen. Die Todessymbiose entfaltete ihre Kraft. Zwanghaft überfiel mich die Vision, mein Vater werde mich zu Tode pflegen. (Estors teilen sich in Ärzte und Patienten.)

Mischgemüse freute sich, mich wiederzusehen. Er saß hinter seinem Tisch und erzählte Klaus, wie manipulativ ich mich ihm zufolge in der Tagesklinik verhalten hatte. Seine eitle Fratze glänzte im gelben Licht. Ich fragte mich, wann er mir die Entbindung von der ärztlichen Schweigepflicht abgerungen hatte.

Ich hoffte, zu verschwinden. Ich wollte meine Gedanken nicht länger denken. Ich legte mir eine Schablone in den Kopf und buchstabierte darin immer wieder dasselbe Wort: V-E-R-G-E-S-S-E-N.

Meine erste Zimmernachbarin hatte runde braune Augen, Lisa oder Anita, hielt sich an ihrer Tabakdose fest und erzählte mit hoher, naiver Stimme, sie komme oft her. Besonders im Winter. Sie trug Hausschuhe mit Bommeln auf der Spitze, hängte ihr gelbes Nachthemd erst auf einen Bügel und dann in den Schrank. Ich verglich mich mit ihr und kam zu dem Schluss, dass sie in der Lage war, Selbstfürsorge zu betreiben, und ich nicht.

Klaus brachte bald die Idee auf, ich könnte am Borderline-Syndrom erkrankt sein. Die passende Broschüre drückte er mir in die Hand. Mit meiner WG-Mitbewohnerin hatte er bereits darüber gesprochen. (Sie schloss später die Zimmertür vor mir ab, wenn sie schlafen ging.)

Josi und Gordi und ich hockten auf dem Flachdach der Klinik und wir sonnten uns. Josi und Gordi hatten sich T-Shirts und BHs ausgezogen. Die beiden waren Drehtürpatientinnen, ungefähr so alt wie ich. Ihre Freunde kannten sich aus dem H-Entzug, sie schickten ihre Mädels hin und wieder auf den Strich, wenn es nötig war. Wir kifften. Ich spürte seit Langem wieder einmal, dass ich lebendig war, dass Ideen in mir steckten, und ich machte irgendeinen derben Witz, der die beiden zum Lachen brachte. Möglicherweise konnte ich doch noch Beziehungen haben. Die beiden würden meine Freundinnen sein. Es war zwar nicht das Leben, das ich mir ursprünglich vorgestellt hatte, aber immerhin waren das echte Menschen, mit denen ich hier hockte, und ich war imstande, sie zum Lachen zu bringen. Kurz darauf kroch Paranoia in mir hoch. Vom Kiffen wurde es bei mir immer schlimmer. Früher oder später würde ich davon auch eine Psychose kriegen. Scheiße. Ich musste schnell zurück auf Station. »Was isn mit der los?« Sie lachten wie Krähen hinter mir her und ich traute mich nicht, ihnen noch einmal ins Gesicht zu gucken. Auf der Station legte ich eine Szene hin und ergaunerte mir so eine Portion Tavor, das nicht zu meinen Bedarfsmedikamenten gehörte. Josi und Gordi hauten in der Nacht noch ab. Gordi sah ich ein paar Jahre später am Kotti. Voll druff. Ihre heisere Lache zog mir den Stecker.

Ab einem gewissen Punkt wollte ich es sogar in die geschlossen Station »schaffen«. Ich gab mich diesem Sog hin. (Es ist nicht falsch, hier von Selbstverletzung zu sprechen.) Eingeschlossen, umringt von unberechenbaren Mitpatienten. Die Pfleger distanziert, abgegessen und misstrauisch. Therapie findet nicht statt.

Ich wurde zweimal auf die Geschlossene verlegt. Einmal hatte ich aus Verzweiflung Waschpulver oder Paracetamol in mich reingestopft. Nichts wirklich Lebensbedrohliches. Aber die Geste war ausreichend aggressiv. Das andere Mal war ich bloß nicht mehr bereit, die notorische Frage des diensthabenden Arztes planmäßig zu beantworten: »Kann ich mich auf Sie verlassen?« Ich wusste ja, was passiert, wenn ich »Ja« sagte. Schließlich probierte ich es dann eben mal mit »Nein«.

Ich wollte den Abgrund in allen Facetten auskosten. Das mag schwer nachvollziehbar sein. Nennen Sie es manipulativ, wenn Sie müssen. Aber es wäre ein Missverständnis, wenn man mir unterstellen wollte, ich hätte das Geschehen aktiv steuern können. Ich merkte, dass etwas in mir all dies will. (Natürlich wollte ich gleichzeitig nichts lieber als einfach gesund und frei sein, mein Leben gestalten, lieben, arbeiten, Menschen begegnen und wieder lesen können.)

*

In der Nacht bin ich frei von Angst, solange der Mond durchs Fenster scheint und keine Neuzugänge reingeschoben werden. Neuzugänge sind meist große Auftritte und ich ziehe sie mir voll rein. Polizeivorhut. Geschrei, der Aufzug öffnet sich. Pfleger Maik grinst. Schwester Petra guckt betroffen. Psychotiker im Akutzustand landen hier nackt. Vielleicht wegen der Voruntersuchung im Haus, vielleicht weil die Klamotten durch sind oder eklig, vielleicht sieht so Selbst- und Fremdgefährdung aus und führt zur Einlieferung. Nackt, darüber ein Krankenhaushemdchen, hinten geschnürt. Die Pfleger behandeln den Neuzugang verlässlich mit der übertriebenen Gelassenheit, die ansatzlos in Gewaltausübung umschlagen kann, routinemäßige Fixierung und »Runterspritzen«, ernst nimmt die Irren ab der Türschwelle keiner mehr. Es ist auch jegliche Gefahr gebannt, weshalb niemand nervös zu werden braucht. Niemand außer mir. Ich habe Angst vor dem Abgrund, in dessen Nähe ich geraten bin, in dem ich vielleicht schon selbst und vielleicht für immer stecke.

Nicht in jeder Sekunde gelingt es mir, mich davon zu überzeugen, eine Simulantin zu sein. Eine Hamletta. Ich tu ja nur so, um meine Alten zu ärgern, bisschen Aufmerksamkeit zu kriegen, weil ich halt ein manipulatives Miststück bin. (Fand die Aufnahmeärztin gar nicht witzig. In der Psychiatrie ist Humor schwierig. Man macht sich verdächtig, wenn einem noch nach Witzeln zumute ist. Das riecht nach Persönlichkeitsstörung. Kampfdiagnose mit schlechter Prognose. Egal.)

*

Meine große Schwester Iris kam manchmal vorbei. Sie fand die anderen Patienten »sonderbar« und hatte Angst, von ihnen berührt zu werden. Sie tat so, als wollte sie nicht erkannt werden, und machte dabei genau die Gesten, mit denen man markiert, dass man berühmt ist und nicht erkannt werden will.

Klaus, mein Erzeuger, hatte sich ein Zimmerchen gemietet gegenüber von mir und schaute jetzt auf diesen hässlichen Klotz, zählte die Fenster bis zur Etage ohne Gardinen und verging vor Sorge um seine Jüngste, während sich in Frankfurt sein Job in Luft auflöste. Klaus, mein weicher, dicker Vater, dessen Geruch mich ekelte. Ich tat ihm viel Leid an und quälte ihn extra. Absichtlich. Weil ich böse bin. (Schuldgefühl schlägt direkt in Selbsthass um.)

Das Leben auf der Geschlossenen ist maximal deprimierend und von einem strukturellen Doublebind geprägt. Der Umgang mit Mitpatienten und Pflegern verschlechtert die Symptomatik. Die Ärzte suggerieren bei der Visite, es gehe um therapeutische Fortschritte, die den Weg hin zur Entlassung (erst auf die offene Station, danach Tagesklinik, bei Rückfällen kostenminimierte Variante) ebne. Gleichzeit haben sie keine Kapazität, mit einzelnen Patienten Therapie zu machen. Sobald es zu einem Gespräch kommt, klingelt das Telefon. Ein vertrauensvolles Setting kann schlechterdings nicht etabliert werden. Die Berichte strotzen hingegen von Beschreibungen über Ziel und Wirkung des therapeutischen Angebots.

Ich malte vor den Ärzten ein Bild von mir, das mein Selbsthass konstruierte. Immer wieder, panisch, beteuerte ich, nur ein Spiel zu spielen, alles zu inszenieren, alle an der Nase herumzuführen, im Grunde eine Hochstaplerin zu sein.

Weil ich es selbst glaubte. Weil ich es mir selbst unterstellte. (Das war kein cooler Spruch, es war Verzweiflung, die aus mir sprach.)

Verschiedene Ärzte bewerteten meine Selbstdarstellung unterschiedlich. Eine fragte mich, noch in der Notaufnahme, warum ich Paracetamol oder Waschpulver gefressen hätte. Ich glaube, ich sagte: »Um Aufmerksamkeit zu kriegen?« (Ich haute mit der Antwort voll daneben.) Sie fand das unmöglich und machte keinen Hehl daraus, dass sie mich jetzt zur Strafe in die Geschlossene verlegen würde. Da würde mir das Lachen schon vergehen, sinngemäß. Ich hatte geglaubt, die Antwort sei zumindest besser als: »Weil ich mich umbringen will.«

Ein weiterer Arzt hatte mich zuvor gewarnt – das war in der Nacht meiner ersten Einweisung auf die Geschlossene, aus irgendeinem Grund saß er auf meinem Bett, durchsuchte meine Tasche oder brachte sie mir hoch oder so –, ich müsse Demut entwickeln. (Ein nicht unsympathischer Glatzkopf. Ich stand natürlich, biografiebedingt, schon immer auf Ärzte. Unbewusst die Familientabus reinszenierend. Deshalb verachtete ich ihn zeitgleich auch.)

Ich sah eine junge Frau auf der Geschlossenen. Bildschön war sie. Dunkel, schmal. Ein ovales, olivgrünes Gesicht, Mandelaugen, stolzer Mund. Theoretisch war sie schön. Jetzt war sie hässlich. Sie brabbelte, ihr stand Schaum vor dem Mund, sie zitterte und wand sich. Ihr Betreuer besuchte sie, ihr Einzelfallhelfer, ein junger Mann. In seinem Blick auf sie entfaltete sich die ganze Tragik ihrer Biografie.

Mir machte die offene Aggression der Psychose-Patienten Angst. Ich befürchtete Gewaltausbrüche. (Oder?) Ich ekelte mich vor ausgestellter Körperlichkeit. Fettigen Haaren. Zahnbelägen.

Psychotiker im Wahn. Menschen mit düsteren Blicken, die rauchten und rauchten. Schlurfende Zombies. Dann einzelne, die ganz normal wirkten und auch beteuerten, ungefährlich zu sein und zu Unrecht hier. Das waren vermutlich die echten Psychopathen.

Andrea kam mit nacktem Bauch zu uns. So lief sie auch die nächsten Tage herum. Sie jagte mir Angst ein. Also, ich jagte mir Angst ein, wenn ich sie sah. (Später war sie sehr nett zu mir und brachte mir ihre Lebensgrundsätze bei, die mir vernünftiger schienen als vieles, was mir meine Eltern mit auf den Weg gegeben hatten.)

Ich durchschritt die sieben Höllenkreise. Ich zerfiel in tausend Teile. Ich verlernte, (zu sprechen und) mich selbst zu repräsentieren. Ich traute mir nicht mehr zu, einen Satz zu beenden, und verstummte daraufhin.

Mein Selbsthass flüsterte mir ein, dass dieser Ort des Grauens wohl die gerechte Strafe für mein Versagen sei.

In der Geschlossenen war niemand zum Spaß und man roch die existenzielle Bedrohung von Knast, Entmündigung, Schuldnerberatung etc.

Glaubte ich mir meine Deckgeschichte selbst, ich wolle für einen späteren Roman recherchieren? Lag wirklich ein Funken Wahrheit in diesem dreisten Satz? Versuchte ich nicht, mein letztes Stück Würde zu behaupten, wenn ich in mir eine, wenn auch gescheiterte, sprachlose Autorin sah? Die fleischgewordene Schreibblockade. (Mein Sarkasmus hielt mich lange zusammen. Immer gefolgt von Scham.)

*

Ich laufe von der U-Bahn-Station-Prinzenstraße zurück zum Urban-Krankenhaus. Ich bin Patientin auf Station 26. Psychiatrie. Station 26 ist eine offene Station. Ich bin in meiner Friedrichshainer Wohnung gewesen, um einen Zettel zu holen. Nun bin ich am Ende meiner Kräfte. Es ist wieder Frühling. Alles steht in voller Blüte. Immer habe ich diese Gegend geliebt. Vom Prinzenbad zum Urbanhafen, über die Brücke am Kanal, vorbei am Restaurantschiff. Immer habe ich mich in Berlin frei gefühlt. Ich soll bald entlassen werden. Mein Leben wird zwangsläufig weitergehen. Nie habe ich Selbstmord wirklich für eine Lösung gehalten. Ich darf mich nicht länger im Krankenhaus verstecken. Ich muss jedes einzelne meiner Probleme lösen. Ich muss Geld verdienen und wieder nett zu den Menschen sein.

Meine Spannungen in diesen Tagen verbinden sich mit Geruchsempfindungen. Könnte ich bloß ins Gebäude rein, ohne den Haupteingang zu nehmen. Die Raucher an ihren Tröpfen, in ihren Rollstühlen, den Nachthemden, mit ihren gelben Gesichtern, ihrer stoischen Weigerung, die eigene Lage zu BEGREIFEN – mich macht das so fertig. Alles

Elend springt mich an, kriecht durch die Poren in mir hoch. Der Geruch von Weichspüler, gepaart mit kaltem Zigarettenrauch. Wie meine Handtücher damals zu Schwimmzeiten. Als ich den Zigarettenrauch überdecken wollte. Was ihn bloß immer stärker ausstellte. Das Fatale am überreizten Geruchssinn sind die verknüpften Erinnerungen. Erinnerungen werfen mich jetzt um. Innerlich um. Bleischwere Urteile über meine Vergangenheit. Es schmerzt mich, auf mich zu blicken.

Ein Jahrzehnt lang halfen mir gewisse Stoffe, die schmerzenden Gefühle abzuwehren. Sie waren nicht pharmazeutisch legitim. Dazu die Beschaffungskriminalität. (Ich lag einmal für Stunden mit einem Dealer im Busch und wir versteckten uns unter dem Laub. Razzia in der Hasenheide.) Ich fühlte mich frei in unbewusster Selbstmedikation. Später verstand ich, dass ich tatsächlich selbstbestimmt und frei gewesen war, damals als Abhängige; verstand es durch die Demütigung, einer Psychiaterin gegenüberzusitzen und auf die Verschreibung ihres Benzodiazepins angewiesen zu sein. Dazu das Scheißmirtazapin. Sobald es mir ein wenig besser ging, schmiss ich wiederholt alle Rezepte weg und schlug meinen alten Weg ein. Aber die Paranoia wuchs und die Todesangst. Ich wusste, dass ich eine Psychose riskierte. Ich kannte durch meine Psychiatrieaufenthalte mittlerweile viele Menschen, die Psychosen durchgemacht hatten. Schwere, langwierige, oft chronische Krankheitsverläufe waren das. Zustände, die die eigene Identität, Integrität, das Leben, das Selbst gefährdeten.

14

Auf einem Autorenkongress in Düsseldorf erlebte ich meine schwärzeste Nacht. Ich hatte dieses Stück über die Sprache der raf in Gefangenschaft geschrieben. Es war damals bereits drei Jahre alt und ich schämte mich brennend für jeden Satz darin. Dr. Wildenbach hatte mich und die Arbeit intensiv betreut. Es waren alles ihre Gedanken, die ich wenig originell unter Zuhilfenahme von viel, viel gestrecktem Speed ausformuliert hatte. Eine perverse Machtkonstellation verband uns. Sie sah anfänglich ein Potenzial in mir, ich nutzte ihre Unterstützung aus, hob beim ersten Erfolg bald ab und ließ sie gekränkt sitzen. Ich hatte nicht den Mut, ehrlich zu ihr zu sein. Sie war mächtig wie meine Mutter, aber im Grunde humorlos.

Ich war zu dem Kongress nach Düsseldorf gefahren, um meine Felle vor dem Davonschwimmen zu bewahren, mich in der Öffentlichkeit zu rehabilitieren, meine Karriere weiterzubauen. Ein Fehler. Meine Sprache verließ mich. Ich saß auf dem Podium und begriff nicht, was man mich fragte. Ich wunderte mich bloß über die Höflichkeit meiner Kolleginnen. Sie taten, als ergäben meine gutturalen Laute einen tieferen Sinn. Mild lächelten sie mich an und fragten im Anschluss, ob ich noch mit auf einen Wein wolle. Ich brauchte nicht zu sprechen, um gemocht zu werden. Verachtenswerte Kreaturen.

Ich lag in meinem Düsseldorfer Hotelbett. Das Fenster war nicht zu öffnen. Die Heizung nicht zu regulieren. Es war heiß. Ich brauchte Luft und ging auf die Straße, obwohl es zwei Uhr in der Nacht war. Das gelbe Licht brachte mich richtig mies drauf. Was würde aus mir werden in dieser Welt? Vielleicht würde ich kriminell werden, eine Mörderin und im Gefängnis landen. Ich war unfähig, eine andere Perspektive einzunehmen.

Irgendwann begab ich mich auf die Suche nach einer Psychoanalytikerin. Die erste skizzierte nach zwei Probestunden eine frühkindliche Erklärung für meine Todesängste. Ich hätte die mutmaßliche Abtreibung eines kleinen Geschwisterkindes intensiv empfunden und daraus geschlossen, dass auch ich getötet werden könne, wenn ich die Wut meiner Mutter errege. Diese Theorie fand ich hanebüchen. Sie machte mich aggressiv, welche Anmaßung! Ich nahm meine Beine in die Hand und rannte die Treppe hinab und raus, bis mich die Friedhofsmauer stoppte. NIE würde ich mich solchen spekulativen Thesen ausliefern. Diese blasse Person in deren Umgebung jeden Menschen Beklemmungen anfallen mussten! (Von Übertragung hatte ich damals noch nichts gehört.)

Eine andere Analytikerin schmiss mich hochkant raus, nachdem sie Mischgemüses Arztbrief gelesen hatte. Ob ich nicht endlich arbeiten gehen wolle, was ich mir eigentlich denke? Sie fühlte sich von meinem Auftritt wohl provoziert ...

Zum Glück fand ich schließlich eine stabile Analytikerin. Die Spielvogel. Sie lachte mich fröhlich an und trug einen wehenden Rock. Lustvolle Lebensfreude, schoss es mir hoffnungsfroh durch den Kopf, durften Therapeutinnen ausstrahlen? (Idealisierung ist die Kehrseite der Abwertung, theoretisch wusste ich das, trotzdem gestaltete ich meine Beziehungen immer wieder nach diesem Muster. Meine allererste Therapeutin, die mir verhaltenstherapeutisch begegnete, hatte ich, nachdem meine erste kurze depressive Episode abgeklungen war, etwa derart in den Himmel gelobt, dass ich mich zu der Aussage verstieg, Sylvia Plath hätte sich nicht umgebracht, wenn sie ebenfalls bei ihr in Kurzzeittherapie gegangen wäre.)

Spielvogels Reaktion auf mich war so tröstlich, weil sie durch keine meiner Emotionen unglücklich wurde. Es ging ihr immer gut, sie war so fest. Also innerlich, im Kern. Sie brauchte keinen Panzer gegen die Gefahr, die Angst, das dunkle, unbekannte Loch in ihrem Innern.

Es kamen alte Gefühle wieder hoch, wie Geister stiegen sie zwischen mir und Spielvogel auf. Sie machte nicht viel, sie sagte nicht viel, aber sie war doch eine Magierin. Sie seufzte verständnisvoll. Nicht das dämliche Psychologen-»Hmhmm«, das mittlerweile jeder draufhat und einem anbietet wie ein billiges Kaugummi, das gleich keinen Geschmack mehr abgibt. (Ich hoffe, das darf ich sagen, ohne Gefahr zu laufen, Spielvogel zu idealisieren.)

Ich schwieg und weinte. Ich weinte und weinte und sie hörte zu. Vor allem ihr Schweigen war wohltuend. Bei mir zu

Hause wurde jedes Gefühl durch falsche Sätze übertönt. Ideologische Phrasen hingen wie Wimpelketten quer durch alle Räume, Innen und Außen.

Alle in meiner Familie machten Therapie. Außer Elke. Die war überzeugt, dass Psychotherapeuten korrupt seien und einem bloß einredeten, man brauche Hilfe, damit ihr Einkommen gesichert bliebe. (Verschwörung, Verschwörung. Immer wieder Verschwörung. Im Alter sah sie es vielleicht anders.)

Klaus war schon immer ein Therapie-Junkie. Er machte selbst verschiedene Therapeuten-Ausbildungen.

Spielvogel entzauberte Elke und benannte den emotionalen Missbrauch durch Klaus.

Ob ich keine Kinder haben wolle? »Nein. Wir schaffen den Sprung nicht.« »Welchen Sprung?« Ich schwieg. Dann weinte ich. Ich weinte und weinte. »Es ist schön, Kinder zu haben. Man muss die Vergangenheit nicht wiederholen.« »Wissen Sie. Mein Kinderhaus damals ... ich meine ... mein ... mein ... Elternhaus – «

> *Im Herbst 1956 zog es uns wieder in die Berge. Ein Privatquartier – eine Stube und ein kleines, schräges Dachkämmerchen – bekamen wir bei Frau Rennert auf dem Hof Seidenlehm in Mariagern bei Berchtesgaden. Bergtouren auf dem Untersberg, Spaziergänge, Wanderungen, Salzbergwerk und natürlich der Königssee. Die Kinder können ihre Eltern auf Reisen ja manchmal ganz schön nerven. Am Königssee gab es viele Buden mit*

den üblichen kitschigen Souvenirs, Eisbuden, Süßigkeiten, Getränken usw. Klaus hatte einen schlechten Tag, er schikanierte uns bis zur Grenze. Dieses haben, jenes haben, das wollen, wieder nicht wollen usw., erzwingen, versuchen, auch mit Tränen und Bockigkeit. Schließlich platzte mir der Kragen, über das Knie gelegt und ein paar deutliche Klapse auf den Po, keine Tränen mehr, und vom Augenblick an hatten wir einen lieben und braven Jungen.

Ich war ungerecht gegenüber meinem Vater gewesen. Ich hatte ihn mir nie als Kind seiner Eltern vorgestellt. Nie war ich misstrauisch gegenüber der Erzählung geworden.

15

Ich bin die Stimme, die stumm bleiben soll. Doch ich rede und rede. Ich bin die Stimme, die keiner lesen will im Familienbuch. Weil ich ungnädig bin, mit mir selbst und mit ihnen allen. Undankbar. Ungehorsam. Kein Zweifel, dass mir früher wirkmächtig der Mund verboten worden wäre. Unter Zuhilfenahme von groben Händen, Gürtelschnallen, von Seife. Mein Großvater Dr. Oskar Estor schlug seine Kinder. Oma Mine Estor vertraute auf schwarze Pädagogik. Wäre ich bei ihnen aufgewachsen, in den Fünfzigern, sie hätten mich zerstört. So wie meine Tante Erika. Sie hätten mich zerstört oder ich hätte gelernt, mich selbst zu verleugnen. Wie mein Vater Klaus, der lernte zu lügen, stets und immer, der sich selbst belog und alle um ihn herum, um in Ruhe gelassen zu werden. (Die Selbstgerechtigkeit, mit der ich Urteile fälle, sollte mich misstrauisch machen. Begebe ich mich schon wieder in unverantwortliche Höhen, aus denen ich fallen und fallen muss? Ist es den kurzen Genuss wert? Oh, ja!)

Ich komme ein letztes Mal nach Bad Dornen, in das Elternhaus meines Vaters. Den einzigen Ort meiner Kindheit, an den ich zurückkehren kann. Der noch nicht überlebt wurde.

Mich interessiert nicht, was Gene können. Mich interessiert, wie Geschichten wirken. (Und alle sind sie konstruiert.)

Ich hebe das kleine Törchen, ein kniehohes Jägerzaunelement mit schwarzem Lackgriff über rostigem Metall. Einmal reichte es mir bis unters Kinn. Ich sehe Bilder von früher vor meinem inneren Auge. Es sind die Fotografien Oskar Estors, die mir zu Kindheitserinnerungen verschwimmen. Er war ein leidenschaftlicher Hobbyfotograf. (Ein pedantischer, sagt Iris.) Oskar hielt jede Ankunft und Abreise fest. Jedes Lachen. Und entsorgte die traurigen Gesichter.

Der Weg zum Haus war einst gesäumt von blühenden Rabatten. (Erst heute weiß ich, dass Oskar heimlich spritzte, um Mine zu erfreuen.) Jetzt liegen die umgegrabenen Schollen darin dunkelbraun.

Ich betrete das Haus durch die Garageneinfahrt. Hier stand all die Jahre sein cremefarbener Mercedes. Er trug beim Fahren perforierte Lederhandschuhe. (Wenn es nach Iris gegangen wäre, hätte man ihm im Alter den Führerschein weggenommen.)

In der Waschküche eine Mangel. Im Vorratskeller Weckgläser. Ein Verschlag, der mal ein Schwein behaust hat. Schwarze Drehlichtschalter aus Bakelit. Irgendwo hier zischte Mine dem aufrechten Peter zu: »Wer bist du schon! Mit deinem Volksschulabschluss ...« (Auch sie hatte bloß die Volksschule besucht.)

Mein Vater kam aus dieser Arztfamilie (komisches Wort: eine Familie, die sich darüber identifiziert, dass der Vater Arzt ist, der Herr Doktor). Eine Familie, die von sich sagt, den Schwachen helfen zu wollen, die hilft und sorgt und kümmert, doch etwas ist faul daran. Warum werden die Kinder immerzu gewaltsam gezwungen? (Im Innern ist keine Hilfsbereitschaft, sondern Gewalt.)

In meiner Familie wurde ich für meine kindliche Hypochondrie ausgelacht. Ich glaubte, an Prostatakrebs, Aneurysmen, Angina Pectoris zu leiden. Elke schob alles auf die Gespräche am Estorschen Mittagstisch.

Bad Dornen ist ein winziges Dorf im Fränkischen, wo sie das R dunkel in die Kehle drücken. Ein paar Weinberge, Äcker und das psychiatrische Krankenhaus mit 800 Betten. Die größte Forensik weit und breit. Jeder Dorfbewohner könnte mit einem Patienten zum Tanz gehen. Mein Großvater leitete in den 1970er-Jahren die Station für Suchtkranke. Heute heißt ein romantischer Weg zum Schwarzberg nach ihm. Dr.-Oskar-Estor-Steig.

»Villa Mine«, benannt nach meiner Oma, zentral an der Hauptstraße des Dorfes gelegen, groß und weiß, überragt alle anderen Wohnhäuser im Sichtkreis um mindestens ein halbes Stockwerk. Die Zimmermänner hätten beim Bau im Jahr 1950 eigenmächtig Breite und Höhe um ein selbstbestimmtes Maß erweitert. Das schreibt zumindest mein Großvater im Familienbuch der Estors. (Kann ich seinen Erzählungen trauen?)

Als Kind näherte ich mich diesem Haus auf der Rückbank unseres bananengelben Peugeots. Ich saß zwischen meiner Schwester Iris und meinem Bruder Aki. Vor meinem Bauch ein oranges Bänkchen, im Gurt fixiert. Zwischen Klaus'

Füßen ein leerer geflochtener Korb. Elke fuhr, nicht selten rauchend, und bis kurz vor Würzburg meist blendend gelaunt. Sobald die ersten Weinberge in den Blick kamen, kippte die Stimmung wie ein See im Spätsommer. Die Strecke Spießloch – Bad Dornen konnte man in zwei Stunden schaffen. Sofern man sich nicht verfuhr. Eigentlich eine Unmöglichkeit, aber Elke gelang es immer wieder. Ihre »Abkürzungen« waren legendär. (Sie muss die Feste im Hause Estor gehasst haben.)

Hinter der Kuppe des Schwarzbergs schob es sich zum ersten Mal ins Bild, also hinter die Windschutzscheibe. Gerahmt vom wippenden Rotschopf meines schweigenden Vaters und dem kantigen Profil meiner rauchenden Mutter, ein viel zu großes Haus, allein zwölf Fenster an der Front. Die Fassade zu weiß. (Noch heute verstehe ich nicht, wie sie so weiß sein konnte. Wo sammelte sich der Dreck?)

Heute fahre ich selbst. Ich bin keine gute Autofahrerin. Die Verkehrstoten gehen mir nicht aus dem Kopf, und der tote Winkel. Ich habe eine gewisse Affinität zum Tod, zu allem Kranken. (Die Familie Estor teilt sich in Ärzte und Patienten.)

Wann immer wir ankamen, trafen wir zuerst auf den schiefen Karl, der die Straße vor dem Haus kehrte. Ein dünner, gutmütiger, zahnloser, schief lächelnder älterer Mann, der sich unverständlich artikulierte. Ein Dauerpatient der Psychiatrie. Er kehrte täglich viele Stunden vor dem Haus der Estors. Später erfuhr ich, dass er seiner Frau mit einem Spaten den Schädel gespalten hatte.

Auf dem alten Filmmaterial meines Großvaters entdecke ich weitere Patienten. Sie helfen bei der Kartoffelernte oder in der Küche, bei Familienfeiern. Elke fluchte einmal darüber, dass Oskar Estor die Patienten der Psychiatrie behandelt habe wie ein Gutsherr seine Leibeigenen. Natürlich seien sie nicht bezahlt worden. Auch die Möbel aus den Werkstätten gingen ganz selbstverständlich ins Estorsche Mobiliar über. (Ein Hocker aus der Arbeitstherapie steht noch heute bei mir. Und ich liebe ihn.)

Der Hintereingang zum Haus führte einen direkt in die riesige Küche. Dort herrschte Mine. Sie stand in der Küche und kochte. Immer in der Schürze, am Schneiden, Kneten, Braten. Eine Schüssel unterm Arm, ein Messerchen zur Hand, in den Garten, in den Keller.

Von gewaltfreier Kommunikation hatte Oma Mine nie gehört. Für mich als Kind waren ihre Boshaft- und Gehässigkeiten immer auch ein wenig unterhaltsam. (Nein. Erinnerungsfehler.) Mich trafen sie ja kaum. Die Kleine. Die Streifschüsse, die ich abkriegte, waren dann weniger schmerzhaft als irritierend in ihrem Nachhall, wie das Dröhnen der Standuhr im Estorschen Treppenhaus, um die es bei Mines einzigem erwähnenswerten Angriff auf mich im Kleinkindalter auch ging.

Was ich immer so garstig gucken würde. Sie spielte auf meinen Gesichtsausdruck beim Nachdenken an. Hässlich sehe das aus, wo ich doch sonst im Grunde hübsch sei. (Noch hübscher übrigens, wenn ich mir mal ein Spängchen ins Haar machen ließe von ihr.) Sie warnte mich: Wenn jetzt die Uhr schlage, blieben diese Züge ewig in meinem Gesicht stehen und ich sei für immer entstellt.

Im Flur hing ein großer Spiegel. Oskar fotografierte den Ausdruck, den Mine meinte, und zog ihn groß. (Heute schaue ich mir dieses Bild gerne an. Es ist das einzige Foto im Hause Estor, auf dem nicht gelacht wird.)

Schon vorher war bestimmt, dass mir dieser Zug eingeschrieben bleiben sollte. Nicht im Gesicht, aber auf der Seele. Es ist der Abdruck von was? Einer Gewalt im Raum, die keinen Namen tragen darf und so nie ihre Kraft verliert.

Elke brachte die Aggression an den sonntäglichen Mittagstisch der Estors, die Klaus permanent weglächeln musste, um nicht vernichtet zu werden. (Klingt dramatisch: Vernichtung. War es aber auch. Immerhin deckte Dr. Estor sein gesamtes Leben lang Mörder.)

Klaus hatte mitbekommen, wie seine ältere Schwester Erika leiden musste. Wie die Eltern sie entmündigten, ihr das Kind wegnahmen und sie drängten, sich sterilisieren zu lassen. (Die Familiengeschichtsschreibung machte Erika zu einer »schwierigen Person« und schob ihr die Schuld an aller durch die Eltern erlittenen Gewalt zu sowie die alleinige Verantwortung für diese.) Erika hatte sich schließlich dem Diktat der Eltern gebeugt und in die Sterilisation eingewilligt.

»Aber warum? Die Frage ist: Wa-rum? Sie war erwachsen! Und ist das nicht seltsam: den Eltern bis ins Alter Vorwürfe zu machen? Für letztlich: die eigene Unfähigkeit, mündig geworden zu sein?!« Das war Iris' scharfer Ton, fünfunddreißig Jahre nach dem gewaltsamen Übergriff auf Erikas Selbstbestimmung. (In meinen Augen schrieb auch Iris eine dunkle Tradition fort, ohne den Hauch einer Ahnung davon zu haben: Sie schob die Schuld dem Opfer zu.)

Ich sage: »Der Geist des Gesetzes zur Verhütung erbkranken Nachwuchses wirkte in der Familie Estor fort.«

> *Wer erbkrank ist, kann durch chirurgischen Eingriff unfruchtbar gemacht werden.*

»Sie wollten Erika schützen! Sie wollten ihr helfen! Sie war psychisch krank! Sie meinten es gut! « (Klaus' Worte.)

Tante Erika ist das schwarze Schaf der Familie. Wobei das Konzept des schwarzen Schafs nicht sonderlich gut auf die Familie Estor passt. Denn Oskar Estor suchte alle Mitglieder zu integrieren, notfalls mit Gewalt, die Figur des Verstoßens war ihm fremd. Diese Form der Unterdrückung war subtiler und schmerzhafter, weil sie die Wahrnehmung korrumpierte. Die Ketten nahmen unterschiedliche Gestalten an: internalisierte Kontrolle, Gehirnwäsche, Entmündigung. Autonomiestreben wurde hart bestraft. Aus der Familie Estor gab es kein Entkommen, außer im Tod.

Onkel Richard war ein Kind des Sieges, Tante Erika ein Kind der sich abzeichnenden Niederlage. (Nach dem Krieg wird Oskar Estor Tante Erika immer wieder verdreschen. Die Kleine ist drei, vier, fünf Jahre alt und versteckt sich vor dem Vater unter dessen Schreibtisch. Mit aller Wucht und von der Ernsthaftigkeit seiner Aufgabe erfüllt, schlägt mein Opa mit dem Gürtel auf Erika ein. Wenn sie frech ist oder ungehorsam oder lustvoll.) Richard war blond, Erika hatte schwarzes Haar. Mine und Oskar zeugten sie während der Schlacht um Stalingrad, auf Heimaturlaub. Erika war ein Kind der Verzweiflung, die niemand wahrhaben wollte, der niemand ins Gesicht schauen wollte.

Ich meine, mich erinnern zu können, dass Oma Mine sogar mir gegenüber behauptet, ja Erika vorgeworfen hatte, ihr im Wochenbett als Säugling die Brüste wund gesaugt zu haben. Also muss ich da mindestens drei gewesen sein, also muss Mine mindestens sechzig gewesen sein und Erika mindesten dreißig. Ist das nicht schrecklich? Und gleichzeitig erschreckend aufschlussreich. Bis ins reife Alter, ja wahrscheinlich bis zu ihrem Tod kam Mine nicht auf die Idee, dass ihre furchtbare Lage, die hoffnungslose Situation 1943, die Ahnung, dass alles, woran sie glaubten, einstürzen und nichts mehr wert sein würde, dazu vermutlich auch eine diffuse Schuld, eine nicht eingestandene Trauer, viel, viel Angst und sicher auch Wut – dass all dies für die arme Erika schon in ihrem Bauch spürbar gewesen sein muss und dass sie ihr vermutlich eine abwesende und schlechte Mutter war und sie nicht lieben konnte, weil sie auf das Kind projizierte, was sie bei sich selbst nicht wahrhaben wollte.

Der dreijährige Richard daneben, gezeugt im Blitzkriegsrausch, geboren als blondes Kind der Hoffnung, hielt sich tapfer. Schaffte es irgendwie, weitestgehend brav zu sein und die traurige Mutter zu trösten mit seinem Lächeln. Und blieb im Grunde sein ganzes Leben lang als Pfand an die Eltern gebunden, als Glückspfand, es ihnen gut und recht zu machen, die Treue zu halten, den Bund nicht zu sprengen und brav zu sein. (Erika trug die Symptome für Richard aus, davon bin ich überzeugt.)

Klaus war ein blasser Jüngling. Er sah toll aus in seinen Samtwesten. Sein Blick so tief und er schien über schwere Dinge zu grübeln. (Ich darf nicht unterschlagen, dass er belesen war und klug.)

Er las, was er in die Finger bekam. Den ganzen Karl May. Später gab er heimlich Bestellungen in der großelterlichen Buchhandlung auf. Gegen die Klassiker war nichts einzuwenden gewesen, aber bei Hesse und Böll zog mein Uropa Julius Estor schon ein wenig die Augenbrauen zusammen.

Als Klaus sich die Werkausgabe Bertolt Brechts zu Weihnachten wünschte, trat Oskar Estor auf den Plan. Warum er die Lust an den schönen deutschen Klassikern verloren habe? Schiller. Das sei doch genug Nahrung für seinen Sturm und Drang. Oskar Estor verbot das Geschenk und so besorgte sich Klaus seinen Brecht heimlich in einer von Studenten geführten Buchhandlung in Würzburg.

Er lernte nie zu sagen »Ich will« oder »Ich will nicht«, sondern schob für alles seine Wehwehchen vor. (Ich übernahm seine Strategie bis ins junge Erwachsenenalter.)

Als Arzt akzeptierte Klaus' Vater Krankheiten und diese nahm er auch ernst. Müßiggang hingegen verurteilte er scharf. Klaus konnte seine Rolle als Sohn nur im Patientendasein erfüllen. Sein ominöses Hüftleiden begann bereits im Kleinkindalter. Eine organische Ursache wurde nie gefunden. Die Schmerzen kamen und gingen, meist zeitgleich mit privaten Herausforderungen.

War Klaus ein echter Patient oder ein eingebildeter Kranker?

Er war kein Simulant! Ich schätzte das falsch ein, als ich zum ersten Mal Generalabrechnung mit ihm machte. Er wusste bloß nicht, dass er gesund war. Er profitierte von der Pflege, der Zuwendung, die er bekam, ja. Er entzog sich lästigen Aufgaben, denen er sich nicht gewachsen fühlte oder die ihm schlicht zu blöde waren. Doch im Grunde war er nie selbständig geworden, hatte sich nicht emanzipiert.

(Die Frage, wer das wahre Opfer ist. Für Iris ist es mein armer Vater Klaus, dem ich grundlos die Hölle heißgemacht habe. Und bis heute tue ich das! Ich reite so lange auf der Frage herum, warum die wahren Täter nicht benannt werden dürfen, bis der Gaul erschöpft zusammenbricht und elendig verreckt. Ich lasse ihm den Opfermythos nicht durchgehen, denn genau wie seine Eltern hält er sich für ein Opfer.)

Erika fehlt auf den meisten Filmaufnahmen, die Oskar Estor von der Familie in den Sechzigerjahren gemacht hat. Manchmal steht sie am Rand und sieht unglücklich und gequält aus, scheint hin und wieder patzige Widerworte zu geben. (Es gab noch keine Tonspur an der Kamera.) Und dann, als sie Anfang zwanzig ist, taucht da plötzlich diese fesche, hochattraktive Frau auf, die richtig gut tanzt, figurbetonte Anzüge trägt und verführerisch ihre Augenbraue hochzieht. Die Haare in Form, wirkt sie immer gut gelaunt und lacht dabei.

Tante Erika war ein schwieriger Mensch. (Habe ich das früher selbst einmal gesagt?) Es ist ein klassischer Befund in der Familie Estor. Mindestens einer in jeder Generation ist »schwierig« und dadurch lassen sich alle Probleme erklären. Mein Status ist auch »schwierig«. Damit machen es sich alle anderen leichter. Solange sich die Familie weigert, Tante Erika und mich als Symptomträger der Konflikte im Familiensystem offiziell und wertschätzend anzuerkennen, bleiben wir das Problem, das es zu vernichten gilt. Schlimmstenfalls identifizieren Tante Erika und ich uns auch weiterhin mit dieser familiären Zuschreibung, unterwerfen uns dem Rest der Familie, lassen diesen Rest sich über uns erheben, um ihn vor Scham und Schmerzen zu beschützen.

Meine Tante Erika arbeitet heute als Buchhändlerin in München. Ihre Lebenspartnerin hält ihr den Rücken frei, auch wenn Erika nicht offen zu ihr steht. Letztes Jahr fuhr ich zu ihr, um über die Vergangenheit zu reden. Tante Erika hatte drei Nächte vor Aufregung nicht geschlafen, umarmte mich zu fest und lief fahrig zwischen Küche und Wohnzimmer hin und her. Nachdem wir uns endlich hingesetzt hatten, warf sie die Vase mit meinen Blumen um, schnitt sich ungeschickt an den Scherben und blutete stark. Sie verschwand lange im Bad und kehrte schließlich mit geschrumpften Pupillen zurück. Dann erst ging es. Sie bestätigte alle Geschichten, gab sich jedoch ebenfalls selbst die

Schuld daran: »Ich war ein dickes und widerborstiges Kind. Wie hätte man mich lieben können?« Die Sterilisation bagatellisierte sie. Meine Anteilnahme wollte sie nicht haben. Auf meine Frage nach sexualisierter Gewalt in der Familie wiegelte sie ab: »Nein! So etwas überhaupt nicht. Normale Grapscherei: Ja. Sexuellen Missbrauch: Nein.« Deprimiert fuhr ich wieder ab.

Und einem weiteren Estorschen Mythos ging ich auf den Leim. Die Erzählung geht so: Mein Großvater amputierte Beine in Russland. Er hatte Zugang zu Morphium. (Unerklärlicher Zusatz.) Auf einem Schiff abgeschossen, rettete er sich in der Unterhose an Land. Er war ein Opfer des Krieges.

Dazu noch: Oma Mine reichte Juden Suppe über den Zaun.

Der Brieföffner meines Opas hatte mich schon als Kind stutzig gemacht. Er lag offen sichtbar in einer Schale voller Stifte und Kleinkrams im Balkonzimmer. Silbern, mit gelbem Griff steckte er wie ein kleines Schwert in einer Scheide. Mittig zierte ihn ein Hakenkreuz. Die Sprache muss darauf gekommen sein, aber ich erinnere mich an keine Antwort.

Lange nach der Scheidung erwähnte Elke einmal beiläufig und frei von Hohn, dass Oskar Estor »ein ganz normaler Nazi« gewesen sei. Ich reagierte empört. Was ihr einfiele, meinen Opa zu diffamieren? Ganz ruhig führte sie aus, dass er wirklich ein Nazi gewesen sei, Offizier in der Wehrmacht und angesehener Arzt, in Rang und Würden, absolut kein

Zweifel, er habe ihr gegenüber nie einen Hehl daraus gemacht und sie hätten sich angeblich trotzdem gut verstanden. Für die Mao-Bibel habe er sich übrigens auch interessiert, sich das kleine rote Büchlein ausgeliehen, gelesen und im Nachgang zu ihr gesagt, dass es ihnen mit Hitler damals so ähnlich gegangen sei. Da wurde mir schlecht. Besonders, weil Elke bloß darüber lachte und in diesem Lachen alles wegwarf, was ich ihr einmal geglaubt hatte – nämlich, dass es ihr um etwas gegangen sei in der KPM. Bald fügte sie streng hinzu, ich sei dumm, wenn ich glaubte, irgendwer sei kein Nazi gewesen damals. (Sie hatte meine innere Abwertung gegen sie wohl gerochen und musste sie mir sofort heimzahlen.)

Ein einziges Mal hatte ich einen lautstarken Disput mit meinem Großvater geführt. Ich war stinksauer gewesen über eine abfällige Bemerkung, die er über meine Mutter Elke gemacht hatte, kurze Zeit, nachdem sie und Klaus sich getrennt hatten. Wütend und unversöhnlich verteidigte ich die Ehre meiner Mutter, bis in sein Arbeitszimmer hinein. Es lag im ersten Stock, mein Opa ging damals schon recht schwerfällig, aber er war sehr bemüht, mir zu folgen und seine Bemerkung zu erklären und seine Sicht darzulegen. Ich erinnere mich nicht daran, dass er mich überzeugt hätte, aber ein wenig besänftigt vielleicht schon. Auf jeden Fall rührte es mich, dass ihm so sehr daran gelegen war, mit mir zu sprechen. Das kannte ich nicht. Ich hielt ihn für einen guten Menschen.

Später entdeckte ich das NSDAP-Parteiprogramm neben einem Exemplar von *Der Sinn des Schmerzes* in einem der vielen Bücherregale meiner Großeltern. Ich steckte beide Broschüren heimlich ein und fühlte mich wie eine Diebin. Auch ein zugeklebtes Buch hatte ich im Arbeitszimmer meines Opas entdeckt. Es handelte von Wehrmachtsverbrechen in Russland. Oft schnüffelte ich nach Verbotenem im Hause Estor.

Elke rettete mich mehrfach in jenem Haus. Als ich etwa meinen Cousin in den Teich geschubst hatte und alle auf mich einkeiften, ich sei ein garstiges Kind. Elke schien es egal zu sein, zumindest schien sie mich trotzdem zu mögen. (Las ich in ihrem Gesicht Genugtuung?) Sie zündete sich eine an, nahm mich bei der Hand und wir gingen spazieren. Es machte ihr nichts aus, gesellschaftlich geächtet zu sein.

Die Rückfahrten aus Bad Dornen in unserem bananengelben Peugeot waren eine große Entwertungsbewegung. Der geflochtene Korb quoll über vor Gaben aus dem Garten meiner Großmutter. Eier, Kartoffeln, Tomaten, Zwiebeln, Kirschen, Blumen, Salat. (Meine Eltern wollten die Geschenke nie annehmen, doch Mine siegte immer über sie.)

Sobald wir um die Ecke gebogen waren, hatten Klaus und Elke begonnen, über Mine zu schimpfen. Ich hasste es, wie alle Kinder es hassen, wenn Eltern schlecht über Menschen reden, die sie lieben. Elke und Klaus aber brauchten es wohl. Dieses Gift, um sich ihrer selbst zu vergewissern. Um sich zu versichern: Wir sind gut. Unser Leben ist ein gutes. Wir sind nicht schlechter als die anderen, auch wenn sie uns vermutlich vernichten wollen. Wir dürfen leben und bringen die anderen vorsichtshalber in Gedanken um, bevor sie uns als unwert demaskieren können. (Heute denke ich, Elke versuchte, Klaus zu trösten, indem sie gemeinsam mit ihm verächtlich über seine Mutter sprach.)

16

Meine Oma Mine Estor

Geboren als Bauerstochter, gestorben als Arztgattin. Immer auf Status bedacht, wenn auch subtil. So durften ihre Kleider nicht teuer sein. Kuchen durfte nicht gekauft werden. Sich um die Kranken, Armen und Schwachen zu kümmern, war unverdächtig. Die Hierarchie zwischen Helfendem und Hilfsbedürftigem bewies ja den Statusunterschied. Lediglich in der Begegnung auf Augenhöhe, der Vermischung lag die Gefahr. So mussten besonders die Kinder ferngehalten werden von »unangemessenen« Spielkameraden. (Überkompensierte sie dadurch die Kränkung, die sie selbst im Elternhaus ihres Mannes erfahren hatte?)

Bei ihrer ersten gemeinsamen Reise mit Oskars Beiwagen-Motorrad – ihre Liebe ist jung, auf dem Motorrad prangt ein Fähnchen, darauf das Hakenkreuz, so fahren sie durch Deutschland – entfaltet Oskar vor Mine seine ganze »Weltanschauung«. Sein nordisches Blut verpflichte ihn, blabla ... Er wolle für die Schwächeren eintreten. Unverheiratet, so erzählte mir Richard kichernd, seien sie bis zum Bodensee gefahren. Oskar hält die Abfahrt vor dem Haus der Landmanns fest. Mine sitzt bereits im Beiwagen, eine Fliegermütze auf dem Kopf, ein Hündchen auf dem Schoß. Sie scheint die Karte zu studieren. Eine Inszenierung? Meine Uroma, Änneke Landmann, lacht breit über den Zaun.

Mines jüngerer Bruder lebt noch. Derbe Stiefel, strenger Scheitel.

Mine kommt aus einer Bauernfamilie, es ist auch ein Liebesbeweis an sie. Sein kühner Geist und ihre Erdverbundenheit sollen ein tugendhaftes und fleißiges neues Geschlecht begründen.

Geschichte der Liebe meiner Großeltern Estor, die im Nachhinein grotesk überbetont wurde, um aus einer politischen Zeit alles politisch Verfängliche zu streichen. Ihre Liebesbriefe zwischen Roseneck und der Ostfront, die nicht unpolitisch waren und deshalb später verbrannt wurden – verklärt als romantischer Akt zur Wahrung ihrer Privatsphäre.

Mine Estor, geborene Landmann, die ihren Oskar drei Tage nach Kriegsausbruch heiratete, die stolz war, die aufstieg zur Offiziersfrau, die ihm ein blondes Kind gebar. Die trotzdem oder gerade deswegen immer und immer zweifelte an ihrer rassischen Wertigkeit und es kompensierte, die ihre Unsicherheit verbarg. Die andere um so aggressiver ausgrenzte, abwertete, als minderwertig verurteilte (auch die eigenen Kinder).

Mine war keine liebevolle Mutter, sondern eine kühle, eine gestrenge, ohne Verständnis für Kindersorgen.

Mine Estor bestand darauf, im Estorschen Garten Landwirtschaft zu betreiben. Oskar hatte nichts dagegen. Er wollte auch ein paar Vögel. Ihr ging es dabei um die bäuerliche Ehre, die Wahrung und den Fortbestand ihrer Identität.

Ihm um die Pflege seiner privaten Neigungen, in der Tradition des Vaters.

Mine stand frühmorgens auf und begann zu arbeiten. Wie sie es seit ihrer Kindheit im Hause Landmann kannte. Sie pflanzte, goss und erntete, sie kochte, buk und weckte ein, sie schrubbte und schrappte, schälte und entkernte, pflückte, jätete und verlas. Ihre Finger waren am Ende ihres Lebens krumm wie verdrehte Möhren.

In Schnücke versuchte ich später, etwas von ihrem Erbe in mir aufleben zu lassen. Das Bäuerliche, die Verbundenheit ihrer Hände mit der Erde. Etwas, was unabhängig von ihren miesen Bemerkungen war. (Zwar lehrte meine Mutter mich früh, dialektisch zu denken, doch dass auch jeder Mensch das Gute und das Böse in sich integriert, war ihr unbekannt. Ihr Menschenbild blieb ein eindimensionales, ihr Blick auf die Psyche vulgär und unterkomplex. (Das ist es wohl, was als »wenig differenzierte Objektrepräsentanzen« Eingang in meine Patientenakte gefunden hat.)) Anders als Klaus hatte ich ja genug Abstand und war deshalb vielleicht freier von Ambivalenz. (Im Teppich liegen Eltern und Kinder zu dicht beieinander.)

Klaus hatte die Gartenarbeit unter dem Spaten seiner Mutter gehasst, dabei vor allem: dass sie immer meckerte und unzufrieden war und ihn dabei aufs Gröbste beschimpfte.

In Schnücke (ich hatte damals eine kurze, aber intensive anthroposophische Phase und lebte in einer Art Landkommune) lernte ich, Kartoffeln anzubauen, Tomatenpflanzen zu pikieren, wie man ein Frühbeet mit Mist versorgt, Salat, Karotten, Kohlrabi und Rotkohl pflanzt. Ich erntete Pflaumen und Kirschen und Äpfel und Birnen. Ich lernte, große Töpfe zu kochen für die gesamte Belegschaft. Ich weckte ein und buk. Ich lernte, Rotkohl zu kochen und Klöße zu formen und eine Gans zu braten und zu servieren. Ich trug eine von Mines alten Schürzen. Ich setzte Stauden und sah meinen Rittersporn im Gewitter einknicken. Ich brachte es nie zu Mines Blütenpracht. (Aber ich spritzte auch nicht. Oder verleumdete Elke ihre Schwiegermutter, mit der sie sich immer gut verstanden haben will (»Mine Estor respektierte mich, weil sie wusste, dass sie mir nicht dumm kommen konnte. Ich war vielleicht die Einzige, die ihr nicht ins Gesicht log und das schätzte sie an mir. Und, dass ich anpacken konnte und keine Angst um meine Fingernägel hatte.«), als sie mir sagte, dass Mines Blütenpracht vom Dünger kam? (»ER spritzte. Er war das.«))

Ich spürte tatsächlich eine Verbundenheit. Und ich konnte verstehen, was Mine an ihrem Garten so glücklich gemacht hatte.

Klaus fand es albern, wie ich in der Gartenarbeit aufging. »Deine Oma hätte ihre Freude an dir.«

Ich flocht mein langes Haar zu Zöpfen, als ich unter Anthroposophen lebte. Elke meinte, ich lebte in Schnücke nicht nur in Mines Tradition. »Bis hin zu den Haaren. Machst du dein Landjahr?« Für Elke waren alle Anthros Nazis.

Oma Mine war eine Geschichtenerzählerin, eine Chronistin, ein »Schandmaul«. Sie zog über die Leute her, deklinierte ihre Beziehungen, Arbeitsstellen, Krankheiten. Empörte sich über Unanständiges. Klatschte und tratschte. Vermutlich konkurrierte sie um den inoffiziellen Titel Angesehenste Frau im Dorf. (Mit wem? Mit der Frau Pfarrer?)

Dass Oskar und Mine Estor nicht gerne in die Kirche gegangen waren, wurde darauf zurückgeführt, dass die Kirche sich im Nationalsozialismus »nicht rühmlich« benommen habe. So erzählte es mir Klaus.

Beschreibung eines Missverständnisses: Klaus sagte, seine Eltern hätten die Kirche für ihr »Verhalten nach dem Krieg« kritisiert. Ich verstand darunter: Meine Großeltern prangerten an, dass die Kirche ihre unrühmliche Rolle im Nationalsozialismus nicht kritisch aufarbeitete. Meinte Klaus es so? Nein. Er meinte, dass das Pfarrerpaar nach dem Krieg keine Flüchtlinge aufgenommen habe. (Das wiederum hatten seine Eltern getan und reihten sich damit moralisch oberhalb des Pfarrerehepaares ein.) Die Rolle der Kirche im Nationalsozialismus kritisierten Mine und Oskar nicht, sonst hätten sie ihre eigene Rolle mindestens ebenso stark kritisieren müssen.

Für mich war es selbstverständlich, dass meine Großeltern das Schweigen der Kirche angesichts von Krankenmorden und Judenverfolgung verurteilten. Aber nein: Mein Opa lehnte die Kirche als Institution ab, seine sogenannte Gottgläubigkeit war unter Nationalsozialisten weitverbreitet. (Noch strenger handhabte die SS die Beziehung ihrer Mitglieder zur Kirche: Ein Aufnahmekriterium in die SS war der Kirchenaustritt. Mein Großonkel Eugen Bierstich heuchelte deshalb 1947 in seinem Spruchkammerverfahren, er sei 1936 »aus freien Stücken« aus der Kirche ausgetreten.)

War es Klaus, der seine Eltern durch diese Erzähung entschulden wollte? Oder war es mein Ohr, das die Geschichte erst rund machte, die Großeltern unbedingt reinwaschen wollte?

17

Ich lag bei Spielvogel und weinte. Klaus hatte mir beim letzten Besuch von seiner Kindheit in Dornen erzählt. »Ich war ein vernachlässigtes Kind, Kissi.« Er formulierte es als Vorwurf, um meine Vorwürfe zu unterbinden.

Wir versuchen wieder einmal, eine Beziehung zueinander aufzubauen. Sofort übertreibt er es mit der Nähe. »Ich wurde ständig abgeschoben, Kissi. Ich war meiner Mutter lästig. Sie hätte sich nie zu mir gesetzt und mir zugehört.«

Ich lächle, schweige. Klaus plappert. Spricht von Iris, ihren Erfolgen, ihrer Darstellung von Richard Drei. Spricht von den Enkelkindern einer Nachbarin. Wie gut sie sich alle verstehen. Wie er die Zeit als »großer Vater« genieße. Nimmt dann abrupt eine Verteidigungshaltung ein: »Was willst du eigentlich? Machst du dich über mich lustig?«

»Ich will mich mit dir versöhnen.«

»Ach so.«

Stille.

Das beruhigende Summen-Brummen aus vergangenen Zeiten stößt mir nun sauer auf. Weiß und dick. Die rötlichen Bartstoppeln. Weich in seinen Armen. Elke verließ morgens das Haus und kam abends heim. Klaus war immer da. Er saß im Morgenmantel am Schreibtisch. Natürlich versteckte ich mich nur zum Spaß vor Elke. Damit sie nicht brüllte, weil ich wieder nicht in den Kindergarten gehen wollte.

»Toll, dass du dir vorgenommen hast, deine nahen Beziehungen wieder zu intensivieren. Das wird dir guttun.« (Warum fallen ihm immer bloß falsche Sätze ein?)

Seine Stimme dröhnt.

»War dir die Landkommune doch zu autoritär? Ich hab's dir doch gleich gesagt.«

Ich habe mir fest vorgenommen, ehrlich zu sein. Offen und ehrlich. Doch mein Vater wird jede Information, die ich ihm anvertraue, spazierentragen. Wie eine Trophäe vor anderen in die Luft recken. Weil er unfähig ist, sie still in sich zu bewahren und die leise Wärme wahrer Nähe zu empfinden.

»Ich weiß nicht, was ich dir erzählen kann.«

Für mich bleibt es unmöglich, eine Distanz in der Nähe zu Klaus zu finden. Ich will mich für sein Bekenntnis eines frühen Traumas nicht mit einem intimen Bekenntnis revanchieren müssen. Diese Tyrannei der Intimität. (Noch bevor ich damals das Buch von Sennett gelesen hatte, war mir diese Figur schon allzu bekannt: Zug um Zug sich nackig machen vor dem anderen. Bis auf die Seele sich auszuziehen, um nur ein klein wenig Wärme zu bekommen. Doch immer bekam ich nur Aufregung und Leere im Nachgang. Es war die Verhinderung einer echten Verbindung. Es war Konkurrenz und Erpressung.)

Gewalt, die aus Nähe entsteht. Gewalt, die sich tarnt. Verleugnete Gewalt. Nicht geglaubte Gewalt. Ungesehen. Nicht anerkannt. Kleingeredet. Umgedeutet. Was hast du denn? Du übertreibst. Du irrst dich. Das stimmt nicht. Das hast du dir ausgedacht. Dies ist der schlimmste Satz: Das hast du dir ausgedacht. Um Aufmerksamkeit zu bekommen.

Es sind Mines Sätze. Mines Angst davor, als Bauerntrampel verstoßen zu werden in der besseren Gesellschaft. Es sind Klaus' Sätze geworden.

Auch ich war Klaus als Kind lästig gewesen. Stets zu laut, zu viel, zu anstrengend. (Ich will keine Mutter sein.)

Ich habe meine Fähigkeit, mich zu verändern, immer überschätzt. Ich entkomme meiner Haut nicht. (Wie meine Mutter in ihrem Voluntarismus stets felsenfest behauptet hatte, man könne frei wählen, was und wer man sei, es gebe für alles eine Lösung, so glaubte ich auch lange, dass nicht wahr sein müsse, was ich nicht wahrhaben wolle.)

Ich bleibe im Estor-Schneiderschen Teppich gebunden, gefangen.

Warum bekam meine Mutter Kinder? Alles Weiche, Schwache, Bedürftige lehnte sie ab. Hielt sie nicht aus. Machte sie aggressiv. Hatte es doch einmal die Sehnsucht gegeben, aufzubrechen und zart zu werden? Dreimal muss es sie gegeben haben. (Meine Existenz ist noch unwahrscheinlicher als die meiner älteren Geschwister.)

Ich habe mich immer gefragt, wie es sich für Elke angefühlt haben muss, schwanger zu sein, uns zu gebären und zu stillen. Aus Klaus bekam ich nichts raus, da er sich immer darauf berief, alles vergessen zu haben. »Das war alles ganz normal ...«

Elke leugnete mir gegenüber, je irgendwelche hormonellen Schwankungen oder Stimmungen gehabt zu haben. Sie verfiel dann schlagartig in erbauliche Argumentationen: »Ich bereue nichts! Natürlich liebe ich euch! Es war die beste Entscheidung meines Lebens, Kinder zu kriegen!«

Kurz vor der Scheidung hatte sie eine Abtreibung. Kurz danach ließ sie sich die Gebärmutter rausnehmen. »Man muss wissen, wann es reicht.«

Als Elke mich in Schnücke besuchte, wollte ich sie mit meinem Glück provozieren. Mit meinem Hausfrauenglück, fernab vom Streben nach Anerkennung und Glanz durch Leistung. Demonstrativ ließ ich den ganzen Tag die Schürze an. Ich wusste, dass sie die handgestickte Aussteuer ihrer Mutter zur Hochzeit auf einem kleinen Scheiterhaufen verbrannt hatte. (Auf ihrer Verlobungstruhe stand: Heimat ist Segen und Bestand. Richtig müsste es heißen: Heimat ist Fluch und Verderben.) Mein langes Haar unökonomisch in allen Aspekten und eine zopfhafte Weiblichkeit zitierend, gegen die sie ihr ganzes Leben gekämpft hatte. Summend bürstete ich mich am Abend neben dem Korb voll Flickwäsche, während sie ihre Bierhumpen stürzte.

Ich kümmerte mich hingebungsvoll um den kleinen Dominic, den Sohn meines Mitkommunarden Torben. Er war ein ganz normaler Fünfjähriger, aber sein Verhalten war für Elke schlicht inakzeptabel. Dass er »permanent stört, überhaupt nicht hört«. Ich roch, wie gerne sie mir die Meinung gegeigt hätte und Dominic seine Grenzen aufgezeigt. Meine Sanftmut brachte sie zum Schnauben. Schließlich ignorierte sie ihn einfach. (Auch als er in die Brennnesseln fiel, während sie kurz nach ihm schauen sollte. Er weinte und weinte, sie stand unberührt neben ihm und grinste.)

Ich kochte, bediente sie am Tisch und garnierte alles mit einem Lächeln. Ich wartete auf ihren Zorn. So eine Mutter war sie nie gewesen. Sie hatte bei jedem kleinen Anlass, den sie nicht unter Kontrolle bekam, geflucht. Was sie kochte, war ungenießbar. Wenn sie einmal den Boden wischte, dann unter lautem Fluchen. Hausarbeit war ihr zuwider. Sie hielt Putzen für spießig, ja faschistisch. (Es waren die späten Siebziger, stupid.) Ihren Teller leckte sie nach dem Essen sauber, aß Spargel mit den Fingern und am Stück. An Sonntagen steckte sie sich zum Nachtisch eine an und benutzte ihr Glas als Aschenbecher. »Proletarische Kultur« nannte sie das. Eine postpubertäre Anti-Haltung gegenüber ihrem Elternhaus. (Der Reinlichkeitsfimmel ihrer Mutter Ilse war allerdings wirklich fanatisch gewesen, das gebe ich zu.)

Jetzt stand ich in Schürze vor ihr, den Wascheimer in der Hand, lächelnd, und hielt ihr einen Vortrag über die heilsbringende Wirkung intensiver Raumpflege. Doch es ging ihr am Arsch vorbei. (Und als sie endlich abgereist war, wusste ich nicht, worüber ich mich mehr ärgerte: über ihr Empathiedefizit oder mein ewiges Aufsiebezogensein.)

Ich hatte mich diebisch auf ihre Reaktion auf mein neues Ich gefreut. Doch auch sie hatte sich verändert. Seit sie nicht mehr arbeitete, war sie nicht mehr so angespannt. Es schien ihr in Schnücke sogar zu gefallen. Die Ruhe, die Landschaft. Und sie wirkte müde und abgekämpft. Auf das gewöhnliche Gesprächsfeuerwerk zur Begrüßung verzichtete sie. Kein Pumpen zur Erzeugung von Nähe. Ob sie sich irgendwo hinlegen könne? Eine Decke brauche sie nicht. Sie schien ihre Umgebung gar nicht wahrzunehmen. »Geht's dir nicht gut, Mama?« (Ich hatte mir vorgenommen, sie nur noch mit »Mama« anzureden. Falls sie deshalb explodierte, wollte ich sie mit zurechtgelegten Stichworten erschlagen.) »Darf man als Rentnerin keinen Mittagsschlaf mehr machen, verdammt?« (Das war sie wieder, ihre normale Betriebstemperatur.)

Noch mehr als die katholische Kirche verachtete sie alle Esoterik. Dass ich nun Anthroposophin sein wollte, Rosenkranz-Meditationen nach Rudolf Steiner übte und das I Ging warf, musste sie zur Weißglut bringen. (Ich machte all dies nicht allein, um Elke zu provozieren. Auch – das will ich gar nicht leugnen –, doch sobald sie wieder abwesend war, spielte sie keine große Rolle innerhalb meiner praxisbezogenen Versuche, im Leben klarzukommen.)

18

28. 7. 1941 Kulagina
Gestern gab es einen plötzlichen Aufbruch. Wir hatten uns auf einen ruhigen Sonntag eingerichtet. In der Mittagsstunde bekam ich den Befehl, in K. ein behelfsmäßiges Lazarett zu erkunden. Dabei traf ich den Divisionsarzt und es zeigte sich, dass dafür keine Notwendigkeit vorlag, sondern dass nur ein Lazarett für Russen eingerichtet werden sollte. Ein geeignetes Haus fand sich und inzwischen habe ich schon 60 Russen versorgt. Die Verwundungen waren schon mehrere Tage alt und sahen böse aus infolge schwerer Infektionen, zum Teil Gangrän und ein Gasbrand. Es gab deswegen mehrere Amputationen. Die ganze Arbeit kostete viel Überwindung – einmal der unangenehme (für unsere Nasen) spezifische Körpergeruch dieser Sibirier und Mongolen, dazu der infektiöse Gestank. Außerdem ist doch immer das Denken da, wie sie es mit unseren Gefangenen gemacht haben. Im Ganzen war es eine absolut unerfreuliche und unbefriedigende Mission. Inzwischen sind die Russen abtransportiert worden nach Duchowschtschina, wo zwei russische Ärzte ein Lazarett aufgemacht haben.

Unter den Sibiriern war einer, der von deutschen Eltern abstammte. Heinrich Wirth heißt er und spricht ein einwandfreies Deutsch. Er machte den Dolmetscher und musste uns unterrichten. Es sei ihnen gesagt worden, sie würden von den Deutschen geblendet, misshandelt und so weiter. Außerdem hätten sie ihnen erzählt, hier sei die deutsche Grenze. Er erzählte uns auch von dem Kollektiv – »Kolchos« heißt es bei ihnen. Tatsächlich gibt es da kein Privateigentum. Er arbeitet im Kolchos als Traktorist und verdient in der Woche 20 Rubel. Ein Paar Schuhe kosten 40 Rubel, ein Anzug 150 Rubel. »Wann geht es uns eigentlich gut in Russland?« »Nur den politischen Kommissaren«, heißt die Antwort.

Die Ausrüstung ist oft mangelhaft. Wir sahen gestern oft Stiefel, deren Schäfte aus Segeltuch waren. Koppel, Kinnriemen des dünnen Stahlhelms sind ebenfalls nur Gurte. Vom »Sowjetparadies« wird nun wohl der letzte Deutsche, der dies erlebt, kuriert sein.

Wie gut ist es doch, dass ihr nicht wisst, wie dieser Krieg, wo es kein Hinten mehr gibt, in Wirklichkeit ist. Er wird einmal ein gutes Ende finden und dann könnt ihr es wissen.

Täglich und stündlich Gegenangriffe der Russen, die immer erst dann zum Stehen kommen, wenn alle Russen tot sind. Es ist furchtbar, mit welcher Rücksichtslosigkeit die Russen in den Kampf gehetzt werden. Es gibt kein Zurück, nur ein Halt durch den Tod. Möglich ist es doch nur durch den ungeheuren Terror – hier die eingeredete Angst vor der deutschen Gefangenschaft und dort die Strafe für den Umkehrenden durch den Truppen-Kommissar. Was sind es doch für arme Menschen.

Das Gelände ist in großer Ausdehnung von einem Busch bewachsen, der doch zu nichts nutze ist. Was ließe sich hier rausholen, wenn das Land richtig aufgeforstet wäre oder zur Feldbestellung gerichtet würde. Der Boden ist sehr gut. Man kommt immer wieder auf den Gedanken, wie ungerecht doch die Welt aufgeteilt ist. Wie plagen wir uns um jedes Äckerchen und hier sind unübersehbare Flächen ohne Nutzung. Und was wäre dieses Land ein Gesegnetes, wenn es richtig geführt würde.

Die Bewohner des dicht bei uns liegenden Dorfes bringen jeden Morgen Milch. Eine Gegengabe lehnen sie meist ab. Warum, ist uns nicht ganz verständlich. Als sie die erste Milch brachten, tranken sie davon vor unseren Augen, um zu zeigen, dass sie nicht vergiftet sei. Sie machten das von sich aus, ohne unsere Aufforderung. Einen netten, kleinen Jungen habe ich behandelt, der einen Armbruch hatte. Sie eignen sich jetzt alle das Kollektivvieh an. Ihre Frage ist oft nach einem »Orts-Kommandanten«, besonders wegen der Einbringung der Ernte. Ihre Initiative scheinen sie durch den Kolchosbetrieb völlig verloren zu haben.

12. 8. 1941 Waldlager an der Straße Duchowschtschina-Smolensk

Gestern Nachmittag brachte ein Russe sein Kind, das von einem LKW angefahren worden war. Es hatte eine sehr schwere Verletzung der Genitale. Der Alte jammerte und weinte furchtbar und es schien ihm ernst zu sein. Als ich ihm bedeutete, dass ich den Jungen operieren wolle, fiel er vor mir auf die Knie, versuchte immer wieder, meine Hand zu küssen, bekreuzigte sich, spasiba (danke) noch und noch. Das Ganze eine erschütternde und beschämende Unterwürfigkeit. Und das ist das Verbrecherischste an dem System – finde ich –, dass es so unfreie, unterwürfige und erbärmliche Menschen möglich macht. Ich habe den Jungen operiert und dann im Dorf untergebracht. Der Alte wohnt an sich woanders. Ich war heute wieder da, will den Jungen täglich besuchen. Hoffentlich bringe ich ihn durch. – Auf die Art komme ich in ein russisches Haus. Eine Stube: Eltern und vier Kinder. Sie schlafen gemeinsam auf einer großen Pritsche neben dem Ofen. Eigentlich ist es sauber. Diese Familie macht überhaupt einen gepflegten Eindruck. Die Kinder machen einen frischen, gesunden Eindruck, sind alle blond wie die Mutter. Einer ist schon mein Patient, er hat den Unterarmbruch. Der Vater ist ein richtiger Russe. Sie sind verhältnismäßig anständig angezogen. Der Vater von dem schwerkranken Jungen ist wieder ein Beweis für das »Sowjetparadies«. Seine Hose besteht nur aus Lumpen.

Die Arbeit auf dem H.V.Pl. nimmt zu. Heute war ich während des ganzen Morgens beschäftigt. Leider habe ich einen Patienten, der durch eine Mine (Pneu und Gelenkschuss) verletzt war, trotz aller Mühen – wohl wegen der Schockwirkung – verloren.

Unser altes Lager haben wir nun verlassen. Vorgestern wurde es bekannt und gestern ging es los. Den Jungen, dessen Befinden ganz leidlich ist, habe ich noch mal verbunden und ihm eine Überweisung an ein Lazarett mitgegeben. Hoffentlich findet er einen verständnisvollen Helfer. Beim Abschied gab es viele Tränen und Dankbarkeitsbeteuerungen. In der letzten Zeit brachten sie täglich irgendetwas: Gurken, Tomaten usw. Die anderen brachten täglich frische Milch und Himbeeren. Ich denke immer, es ist ein gutes Volk und was müsste bei einer guten Erziehung alles mit ihnen zu leisten sein. Es ist mir jetzt auch klar, warum in den Hausgärten keine Blumen sind, denn im Haus sind immer welche, mindestens ein Gummibaum. In den Gärten stehen Kartoffeln. Es ist ihr geringer Privatbesitz, dessen Ertrag ihnen gehört. Alle Äcker gehören in den Kolchos. Da sind

Kartoffeln natürlich wichtiger als Blumen. Sie sind jetzt überall beim Einbringen der Ernte, die von deutschen Ortskommandanten beaufsichtigt wird. Sie mähen alles mit Sicheln, selten sieht man mal eine Sense.

Die Organisation Todt ist fleißig am Werk und bringt die Straße in Ordnung. Überall wird an den Wegen gearbeitet. Bau Batl., R.A.D., O.T. – es ist fabelhaft, das alles zu beobachten. Die Brücken sind schon in Ordnung. Eine wunderbare Organisation ist es. Interessant sind immer wieder die Stuka-Krater, direkt neben der Straße, von der sie alles wegfegen und die für den eigenen Vormarsch unbeschädigt bleibt.

20. 8. 1941 Lager bei Gorodok
Witebks ist wohl die uns bekannte Stadt, die am allermeisten zerstört ist, aber auch alles ist kaputt. Viel Leben ist schon wieder: viele Soldaten, aber noch mehr Zivilisten, vor allem Frauen und Mädchen, zum Teil ordentlich angezogen und sichtlich bemüht, den deutschen Landsern zu gefallen. Wie schnell vergisst doch der Mensch. Und mit der Ehre und Würde ist es doch scheinbar recht zweifelhaft. Ein Soldatenkino gab es schon. Dichte Etappe im Übrigen. Schirmmützen, lange Hosen usw. Witebsk muss eine schöne Stadt gewesen sein.

Heute haben wir vom ersten Auftreten von Partisanengruppen gehört. Heute Nacht haben sie bei Newel eine Brücke gesprengt. Versprengte russische Kavallerie ist auch dort beobachtet worden. So unangenehm es für uns ist und so selbstverständlich unsere Gegenmaßnahmen sind, die Russen stellen sich damit ein gutes Zeugnis aus.

25. 8. Auf der Straße zwischen Ilmen- und Peipus-See
Wir sind täglich weitermarschiert, zunächst weiter nach Norden und von Ostrov an in ostwärtige Richtung. Dno war eine der Städte, die wir durchfahren haben, weiter Porchow, Szoltzy, Moschaga (letzter Rastplatz) und jetzt Richtung Minjuschi. Die Städte waren sich alle gleich, d. h. alle zerstört. Es ist immer das gleiche Bild. Die etwas gehobenere Kulturstufe dieses Gebietes sieht man auch an der größeren Zahl von Steinhäusern, aber sie sind jetzt alle Ruinen. Es ist hier schwer gekämpft worden, viele Gräber, zerschossene Wälder, alle Dörfer – oft bis aufs letzte Haus – ausgebrannt. Es stinkt noch immer nach Rauch und Verwesung.

31. 8. 1941 Szablino
Gerade beerdigen wir einen Kameraden, den ich gestern Abend operiert habe (li. Arm und Bein hat er durch Artillerie verloren). Unser Gefreiter Märker hält die Ansprache. Er macht es sehr ordentlich. Wozu das nur alles! Welcher Irrsinn ist doch ein Krieg.

Wenn ihr nur recht gesund bleibt. Wie weit ist alles Gute und Schöne. Wie glücklich wird die Zeit sein, in der wir wieder zusammen sind und alles, was jetzt nur Traum und Wunsch ist, ist wieder Wirklichkeit. Bleibt nur immer tapfer, du Liebstes. Und vergiss mich nicht, sonst ist alles umsonst gewesen. Ich habe euch unendlich viel lieb. Meine guten Wünsche sind immer bei euch.

10. 9. 1941 Mga (südöstlich Schlüsselburg)
Auf dem Rückmarsch von der Newa hatten wir noch einen erschreckenden Eindruck: Dort lagen auf einem engen Raum tote Russen in Mengen, Pferde, Waffen – ein richtiges Bild der Zer-

störung. Russische Frauen kamen gerade vorbei, sahen die Toten an und lachten und gingen weiter. Man kommt nicht hinter die Seele dieses Volkes. Wie sorgte sich damals der Vater um sein verunglücktes Kind, wie gefühllos hier und wie gefühllos beerdigten sie in Minsk ihre Toten. Es lässt sich nicht zusammenreimen.

19. 9.
Vor drei Tagen sind wir durch den 2. Zug abgelöst worden. Es war höchste Zeit, denn wir konnten nicht mehr. Zugänge kamen ohne Unterbrechung, fast alle sehr schwer verwundete. Von den über 200 Durchgängen waren 10 gestorben. Es war zum Verzweifeln. Ich war ganz mutlos. Jetzt habe ich ein paar Tage Ruhe, das macht wieder gefasster.

Ob man das Erleben auf dem H. V. P. wohl jemals wieder loswird? Wie schreckliche Verwundungen waren gerade hier, wie furchtbar das viele Sterben! Bei uns geht nur ein Teil der Div. durch. Die 2. Kompanie ist ebenfalls eingesetzt.

Wie glücklich wird die Zeit, in der ich wieder bei euch bin. Und dann hat diese Zeit ihren Sinn gehabt. Vor was für Unmenschlichkeiten und Unvorstellbarem hat sie euch in der Heimat behütet. Denn dass die Russen einmal ihre Welteroberungsidee zu verwirklichen geführt hätten, ist unsere feste Überzeugung. Dafür haben wir zu viele Beweise gesehen, wie sich alles und alles in Russland um Militär und Rüstung gedreht hat. Gott sei Dank, dass wir ihnen zuvorgekommen sind. Vielleicht hätten wir ein paar Jahre später die Dampfwalze nicht mehr aufhalten können. Was das für Deutschland bedeutet hätte, ist nicht auszudenken.

5. 10. 1941 Mga
Gestern Morgen haben wir unseren Zügen den Aufruf des Führers vorgelesen. Wie zuversichtlich klingt er. »Die letzte große Entscheidung vor Einbruch des Winters hat begonnen!« Vielleicht kapituliert der Russe doch noch und sieht die Sinnlosigkeit ein! Es wäre wunderbar, nach Hause zu kommen – bald – und mit dem Bewusstsein, dass dieser Feldzug zu Ende ist.

1. Bauchschuss: 3 Löcher im Magen, 2 im Quer-Kolon, vor 5 Tagen operiert, geht es sehr gut, beim 2.: Leberriss und Oberarmamputation vor 4 Tagen, geht es ebenfalls gut. Von den Seegerschen ist der mit der Kolonperforation gestern gestorben. Den anderen geht es gut. Gestern habe ich einen Brustschuss operiert: zweihandtellergroßes Loch, Herzbeutel völlig frei liegend, Verschluss mit Rippenresektion ließ sich gut ausführen. Es geht ihm heute gut.

Seit gestern Morgen sind wir wieder eingesetzt und haben bis heute Morgen schon über 100 Durchgänge gehabt. Jetzt sind es wohl etwa 130. Von gestern Morgen 11 Uhr bis in die Nacht gegen 5 Uhr haben wir ohne Pause gearbeitet, dabei waren 6 Amputationen und 2 Bauchschüsse, einer mit mäßiger Aussicht und einer, bei dem ich wegen ausgedehnter Zerreißung des Dickdarms wieder zunähen musste. – 6 Tote heute Morgen. – Es ist gut, dass die Zeit fehlt, um sich über die Vorgänge richtig klar zu werden. Aber es ist doch furchtbar. Tote, Siechtum und Krüppel! Ob man es je vergessen kann? Und es kostet Nerven. Dazu kamen noch heute Nacht mehrere Bombenangriffe, wobei wir zwar Glück hatten, trotzdem es nahe war und wir die Bomben rauschen hörten. Dabei dann am Op.-Tisch stehen und ruhige Hand und Nerven zu bewahren.

Heute war die Arbeit nicht so schlimm. Eine sehr schwere Verletzung: Spaltung von Unterlippe bis zum Brustbein bis auf Trachea und Zungengrund durch Unterkiefer hindurch. Die primäre Versorgung nicht schwer, doch wie wird es weitergehen? Wie viele werden überhaupt noch sterben von denen, die bei uns durchlaufen?

Folgender Vorgang: Ich lese das Kriegstagebuch meines Großvaters. Anschließend versuche ich, meine Eindrücke schreibend wiederzugeben. Dabei bemerke ich, dass ich ihn durch die Art meines Sprachgebrauchs entschulde. Allein, dass ich mich in ihn, in das von ihm Erlebte, hineinversetze, lässt mich seine Haltung übernehmen. Doch ich will mir seine Entschuldungsstrategie nicht unbewusst aneignen. Ich will die Information vom Gefühl trennen. Und das Verschwiegene erkennen und benennen.

Etwa dieser Satz: »Es fehlte auch bald an Verbandszeug und sauberem Wasser.« Er scheint mir verdächtig und ich lasse ihn nicht stehen. Das »Es fehlte« suggeriert einen bemitleidenswerten Mangel. Doch was ist traurig daran, dass die deutsche Kriegslogistik mit den Konsequenzen ihres Angriffskrieges überfordert war?

Ich bin auf der Hut. Ich will den Blick meines Opas nicht unkritisch übernehmen. Zu leicht folgt daraus ein Dethematisieren der wahren Opfer.

Zu keinem Zeitpunkt wurde mein Opa zu irgendetwas gezwungen, auch wenn er später einsehen musste, dass er *auf Hitler reingefallen** war, dass es ein Angriffskrieg gewesen war, dass sie sich schuldig gemacht hatten – er hatte es gewollt. Er war heiß erfüllt gewesen vom Glauben an Hitler und der Notwendigkeit des Krieges.

**auf Hitler reingefallen* – auch hier verbirgt sich ein Entschuldungsversuch. Hitler verbarg ja nichts. Die Propaganda lautete zwar, dass es ein Verteidigungskrieg sei, doch mein Opa schreibt selbst, wie überrascht die sowjetischen Soldaten sich zurückgezogen hätten. »Die Suppe in der Kaserne noch warm auf dem Teller.«

Über die Traumatisierung meines Großvaters zu sprechen, heißt für mich, über seine Schuld zu schweigen. Ich kann nur dann über ein mögliches Trauma nachdenken, wenn ich zunächst über seine Verantwortung nachdenke. Er war kein Opfer. Er wollte diesen Krieg. Er glaubte an die Höherstellung seiner Rasse.

Das Lachen der an einem Massengrab vorbeilaufenden Frauen interpretierte er als verrohten Zug, der die Unmenschlichkeit des Sowjetsystems beweise. (Lagen erschossene Juden darin? Mein Opa war unter anderem in Witebsk mit seiner Einheit. Dort wurden viele Tausend Juden ermordet. (Zahl prüfen.))

Er nahm auch an der Belagerung Leningrads teil. In seinem Tagebuch wundert er sich immer wieder darüber, dass sie den Angriff nicht starten, hinterfragt kurz die militärische Strategie. Aber auf Hitler lässt er nichts kommen. Dessen Worte im Radio findet er »ermutigend« und schöpft daraus »Kraft«.

Litt mein Opa später an einer Posttraumatischen Belastungsstörung? Verfolgten ihn Bilder extremer Gewalt, bedrohlicher Situationen? In welchem Zusammenhang stehen dazu seine eigenen Gewaltausbrüche gegenüber seinen Kindern, insbesondere gegenüber Erika?

Elke meinte einmal, Oskar Estor sei früher »ein jähzorniger Mann« gewesen. Ich konnte es nicht glauben. Für mich war mein Opa vor allem schwach und gutmütig. (Eine Assoziation drängt sich mir dazu auf: sein immer korrekt gezogener Scheitel. Streng gezogen, mit einer Paste fixiert, die in einer grün-orangenen Tube im Bad lag. (Angeblich verwechselte einmal ein Kind diese Tube und drückte sie als Zahnpasta auf die Zahnbürste, begann zu putzen und schrie sogleich verstört durchs Haus. Die Erwachsenen lachten und erzählten auch später lachend immer gerne davon. War ich das ausgelachte Kind? Mein Bruder? Meine Cousins? Wir alle und jeder Einzelne von uns?) Ein penibler Scheitel, die gewichsten Wehrmachtstiefel dazu, die Pfeife im Mundwinkel.)

Nein. Jetzt sehe ich seinen Jähzorn deutlich vor mir.

Die verschwiegene, die geleugnete Gewalt in der Familie Estor ist als Gefühlserbe an die nächsten Generationen weitergereicht worden.

»Der arme Stabsarzt, der so viel Schreckliches in Russland sah.«

Noch am 16. März 1945 schreibt Oskar in einem Feldpostbrief an Mine: *Gäbe es doch erst mal ein Anzeichen für eine Wendung.* Nach dem Rückzug der Wehrmacht aus der heutigen Ukraine, Belarus, Russland und Estland arbeitete er da als Arzt in einem Lazarett bei Dresden. Und glaubte weiter an die Möglichkeit zu siegen. (Jedoch auch, sehr untypisch für ihn: *Ich bin manchmal wie gelähmt.*)

Es ist das (sicher übernommene) Narrativ meiner Schwester Iris, dass unser Opa als gebrochener Mann aus Russland heimkehrte. Wie alle Narrative meiner großen Schwester hatte auch dieses für mich lange Wahrheitscharakter. Morphiumsüchtig sei er heimgekehrt. Für mich schien das plausibel. Doch es stimmt nicht. Hoffnungslos und enttäuscht war er, aber nicht gebrochen. Die vorübergehende Morphiumsucht entstand achtzehn Jahre später als Behandlungsfolge seines Herzinfarkts.

Nach außen schien mein Opa liberal, versöhnlich und verständnisvoll. So stellte er sich auch in seinen Reden auf Familienfeiern dar. Demgegenüber stand die Rezeption dieser Darstellung durch meine Eltern. (Warum die starken Affekte meiner Eltern auf den Heimfahrten in unserem gelben Peugeot?) Ich verstand nicht: Was regte meine Eltern so auf? Ich fand meine Eltern gemein. Meine Großeltern waren doch lieb ...

Oskar Estor hielt sich im Bund mit seiner Frau Mine für einen Wohltäter. Er schämte sich nicht zu betonen, dass die Estors sich der Schwächeren annähmen.

In der Rückschau beteuert mein Opa immer wieder, die Anfänge des Nationalsozialismus seien harmlos gewesen. Beim besten Willen will er keinen Zusammenhang zwischen der jungen Bewegung und den Leichenbergen sehen. Erst sei alles unverdächtig gewesen, also kein Grund sich zu schämen, dabei gewesen zu sein, und plötzlich habe man nichts mehr dagegen machen können und sowieso sei alles und jeder absolut machtlos gewesen, dem Nationalsozialismus etwas entgegenzusetzen.

Wie entstand der Mythos, Oma Mine habe Juden Suppe über den Zaun gereicht? Wie gelangte er in meine Ohren oder in meinen Kopf? Wer hatte ein Interesse daran, sie zu entschulden?

Iris sagt, Mine habe gesagt, ihr sei spätestens mit der Plünderung der Jüdischen Schule in Roseneck klar gewesen, dass es »kein gutes Ende« nehmen würde. (Natürlich verfälsche ich hier, da ich mich an Iris genauen Wortlaut nicht erinnere. Und auch Iris' genauer Wortlaut wird keine genaue Wiedergabe Mines genauen Wortlauts gewesen sein.) Sagte sie, dass sie ab da gewusst habe, der Nationalsozialismus sei falsch?

Das Klavier sei aus dem Fenster geworfen worden. Oma Mine war Augenzeugin, als die Jüdische Schule in Roseneck verwüstet wurde.

Zwar steht in Oskar Estors Memoiren, dass Mine den »Nat-Soz.« aus vielerlei Gründen ablehnte, aber ich glaube es nicht. Im Nachhinein sicherlich, währenddessen nicht.

Woher hätte sie auch den Mut genommen? Sie wollte hinein in die bessere Gesellschaft. Da hätte sie ihrem Schwiegervater Julius Estor, dem Herausgeber der Zeitung, ihre Kritik am Nationalsozialismus darlegen sollen? (Zudem waren die sonntäglichen Mahlzeiten im Hause Estor bis in meine Jugend gespickt mit rassistischen Bemerkungen.)

Oskar Estor wäre 1963 fast an einem Herzinfarkt gestorben. Er soll zu fett gegessen und zu viel geraucht haben. Der Stress, die Landpraxis, immer in ärztlicher Bereitschaft. Der Infarkt kam auf der Rückreise vom Urlaub. Er versuchte, die aufkommenden Schmerzen mit dick gestopften Pfeifen zu unterdrücken. Es war der Sommer 1963.

Nur zu gerne will ich glauben, die Herzschwäche sei Ausdruck eines sensiblen Wesens gewesen. Dass in meinem Opa doch ein Unrechtsbewusstsein schwelte, dass er mit dem strengen, strikten, schaffenden Leben nicht übereinstimmte.

Dass die Schuld an ihm nagte.

Oskar Estor starb später unter Qualen. Die Medikamente wirkten nicht. Er fand keine Ruhe, wollte immer wieder aufstehen, zu seinem Schreibtisch gehen. Er hatte nicht abgeschlossen. Er hatte das Unaussprechliche zu fest in sich verschlossen. Es war nicht verwest in ihm und wollte auch seinen Tod überleben.

Es war das Jahr des ersten Auschwitzprozesses.

Richard, Erika und Klaus halten das für Quatsch. Mir kommt er auf den kurzen Filmsequenzen aus diesen Jahren so schwach, so unsicher vor.

Oskar ignorierte seine Symptome, bis der Herzinfarkt ihn fast dahinmähte. Dann trat der schlimmstmögliche Besucher und Behandler auf: Eugen Bierstich. (Selbst wenn meine Großeltern im juristischen Sinn unschuldig geblieben sein sollten: Sie deckten Bierstich.)

Eugen Bierstich ist ein Randphänomen in der Betrachtung der Estor-Schneiderschen Unglücksstrukturen (Schuldstrukturen. Wehret dem Opfermythos!) Ja, es wäre schön, ihn als einen Außerhalben zu lesen, diesen SS-Mann und Vergewaltiger. Vielleicht könnte man glaubwürdig behaupten, Mines Hass auf ihn rührte daher, dass er zeitlebens ein Nazi geblieben war. (Was ihn nicht daran hinderte, ein angesehener Bürger Rosenecks und der BRD zu werden. Fast hätte er auch noch das Bundesverdienstkreuz ergattert.) Es hieße aber, sich etwas vorzumachen.

Seine Mutter, meine Urgroßmutter Änneke Landmann, war die Unschuld vom Lande. Bis sie zum Maifest ging und sie dort verlor. Sie war entflammt in Liebe zu einem lustigen Lohgerber. Eugen Bierstich (Senior). Er feierte, trank und reiste viel. Die Eltern klärten sie auf. Nur Heirat konnte ihren Fall stoppen. Der Lohgerber, der in Würzburg weilte, wollte von Konsequenzen nicht viel wissen. Er mochte die hübsche Änneke schon gerne. Nur eine Frucht wollte er mit dieser nicht haben. Bei »Hochzeit« stellte er sich ganz taub.

Die Eltern meiner Urgroßmutter und die Eltern des Mannes, durch den sie fiel, sie wollten keinen Skandal. Sondern einen lieben Enkel und Stammhalter. Ernste Briefe nach Würzburg. Dort scherte Eugen sich nicht drum.

In Roseneck setzten sie eine Verlobungsanzeige in die Zeitung. Änneke war trotz allem ganz guter Hoffnung. Die Ehre fast schon gerettet, der Mann bald ihr, das Kind so lebendig im Bauch. Doch die Heirat platzte. Ob's auch am Willen fehlte, wird keiner je erfahren. Eugen starb. Plötzlich und unerwartet. Herzmuskelentzündung. Änneke Glück? Änneke Pech? Das Kind wurde nicht in Schande geboren.

Eugen Bierstich ist genau genommen nicht mein Onkel, sondern mein Halbgroßonkel. Er ist der Halbbruder meiner Großmutter Mine. Sie teilten sich dieselbe Mutter, meine Urgroßmutter Änneke Landmann, geborene Wollhose. Änneke Wollhose war vielleicht der einzig couragierte Mensch in meiner Familie. Dass ich Onkel Eugen trotzdem Onkel Eugen nenne, hat zwei Gründe: Zum einen spricht es sich so gut: »Onkel Eugen«. Wenn man dieses »Onkel Eugen« auf eine bestimmte Weise betont – etwas bollerig-berlinerisch, derb wippend, mit komischer Konnotation –, dann charakterisiert der Klang den bezeichneten Menschen, also Onkel Eugen, gleich ein wenig mit.

Zum anderen nenne ich Eugen Bierstich meinen Onkel, weil ich ihn auf mich nehmen will. Ich will ihn näher an mich heranziehen, als ich durch den eigentlichen Abstammungsgrad verpflichtet wäre. Die Distanzierung von Onkel

Eugen, von seinen Taten, mache ich nicht mit. Ich will seine Gewalt nicht durch pointierte Stories decken.

Onkel Eugen war ein Säufer und ein Schwätzer, eine Witzfigur und ein Verbrecher. Wenn in meiner Verwandtschaft über »Onkel Eugen« gesprochen wurde, folgte eine Zote, eine Haudegengeschichte oder eine Hasstirade. Kulenkampff soll er eine Ohrfeige verpasst haben, Ferdinand Sauerbruch auf Händen durch den Ballsaal der Berliner Charité getragen ...

Onkel Eugen war eigentlich zu klein, um in die SS aufgenommen zu werden. Weil aber Mediziner immer gebraucht wurden, nahmen sie ihn trotzdem. Nichts an ihm sah germanisch aus. Seinen runden Schädel mussten sie im Formular als »ostisch« klassifizieren. Er war von gedrungener, dicklicher Statur. In seinen frühen Studentenjahren war er Mitglied einer schlagenden Verbindung. Drei tiefe Schmisse zogen sich durch sein Gesicht.

Dieses Gesicht konnte man nicht vergessen. Es gab einige, die ihn gern am Galgen gesehen hätten nach 1945. Im Konzentrationslager Sachsenhausen war er seit den Anfängen ein- und ausgegangen. Mit den Männern der Wachmannschaft hatte er gesoffen. In Theodor Eickes Villa war er Gast, nannte ihn »Papa Eicke«. Er kannte die Genickschussanlage, im Krankenbau half er aus. Während seiner militärischen Ausbildung wohnte er in einem der kleinen Häuschen der SS-Siedlung gleich neben dem Lager. Er absolvierte seine militärische Grundausbildung im SS-Totenkopf-Verband Brandenburg. Auch in der Nacht vom 9. auf den 10. 11. 1938 war er im Dienst.

Eugen ging 1931 nach Berlin. Er trat 1933 in die SS ein. Als Mitglied einer SS-Sanitätsstaffel nahm er an Schießübungen und weltanschaulichen Schulungen teil. Er war dabei, als in Berlin Straßenschlachten stattfanden. Sicher hat er an der Bücherverbrennung teilgenommen. Der Reichstagsbrand, die »Machtergreifung« Hitlers, das müssen erhebende Momente für ihn gewesen sein.

> *Keiner, der die ersten Monate der nationalsozialistischen Herrschaft 1933 in Berlin beobachtete, konnte das Moment tödlicher Traurigkeit, des halbwissend einem Unheilvollen sich Anvertrauens übersehen, das den angedrehten Rausch, die Fackelzüge und Trommeleien begleitete. Wie hoffnungslos klang nicht das deutsche Lieblingslied jener Monate, »Volk ans Gewehr«, in der Passage Unter den Linden. Die von einem Tag zum andern anberaumte Rettung des Vaterlandes trug den Ausdruck der Katastrophe vom ersten Augenblick an, und diese ward in den Konzentrationslagern eingeübt, während der Triumph in den Straßen die Ahnung davon übertäubte.*

Mein besoffen in schwarzer SS-Uniform marschierender Großonkel, 1933 grölend in Berlin, »halbwissend einem Unheilvollen« sich anvertrauend? Vielleicht war er nicht siegessicher, er wollte einfach kämpfen, er hatte Lust am Rausch und am Größenwahn. Vielleicht eine Todessehnsucht, im Zweifel war ihm alles scheißegal, für den Moment des Höllenfahrtkommandos wollte er leben. Unbedingt völlig verantwortungslos gegen sich selbst und alle anderen.

Betr. Ermittlungsverfahren gegen SS-Hstuf. d. R. Dr. Eugen Bierstich wegen Notzucht

Auf Befehl des Brigadekommandeurs wurden bei den Absetzbewegungen zwei estnische Angestellte des SD (Schwestern) vom SS-Feldlazarett mitgeführt, um sie nach Deutschland in Sicherheit zu bringen. Die eine Estin versuchte am 22. 9. 44 in Pernau sich zu ertränken. Der Grund soll der sein, dass SS-Hstuf. Bierstich mit Gewalt den Beischlaf an ihr vollzog, während SS-Hscha Müller sie festhielt. Eine ärztliche Untersuchung der Estin wurde veranlasst. Eine Vernehmung der Beteiligten konnte wegen des Einsatzes noch nicht erfolgen.
Es läuft ein Antrag auf Beförderung des SS-Hstuf. Lottermann zum SS-Sturmbannführer.

*

Beurteilung über den SS Hauptsturmführer Dr. Eugen Bierstich

SS Hauptsturmführer Dr. Bierstich ist als Komp. Chef der SS-Sanitätskompanie seit Januar 1944 eingesetzt.
Er ist eine Persönlichkeit mit Charakterstärken und -schwächen. Seine Charakterstärken äußern sich in Willensstärke und Mut. Seine Schwächen dagegen, dass er bei Alkoholgenuss nicht immer Maß halten kann und dadurch im Übermut Handlungen ausübt, die er später bereuen muss. Eine andere Schwäche besteht darin, dass er als Disziplinarvorgesetzter in vielen Fällen nicht Strafzuweisung und Vergehen in ein Gleichgewicht zu bringen weiß.
Bei guter körperlicher Gesundheit ist seine geistige Veranlagung

eine überdurchschnittliche. Seine dienstlichen Kenntnisse und Leistungen sind den Anforderungen voll entsprechend.
Sein Benehmen und Auftreten gegenüber Vorgesetzten ist militärisch korrekt, gegen Untergebene lässt es dagegen zu wünschen übrig.
Weltanschaulich gefestigt, hat er eine sehr überzeugende und gute Vortragsart.
B. hat sich vor dem Feind bewährt und wurde wegen besonderer Tapferkeit mit dem E.K.1. und 2. Klasse und dem Sturmabzeichen ausgezeichnet.
SS Hauptsturmführer Bierstich ist Facharzt der Inneren Medizin, jetzige Dienststellung wird in jeder Weise ausgefüllt.
Eine Verwendung als Facharzt in nächst höherer Dienststellung würde voll ausgefüllt sein.
Strafen: 28. 4. 1944 acht Tage Stubenarrest.
Die in der Beurteilung angeführten Mängel sind verschiedentlich besprochen worden.

*

Spruch:
Der Betroffene wird in die Gruppe 4 »Mitläufer« eingereiht.
Begründung:
Der öffentliche Kläger beantragte in der Klageschrift vom 5. 3. 48 Einreihung des Betr. in die Gruppe 1 der »Hauptschuldigen«.
Mit seinem Beitritt zur NSDAP beschränkte sich seine Mitgliedschaft lediglich nur auf das Zahlen der Beiträge. Infolge seiner Zugehörigkeit zur SS gehörte der Betr. einer Organisation an, die lt. Nürnberger Urteil für verbrecherisch erklärt wurde. Der Betr. trat im Jahre 1933 dem NS-Studentenbund bei, wur-

de nach Beendigung des Studiums nach dem Sommersemester automatisch der Partei zur Verfügung gestellt. Da für die Aufstellung eines San.-Sturmes der SS geworben wurde, entschloss sich Dr. B., dieser Werbung Folge zu leisten und in die SS einzutreten. Im April 1937 erfolgte die Beförderung zum SS-Uscha., womit gleichzeitig die Wahrung der Geschäfte des Sturmbannarztes verbunden waren.
Sein hohes Amt als SS-Sturmbannführer hebt ihn über den nominellen Nazi hinaus und lässt von diesem Gesichtspunkte aus eine Einreihung in die Gruppe der Mitläufer als ungerechtfertigt erscheinen. Da sich aber seine Tätigkeit für die SS offensichtlich auf das unbedingte Maß der damit verbundenen sachlichen Pflichten beschränkt hat und auch kein brutales und völkerrechtswidriges Verhalten nachgewiesen werden konnte und somit auch die Tatbestände der Art. 5 bis 9 BG nicht erfüllt sind, sah die Kammer von der Einstufung in die Gruppe der Minderbelasteten ab. Zur Anwendung des 2. Änderungsgesetzes hat die Kammer den Standpunkt vertreten, dass der Betr. einer besonderen Bewährung in einer Bewährungsfrist nicht mehr bedarf, da er eine dreijährige Internierungshaft hinter sich hat. Die Kammer sah die Bewährung für erfüllt an. Der öffentliche Kläger hat dementsprechend plädiert.
Im Anbetracht der schlechten wirtschaftlichen Lage und der völligen Mittellosigkeit des Betr. wurde der Sühnebetrag entgegen dem Antrag des öffentlichen Klägers, der DM 100,-- beantragt hatte, von der Kammer mit DM. 50,-- festgesetzt.
Die Kosten und Auslagen des Verfahrens hat der Betroffene zu tragen.

*

An den Herrn Vorsitzenden der Spruchkammer Roseneck

Der mir auferlegte Sühnebetrag von DM 50,-- wurde am 14. 06. dieses Jahres an die Staatskasse eingezahlt.
Die bei einem Streitwert von DM 4.800 sich ergebenden Kosten von DM 148,50 bitte ich mir aufgrund der geltenden Bestimmungen aus folgenden Gründen zu erlassen:

1. *Ich bin Flüchtling im Sinne des Gesetzes und habe mein gesamtes Vermögen einschließlich Praxis- und Wohnungseinrichtung sowie mein Bankkonto im Osten eingebüßt.*
2. *Ich war während des ganzen Krieges an der Front, wurde dreimal verwundet und gehöre der Versehrtenstufe II an. Rentenverfahren wurde nicht beantragt.*
3. *Ich wurde erst in diesem Jahr aus Gefangenschaft und Internierung entlassen und habe bisher noch keinerlei Möglichkeit gefunden, meinen Beruf als Facharzt wieder aufzunehmen. Ebenso besteht in absehbarer Zeit voraussichtlich keine Möglichkeit zu einem geregelten Erwerb.*
4. *Ich besitze zurzeit keinerlei Vermögen oder sonstige Sachwerte und lebe vorläufig von geringen Unterstützungen meiner Angehörigen.*

Hochachtungsvoll
E. Bierstich

*

Betr.: Dr. med. Eugen Bierstich

Dem Antrag des Betroffenen auf Niederschlagung der Kosten kann nicht entsprochen werden. Der Betroffene gibt an, Flüchtling zu sein. Nach seinen eigenen Angaben im Meldebogen war er bis 1945 in Berlin ansässig und kann somit nicht die Rechte eines Ostflüchtlings in Anspruch nehmen.
Wenn der Betr. ferner, wie er angibt, kriegsversehrt ist und trotzdem keinen Rentenanspruch erhebt, so kann daraus erkannt werden, dass diese bewusste Unterlassung des Betr. mit dazu beitragen soll, eine Niederschlagung der Verfahrenskosten zu rechtfertigen.
Die Kosten sind auf jeden Fall einzuziehen. Eine evtl. Stundung und Ratenzahlung wird von mir befürwortet.

*

Er war stets ein pflichtbewusster und gewissenhafter Arzt, sodass selbst die Patienten mit Begeisterung und Hochachtung über seine Tätigkeit und Behandlung sprachen. Da wir in einem Hause wohnten, waren wir sehr viel in meiner Wohnung zusammen und haben des Öfteren ausländische Sender abgehört. Mir ist nicht bekannt, dass sich Herr Dr. Bierstich irgendwie politisch hervorgetan hat.
Er war kein Anhänger von Gewaltpolitik; ich habe ihn auch nicht für einen Judenfeind gehalten, zumal er mehrere Jahre Assistent in einem Privatkrankenhaus war, das der Witwe eines Juden gehörte. Über jüdische Patienten hat er keine abfälligen Bemerkungen gemacht.

*

Besonders als Stationsarzt nahm er sich aller Patienten in vorbildlicher Weise an und betreute sie alle gleichmäßig, ohne in politischer Hinsicht einen Unterschied zu machen. Herr Dr. B. betreute mit besonders menschlichem Verständnis diejenigen, die teils aus rassischen, teils aus politischen Gründen in einem Lager waren und aufgrund ihres reduzierten Ernährungszustandes um eine Lebensmittelzulage gebeten hatten. Die Kranken waren offiziell vom Lager geschickt.
Aus seiner absolut negativen Einstellung der Partei gegenüber machte Herr Dr. B. kein Hehl. Er hat oft offen, ohne Rücksicht auf seine Umgebung, auf die Partei geschimpft.
Wenn von Assistenten oder Patienten bekannt wurde, dass sie politisch oder auch im Zusammenhang mit der Wehrmacht Schwierigkeiten hatten, zeigte er sich betont von der menschlichen Seite.

*

Herr Dr. Bierstich war nicht nur zu jeder Zeit den ihm unterstellten Angehörigen seiner Komp. ein fürsorglicher und gerechter Vorgesetzter, sondern hat sich auch als Arzt und Komp.-Chef in jeder Weise vorbildlich für alle anfallenden Verwundeten eingesetzt. In nie ermüdender Einsatzbereitschaft hat er Tag und Nacht alle in seinem zu betreuenden Kampfabschnitt anfallenden Verwundeten, gleichgültig ob Freund oder Feind, auf seinen Hauptverbandplätzen aufgenommen und für ihre einwandfreie Versorgung und ihren Rücktransport Sorge getragen.
Ich erinnere mich persönlich, dass ich an einem Tage nicht weniger als 320 kriegsgefangene russische Verwundete, die in dem von Dr. Bierstich geleiteten Hauptverbandplatz versorgt wor-

den waren, auf dem Bahnhof Waiwara in einen Lazarettzug verladen habe. Obwohl der Bahnhof Waiwara unter ständigem feindlichen Artilleriebeschuss lag, wurden auch diese verwundeten Kriegsgefangenen von der von Dr. Bierstich geführten San.-Einheit genauso fürsorglich behandelt und verladen wie die deutschen Wehrmachtsangehörigen.
Irgendwelche Verstöße gegen Kriegsrecht oder gegen die Genfer Konvention sind sicherlich niemals bei der von Dr. Bierstich geführten San.-Einheit vorgekommen.

*

Dr. Bierstich zeichnete sich aus durch vorbildlichen Charakter, absolutes Pflichtbewusstsein und stets höchste Einsatzbereitschaft sowie beste Haltung und Führung. Seinen Untergebenen gegenüber war er ein kameradschaftlicher und gerechter Vorgesetzter. Im Umgang mit weiblichem Personal war er korrekt und immer höflich. Er hat deren Belange immer in vollem Umfange vertreten.

*

Nach der Besetzung meiner Heimat durch die Deutschen wurde ich nach Deutschland zwangsverschleppt. Ich kam zur Arbeit auf dem Bauernhof von Frau Landmann, der Mutter von Dr. med. Bierstich. Ich blieb dort bis zum Ende des Krieges. In der ganzen Zeit wurde ich dort immer sehr gut behandelt und war, entgegen den Vorschriften durch die Partei und die Polizei, völlig als Mitglied in der Familie aufgenommen und wurde wie ein Sohn geachtet. Als Dr. Bierstich während des Krieges in Urlaub kam, war er immer sehr freundlich zu mir und zeigte, dass

er mich nicht weniger achtete als einen Deutschen. Für meine schwere Lage zeigte er volles Verständnis. Ich wunderte mich damals, dass Herr Dr. Bierstich, obwohl er Angehöriger der Waffen-SS war, sich so kameradschaftlich zu mir stellte und empfand das in der damaligen Zeit besonders wohltuend.
(Übersetzung beglaubigt)

*

Fernschreiben
21. 1. 1945
An SS-Erw. Pz. Gren. Div.
über Heeresgruppe Nord

Am 20. 1. 45 wurde das deutsche Kreuz in Gold verliehen an
SS-Hstuf. BIERSTICH, Eugen

Herzlichen Glückwunsch.
Sofort bekanntgeben.

In Roseneck konnte er sich darauf verlassen, dass alle ihn deckten. Viele wussten nichts Genaues. Sein Schwager, Oskar Estor, mein Großvater, schweigt sich in all seinen Schriften über Eugen Bierstich aus. (Schwieg er aus Treue? Aus Feigheit? Um das Bild der Familie nicht zu beschmutzen?) Eugen Bierstich saß bei meinen Großeltern am Tisch. Sein roter, dicker Kopf mit den tiefen Schmissen, sein breites Grinsen, sein aufgeblasener Brustkorb, der affige Gang. So wackelt er auf den Filmaufnahmen meines Opas durch die Jahre. Tonlos, aber immer präsent. Angriffslustig. Die Backen voller Scherze kitzelte er aus allen das Lachen heraus.

Schnittig fuhr er vor, immer zu schnell. Immer das neuste Modell, den dicksten Wagen. Und die Frauen flogen auf ihn. Ein gewisser Typ zumindest. (Es gab jedenfalls immer mal wieder eine, die ihm gnadenlos verfiel.) In Berlin: Lulu. Aus erzkonservativem Elternhaus, der Name ein seltsamer Widerspruch. Sie fing als Laborantin in seiner Praxis an. Seine Wutausbrüche taten ihrer Liebe keinen Abbruch. Seine Sauforgien auch nicht. Wie alle seine Frauen sah sie eine andere Möglichkeit in ihm. Weil er in Momenten zart und verletzlich wirken konnte. Hinter all den Sprüchen und der Grobheit. Es lag an seinen Augen. Den schwarzen, tanzenden Augen, seinem unverfrorenen Blick. Sie hielten ihn für hilfebedürftig, auch wenn alles, was er tat und sagte, dagegensprach.

Lulu war im letzten Kriegsjahr nach Roseneck gezogen. Eugen saß nach der Kapitulation noch zwei Jahre in Sandbostel im Kriegsgefangenenlager für SS-Offiziere. Oskar und Mine unterstützten Lulu ein wenig. Aber niemand konnte Lulu recht leiden. Sie passe nicht hierher, sie sei und bleibe eine »Berlinerin«, und dieses eine Wort sagte alles.

Oskar und Mine waren 1936 bei Eugen und Lulu zu Besuch gewesen. Eine Reise, über die Oskar sein ganzes Leben lang schwieg. Kein Wort über seinen Schwager in spe, den SS-Mann in Berlin. Mine sagte nur einen Satz, aber den immer wieder, sogar zu mir: »Ich habe nicht über diese Witze gelacht.« (Mines Abneigung gegen ihren Halbbruder: weil er ein SS-Mann, Vergewaltiger und Mörder war? Ich sage nein, deshalb nicht. Sondern einzig und allein deshalb, weil er sie persönlich beleidigt hatte. Obwohl. Vermutlich falle ich auch hier wieder auf ein Familiennarrativ herein, das Täterschutz betreibt.)

Dass Mine Eugen für einen »Stinkstiefel« hielt, konnte jeder bald hören, der neben ihr saß. (Sofort eilt Klaus bei diesem Topos ans argumentative Gewehr: »Weil sie wegen ihm keinen Schulabschluss machen konnte.« Immer springt er sofort rein. Nachahmung, nehme ich an. Aber wen ahmt er nach? Seinen großen Bruder Richard? Sobald ich begann, von Schuld und Täterschaft zu sprechen, sprang auch Onkel Richard hektisch auf und warf sich vor die toten Eltern, bevor die noch selbst auf die Idee kommen könnten, etwas zu sagen. (Und auch Iris hat diese Figur von Klaus übernommen: Schnell ein Argument vorschieben wie einen Riegel vor die Tür. Ihr Sprechen mischt sich dabei mit Elkes altem Duktus, als die noch von Wut und Ideologie getrieben war. (Die Schneiders sprechen schnell, zu schnell, um ihren Gefühlen zu entkommen.)) Oder ahmt Klaus seinen Vater nach, der vielleicht doch am schärfsten überwachte, an welchen Stellen der Erzählung es gefährlich wurde?)

Eugen war Klaus' Patenonkel und holte ihn manchmal in Bad Dornen mit dem Motorrad ab, um eine kleine Spritztour mit ihm zu machen. Klaus mochte den lustigen Onkel, der immer großzügig war und dolle Geschichten erzählte. Die Narben beeindruckten ihn. Er sei früher mal Pirat gewesen und habe gegen Barbaren gekämpft.

Eugen war stolz auf seine schlanken Füße und predigte Klaus, dass er stets Stiefel mit kleinem Absatz tragen müsse, um seine Füße in Form zu halten.

Falls mein Opa wirklich dieser im Grunde normale oder edle oder schuldlose Nazi gewesen ist, wie mir ja alle einreden wollten, wie konnte dann dieser Eugen Bierstich als ganz normales und geachtetes Familienmitglied an allen Festtafeln sitzen und so lange reden, bis er besoffen vom Stuhl kippte?

Und wie konnte meine Uroma Änneke Landmann, die Mutter meiner Oma Mine, die ja laut Zeugenaussage wirklich traurig über die Ermordung ihrer alten jüdischen Nachbarn und vielleicht sogar Freunde gewesen war, wie konnte gerade sie die Mutter dieses Vollnazis und SS-Mannes sein und diesen auch noch verteidigen und lieben bis zu ihrem Tod?

Ihr Tod war leider sehr qualvoll. Eugen kam und kam nicht, obwohl er mehrfach herbeigerufen wurde. Er war schließlich Lungenfacharzt. Doch er blieb in der Kneipe sitzen und soff weiter. Sie hatte schweres Asthma und erstickte schließlich.

Eugens Tod war ebenfalls qualvoll. Er starb an Blutkrebs mit Anfang siebzig. Zeit seines Lebens hatte er nie eine Bleischürze getragen, wenn er den Röntgenapparat bediente. (Maligner Narzissmus.)

(Später erzählt mir mein Onkel Richard vom Sterben. Ich will wissen, wie ein Mensch stirbt, wie es ist, zu ersticken, zu verhungern. Er hat als Arzt viele Sterbende in den Tod begleitet. Er beschreibt es mir so aufrichtig, so gut er kann.)

1968 war ein Filmteam in Roseneck unterwegs. Es wollte eine deutsche Kleinstadt porträtieren. Pars pro Toto fürs ganze Land. Die schönen Fassaden (nur eine einzige Bombe im Krieg!), die prächtigen Weinberge und die traditionsbewussten Einwohner. Den Gesangsverein, den Stammtisch. Ein Hauch von 68 weht durch das Städtchen. Die Schüler beklagen den autoritären Stil der Lehrer. Die Reaktion ist ein strammer Wind. Eng stehen die Erzieher zusammen gegen die Jugend. Der Sportlehrer verurteilt den Wortführer der Protestbewegung, dieser sei eben kein »gesunder Geist in einem gesunden Körper«.

Auftritt Onkel Eugen. Er schimpft: »Wir wollen keine Diskussion mit den Jungen. Wir würden sie einladen, wenn eener was wissen will von uns, soll er kommen. Aber es ist von vorneherein ausgeschlossen, dass sich eener hier hinsetzen wird. Hoch die Klingen, hoch die Tassen.«

Leiser Zwischenruf: »Du wolltest doch auch die Welt verbessern.«

Eugen hält kurz inne. Er ist bullig, ein Ochse, die Berliner Schnauze mischt sich mit einem ans Thüringisch angelehnten Fränkisch. Sein Brustkorb pumpt, die Backen tun mit und es entsteht die hiebfeste, mundvolle Rhetorik: »NEIIIN! Keineswegs. Wir haben uns damals in ein sehr vernünftiges Staatsgebilde eingefügt. Wir als Studenten haben niemals daran gedacht, zu revolutionieren oder irgendetwas gegen unsere Professoren zu unternehmen.«

Die SS-internen Beurteilungen enthielten von Anfang an ambivalente Spitzen. Sein Charakter sei nicht einwandfrei, er saufe zu viel und rede im Suff jeden schlecht, der ihm nicht passe. Respekt habe er vor keinem und ab einem gewissen Pegel sei ihm alles scheißegal.

Oskar hat Eugen gedeckt, so wie ganz Roseneck Eugen deckte und ganz Deutschland seine Nazi-Schwerverbrecher.

Oskar deckte ihn mit hohlem Blick und schmalen Lippen, während Mine auf den Dreckskerl schimpfte. (War sie couragiert? Oder bloß vom selben Wurm gebissen, der auch Eugen zwickte, wenn er immer wieder öffentlich schimpfte. Bäuerlicher Dickkopf? In der Tradition ihrer gemeinsamen Mutter Änneke Wollhose? Die zur Polizei marschierte, als der Nachbar seinen Polen schlug. (Wer hat mir das erzählt? Habe ich mir das ausgedacht?))

Oskar deckte die Verbrechen. Verleugnete, was er selbst davon in Russland gesehen hatte. Das Massengrab in Witebsk. Wer lag darin? (Warum stellst du keine Archivanfrage? Es wäre möglich, noch mehr herauszufinden, willst du es nicht wissen? Hast du Angst? Dein Ichkannnichtmehr ist auch bloß eine feige Ausrede.)

Bei der Machtübernahme 1933 lag Oskar im Krankenhaus. Ihm wurde ein Nierenstein entfernt. Er sah den Fackelzug als Widerschein auf der Wand seines Krankenzimmers. (Wäre er sonst mitgelaufen? Ging ihm die politische Situation an die »Nieren«? Legte er den Termin extra so, um sich entziehen zu können?)

Die Geschichtsschreibung über Oskars Sterben war schon, während er starb, hart umkämpft. Klaus war es wichtig, zu betonen, dass sein Vater gekämpft habe. Gegen das Ende, wie er gerne glauben wollte. Richard bestand auf dem Gegenteil: Der Vater habe in keiner Sekunde gekämpft. (Das Nichtkämpfen war offenbar eine Chiffre für gutes Sterben. Auch da ging es um das Außenbild. Der Vater war gut gestorben. Er war im Reinen.) Klaus fühlte sich nach den Tagen am Bett seines sterbenden Vaters dem Zusammenbruch nah. Er hatte sich übernommen. Er kotzte. Nie zuvor war er so intensiv in den Sterbeprozess eines Menschen involviert gewesen. Erika war mehrfach abgereist und kurzfristig wieder zurückgekehrt. Sie verlor in Momenten den Kontakt zu sich selbst.

Fünf Tage, bevor mein Opa starb, schrieb er mir einen Brief. Ich kann mich nicht von der Fantasie befreien, dass er darin versteckt einen Auftrag an mich formuliert hat. Er spricht über den schwierigen »Umzug nach Roseneck«. Viele Sorgen verbinde er damit. Tatsächlich zog in diesen Tagen sein Archiv zu Onkel Richard. Bin ich die rechtmäßige Erbin des Familienbuches?

19

Fäulnisgeruch weht vom Kompost her. Onkel Richard gießt aus Leihgießkannen Bad Dornener Wasser auf die verrottenden Körper seiner Eltern. Mine Estor hätte beim Anblick ihrer immergrünen Grabbepflanzung verächtlich ausgespuckt. »Pflegeleicht.« Richard kommt mittlerweile nur mehr alle vierzehn Tage auf den Friedhof, nicht wie früher jeden zweiten Tag. Er fährt 45 Minuten von Roseneck hierher, von Schuldgefühlen begleitet.

Ich erinnere mich an das Waschbetonbecken unter dem langhalsigen, freistehenden Hahn. Als Kind hatte ich die Fläche aus runden, kühlen Steinen gerne berührt, während meine Oma schleppte, grub und schwätzte. Der Anblick des Komposts faszinierte mich damals schon. Verblühte Sträuße und welke Grabgestecke lagen achtlos geworfen auf Grasschnitt und Gehäckseltem. Stadien der Verwesung.

Die kleinen Steine der Patientengräber am Wiesenhang waren mir früher nicht aufgefallen. Auch nicht das Denkmal. »Zur Erinnerung an die hilflosen Kranken, die hier starben.« Onkel Richard weiß nichts Näheres, als ich ihn darauf anspreche, will sich mir zuliebe aber schlaumachen.

So wenig ich über die politische Vergangenheit meiner Großeltern und Eltern wusste, so wenig wusste ich auch über die Geschichte des psychiatrischen Krankenhauses Bad Dornens. Zwar merkte ich schon früh, dass meine Witze über Irre und Irrenhäuser meine Eltern zu drohenden Blicken herausforderten, doch den Grund dafür suchte ich allein in ihrer Humorlosigkeit.

Mein Großvater arbeitete nach seinem Herzinfarkt zwanzig Jahre lang in dieser psychiatrischen Einrichtung. Obwohl er kein Facharzt der Psychiatrie war, leitete er die Station der Alkoholkranken. Er veröffentlichte Aufsätze über die Perspektiven der Behandlung von Suchtkranken in geschlossenen Einrichtungen. In seinen Memoiren bekennt er stolz, die Reformen innerhalb der Psychiatrie mit auf den Weg gebracht zu haben. Gleichzeitig half er, die Beteiligung der Pflegekräfte an den Patientenmorden zu vertuschen. Er stand der Aufarbeitung im Weg. Er setzte sich nicht für das Denkmal ein. Dass er den Streit um das Denkmal dokumentierte, einen Handapparat anlegte, in dem er alle kritischen Texte zur Psychiatrie Bad Dornens sammelte – wie passt es zusammen? (Warum lagerte Onkel Richard diesen Teil des Archivs aus und übergab ihn dem Landeswohlfahrtverband? Gibt es weitere retuschierte Flecken in unserem Familienbuch?)

Vierhundert Patienten aus Bad Dornen wurden nach Hadamar verlegt und dort durch Ersticken ermordet. Im Anschluss an die Aktion T4 begann das Hungersterben, die sogenannte Wilde Euthanasie.

Ich zuckte zusammen, als ich Onkel Richard auf dem Bahnsteig erkannte. Er war geschrumpft und uralt. Am Telefon hatte seine Stimme so jung wie früher geklungen. »Gibt's dich noch, Karolina«, hatte er da gefrotzelt, gleich ganz vertraut. Und auf mein »Mich hat's nie aufgehört zu geben« den trockenen Dreiklang auf ä gelacht, Mines Dreiklang war das, Richard führte ihn als Erbe im Mund, die Melodie eine Art monotones Putt-putt-putt mit verächtlichem Abklang, ihre legendäre Technik, um sich die Gefühle anderer vom Leib zu stoßen.

Aber dann war er gleich auf Sachlichkeit umgeschwenkt. (Richard kommt immer schnell zu den Sachfragen und das mag ich an ihm, weil man sich bei ihm darauf verlassen kann, dass er aufgeräumt genug ist, einen nicht grundlos zu quälen.) »Was brauchst du, Kind?«

Er lud mich ein in sein Haus nach Roseneck und bot an, mir zu helfen. »Meine Erinnerung ist ein Sieb, war sie immer, aber frag ruhig, frag.«

*

Erinnerung ist in der Familie Estor ein Kampfbegriff. Onkel Richard und mein Vater Klaus bestehen darauf, eine schlechte Erinnerung zu besitzen. Als ihr »Gedächtnis« benennen beide die ältere Cousine Walli Landmann.

Walli hat kein Problem damit, Familientabus zu benennen. Etwa den Antisemitismus meines Großvaters. Auch über sexualisierte Übergriffe meines Großonkels Eugen hat sie offen gesprochen. (Warum rufe ich sie nicht an und frage direkt nach weiterem sexuellem Missbrauch in meiner Familie? Will ich es nicht wissen? Was steckt wirklich hinter meinem Gefühl, sie nicht stören zu wollen?)

Gleichzeitig und obwohl (oder weil) mein Vater sich als schlecht Erinnernden bezeichnet, führt er chronisch reflexartig den Vorwurf im Mund: »Da irrst du dich! Deine Erinnerung spielt dir einen Streich!« Er unterstellte mir oft, dass ich mich falsch erinnere, dass etwas, woran ich mich erinnerte, nicht sein könne.

Auch über Tante Erika heißt es oft, sie erinnere sich falsch. Etwa als sie in großer Runde davon erzählte, dass Oma Mine meinem Bruder Aki eine geknallt habe, nachdem er als kleines Kind die Treppe hinuntergefallen sei. Hektische und schnelle Abwehr: Das kann nicht sein. Tante Erika irrt sich. (Um das Bild der Mutter zu schützen, wird die Schwester verraten. Schuldabwehr um den Preis der Pathologisierung einer Unschuldigen. Estors teilen sich in Ärzte und Patienten.)

Onkel Richard Estor erzählt: Seine Schwester Erika habe sich unter dem Schreibtisch verkrochen, um den Schlägen des Vaters zu entkommen. Dieser habe sie nicht bloß »geschlagen«, sondern »verdroschen«. Mit einem Gürtel. Auf meine Nachfrage, wie alt Erika war: »Ungefähr drei Jahre.«

Aussage beziehungsweise Erzählung Tante Erikas dazu: Onkel Richard erinnere sich falsch. Er baue die Szene falsch zusammen, vermische zwei unterschiedliche Sachverhalte miteinander. Der Schreibtisch, unter den sie sich während einer Züchtigung vor dem Vater verkrochen habe, stand im

Haus, nicht in der Wohnung. Sie seien von der Wohnung ins Haus gezogen, als Erika acht Jahre alt gewesen sei. Sie sei bereits auf die weiterführende Schule gegangen. Sie erinnere sich genau an sie Situation. Sie erzählt mir, dass es Zuschauer während dieser Züchtigung gegeben habe. Ein Cousin und eine Cousine, die gerade aus Roseneck zu Besuch gewesen seien, hätten als Zeugen auf dem Sofa gesessen. Opa Oskar habe Erika so stark geschlagen, dass sie durch den Raum und bis zum Schreibtisch geschleudert worden sei.

*

Richard ist der erstgeborene Sohn Mines und Oskars, ihr »Stammhalter«, Schlüsselhüter und Totenwächter. Sie zeugten ihn in der Nacht vom 1. auf den 2. September 1939. Für Führer, Volk und Vaterland, ja, aber auch für Mine persönlich, damit ihr ein Abdruck Oskars blieb, falls dieser im Krieg sterben sollte.

Richards Haus gleicht einer Burg und er lebt seit dem Tod seiner Frau Ingrid allein darin. Im siebzehnten Jahr treu unterstützt von einer Haushälterin namens Fräulein Bode, die zweimal täglich aufschlägt und sich diktieren lässt, was zu tun ist. Seine Arztpraxis im Erdgeschoss hat er im Alter aufgegeben und nie an einen Nachfolger weitervermietet. Jeden Morgen zieht er seinen Bademantel an, steigt die Kellertreppe hinab und schwimmt fünfzig Bahnen im eigenen Schwimmbad. Fünfzig Augenpaare des Rosenecker Knabenchores schauen dabei von einem Wandbild auf ihn herab. Tante Ingrid hatte diesen Chor bis zu ihrem plötzlichen

Tod vor vielen Jahren geleitet. Die Aufnahme entstand während ihres vierzigsten Geburtstages, zu dem sie in das Freibad der Kreisstadt geladen hatte. Die Jungen tragen einheitliche Badehosen, stramm stehen sie in drei Reihen und singen mit braven Mündern und klaren Augen.

Richard bewohnt sechs Zimmer im ersten Stock. Mir weist er die Etage darüber zu. Das Archiv meines Großvaters nimmt darin zwei Räume ein. Aus meinem Schlafzimmer schaue ich auf Roseneck und sein Kriegerdenkmal hinab. (Ich muss gestehen, dass ich mich sehr wohl bei ihm fühle.)

Roseneck ist im Grunde eine malerische fränkische Kleinstadt. Restaurierte Fachwerkhäuschen schmiegen sich an den Hang, obenauf thront die Schlossruine, ein paar Weinberge erheben sich auf der anderen Seite des Tals, durch das die Leide munter fließt. Das alte Kurhaus und eine gepflegte Parkanlage zeugen von Rosenecks kurzer Glanzzeit als Luftkurort Ende des neunzehnten Jahrhunderts. (Angeblich hat Fjodor Dostojewski hier an seinem Roman *Die Brüder Karamasow* gearbeitet und mit meiner Ururgroßmutter Tee getrunken.) Die Hässlichkeit der Autostraßen und Nutzbauten hält sich in Grenzen.

Mit Roseneck verbindet mich die Geschichte meiner Vorfahren. Mein Ururgroßvater Julius Estor (Senior) siedelte 1871 hier an und gründete den *Rosenecker Boten*. Im Deutsch-Französischen Krieg waren Nachrichten offenbar eine wertvolle Ware. Er besaß eine Druckerausbildung, eine Presse und den nötigen Unternehmergeist. Die Zeitung hielt sich bis 1990. Mein Großvater Oskar wurde drei Jahre vor Ausbruch des Ersten Weltkriegs geboren, stieg als Zweitgeborener aber nicht in den Betrieb ein. Er wurde Arzt.

An den penibel geführten Stammbüchern lässt sich unschwer erkennen, dass Ahnenforschung in dieser »Sippe« mit Stolz betrieben wurde.

Meine Großmutter Mine Estor, geborene Landmann, entstammte einer Rosenecker Kleinbauernfamilie. Ihre Großeltern besaßen einige Bleche Land. Noch ihr Großvater verdiente sich mit Mistfahrten für Rosenecker Bürger Geld dazu.

Oskar wuchs in der Oberstadt auf, Mine in der Unterstadt.

Dass ich ein Tabu berühre, wenn ich über den Milieuunterschied der großelterlichen Elternhäuser zu sprechen beginne, merke ich in den Gesprächen mit Onkel Richard bald.

Mine Landmann wäre zweifellos Bäuerin geworden, wenn Oskar sich nicht in sie verliebt hätte und sie zu einer Frau Doktor aufgestiegen wäre. Warum hat er sie erwählt? Weil sie ein einfaches Mädchen vom Lande war und er sich über sie erheben konnte? Weil er der nationalsozialistischen Ideologie folgte in der Überzeugung, die Handarbeit müsse gegenüber der Kopfarbeit aufgewertet werden? Weil er sich an die anderen Bürgertöchter nicht herantraute? Schon Oskars Vater hatte Angst davor gehabt, sich eine ebenbürtige Frau zu suchen. »Schau dir die Fotos an, Richard! Deine Oma ist kaum siebzehn, als er sie erwählt. Die ›Germania auf dem Wagen‹.« (Noch so eine heitere Familienanekdote.) Schüchtern, hübsch und schmal thront sie auf dem Erntedankwagen als Germania. Das Schwert reicht ihr bis zum Schlüsselbein, die Haare umkränzen ihr Gesicht, ein weißes Gewand wallt herab. Um sie her sitzen die neidischen Nachbarinnen. Vorne zieht das Brauereipferd, die Feuerwehrmänner stehen vereinzelt um den Wagen herum und »sichern« ihn. Ihre Uniformen sind zu groß und wirken fast komisch. Die Schnauzbärte sitzen schief im Gesicht. Haben sie sich mit Ruß beschmiert? (Kein Einziger von ihnen hätte »Blackfacing« buchstabieren können. Im Übrigen ist mein Urgroßvater oft nach Hamburg gefahren, um in Hagenbecks Tierpark zu gehen. Ganz gewiss hat er dort auch Menschen begafft.)

Richard wird wütend, wenn ich so spreche. Ihm gefällt meine respektlose Art nicht. Gleichzeitig gerät er in Konflikt mit seiner Rolle der gütigen Hilfsbereitschaft. Deshalb brüllt er mich nicht zusammen, sperrt mich nicht ein, lässt mich nicht sterilisieren, sondern redet mir beschwörend ins Gewissen. »Aber, Karolina! Du musst das doch historisch einordnen! Alle haben damals so gedacht! Deine Großeltern waren keine schlechten Menschen!«

Ich beobachte Richard, der in höchster Anspannung vor mir steht und sich aufregt, und entscheide mich, schweigend zu lächeln. Ich habe in Schnücke gelernt, meine Gefühle ziehen zu lassen wie die Wolken am Himmel. Ich grinse nicht wie früher triumphierend und boshaft. Ich lächele und höre auf, etwas zu wollen. Nur langsam ebbt Richards Wortschwall ab. Schließlich beruhigt er sich.

»Ich will niemand anklagen. Es geht mir nur um die Wahrheit. Vor allem will ich meine Eltern verstehen. Warum sie sind, wie sie sind, und warum ich so bin.«

Ehemalige Straßenhunde neigen schnell dazu, ihre Kehle als Geste der Unterwürfigkeit anzubieten, wenn sie ein neues Zuhause gefunden haben. (Die Ärzte auf der Geschlossenen hätten mir wieder manipulatives Verhalten unterstellt.)

Die unvoreingenommene Hilfsbereitschaft meines Onkels überrascht mich. Ich bin davon ausgegangen, dass er sofort alles abbügelt, was auch nur entfernt mit der nationalsozialistischen Vergangenheit meiner Großeltern zu tun haben könnte. Ich hielt den Nazismus meines Opas für ein manifestes Familiengeheimnis. Laut meinem Vater Klaus sprachen Oskar und Mine niemals über den Krieg oder die Zeit davor. Kein Familienmitglied dürfe darüber sprechen, so dachte ich.

»Es war Krieg und die Großeltern hatten es schwer. Nach dem Krieg beschlossen sie, all das Leid in sich zu begraben und nie wieder davon zu sprechen. Über den Schmerz sprechen, hieße, ihn zu vergrößern. Sie schwiegen, um nicht von der Erinnerung heimgesucht zu werden«, erklärt mir Onkel Richard. »Um den Schmerz zu vergessen.« Ich wundere mich. Zumal es ja wenig genützt haben dürfte. (Dass sie durch ihr Schweigen, das Imdunkelnlassen und Unterdenteppichkehren genau das Gegenteil erreichten, nämlich keinen Schlussstrich und kein Ende, sondern ein Fortleben dieses Unsagbaren und die Weitergabe des Verschwiegenen an ihre Kinder und deren Kinder, bis eben einer den Mut finden würde, es aufzudecken und auszusprechen, das hatten sie wohl weder gewusst noch gewollt. Unterstelle ich ihnen reflexhaft doch nur wieder das schmeichelhafteste Motiv?)

Richard und ich spazieren durch Roseneck. Vor Oskars Elternhaus bleiben wir stehen, der ehemaligen Druckerei und dem Laden. Im Archiv befinden sich Fotografien von genau hier vorbeimarschierender SA. Der an der Hauswand befestigten Hakenkreuzfahne. Vor jedem Haus Rosenecks gehisste Hakenkreuzfahnen. Überall marschierende SA und SS. Richard und ich stehen vor der alten Buchhandlung Estor und ich sage nichts dazu und lächle blöde.

Dann laufen wir Arm in Arm (Richards Rheuma) von der Ober- in die Unterstadt zum Geburtshaus seiner Mutter Mine. Ein dreistöckiges, gedrungenes Bauernhaus. (Ich bin ehrlich verwundert. Klaus hatte mir mal gestanden, dass er sich im Bauerhaus der Landmanns nie wohlfühlte. Ärmlich sei es gewesen. Auch Erikas Mundwinkel hatten mir ihren Ekel verraten, oder eher Dünkel? Dreckig sei es gewesen.) Richard scheint mir untypisch nachdenklich. »Es kam mir immer kleiner vor …« (Ein Estorsches Narrativ?)

Dann führt er mich auf verschlungenem Weg zu einem anderen Haus, das ein dunkler Winkel umgibt. Richard erklärt, dass man hier ungesehen herankommen und Essen hineinreichen konnte. Er deutet eine helfende Geste an. Juden hätten hier gewohnt, flüstert er.

Schweigend und sehr langsam steigen wir nach dem Essen (Rouladen mit Rotkohl und Klößen auf gestärkter Tischdecke) und einem feinen Marillen-Obstler den Weg zur Ruine hinauf. Mir brennt eine Frage unter den Nägeln, doch ich befürchte, damit alles Vertrauen mit dem Arsch wieder einzureißen. (Hast du Angst, deinen Nachmittagskaffee zu riskieren? Warum hast du Richard überhaupt geschworen, die Familienehre durch deine Arbeit nicht zu beschmutzen? Wie kommst du auf so eine Scheiße. Wer bist du?) Oben angekommen, setzten wir uns auf eine Bank und lassen den Ausblick auf uns wirken. Die Höhe trägt den Abgrund in sich, sie zeigt ihn erst auf.

»Hatten Landmanns einen polnischen Zwangsarbeiter?«

Ja, sie hätten einen »Fremdarbeiter« gehabt. Übrigens sei das auf allen Höfen in Roseneck die Norm gewesen. Da die Männer schließlich eingezogen worden und im Krieg gewesen wären, nicht wenige seien ja nie wieder zurückgekommen, unter anderem Mines Bruder. Der Pole habe es sehr gut bei Landmanns gehabt. Vermutlich besser als in seiner Heimat. Das Verhältnis wie zu einem Sohn. Auch habe er mit am Tisch gesessen während den Mahlzeiten. Gesetzlich sei das streng verboten gewesen. Und einmal habe es Ärger mit der Polizei gegeben. Als der junge Pole den Kinderwagen vom Feld nach Hause geschoben habe. Die Kinder eines Deutschen Offiziers darin. (Ich erinnere mich, dass Klaus mir die Geschichte schon einmal erzählt hatte. Bei »Offizier« auch bei ihm die Empörung in der Stimme am höchsten.) Nach dem Ende des Kriegs sei er in Deutschland geblieben, habe eine Deutsche geheiratet. Keine Kinder. Der Kontakt sei bis zu seinem Tod nicht abgebrochen.

Einen Namen weiß Richard aber nicht.

Wir steigen wieder hinab. Richard gerät immer wieder ins Rutschen. Kurz schraubt er dann seine Hände um meinen Arm.

Später werde ich das Gefühl nicht los, dass Richards Geschichten aus zweiter Hand, aus zweitem Mund stammen. Aus dem seiner Cousine Walli, seiner »Erinnerung«, seiner Zeugin für alles. Sie spricht authentisch, wenn sie erzählt. Sie kennt den Namen des Zwangsarbeiters: Jurek. Sie kennt auch den Namen der jüdischen Familie, um die meine arme Uroma weinte: Katz.

Richards Geschichten sind klassische Deckgeschichten.

Richard präsentiert mir Walli stolz auf seinem Sofa, verschweigt aber, dass Walli Landmann als Kind anders als er die Estorschen Privilegien nicht genoss. Einmal bloß durfte Walli mit ihm und Mine zu Oskars Eltern, zu Estors. Dort hatten sie Eis gegessen. Oskar war im Krieg, Wallis Vater auch. Aber für Walli blieb es ein einmaliger Besuch, sie durfte nicht wiederkommen. (Ihr Vater würde auch nicht wiederkommen.) Oskars Mutter, meine reiche Uroma, verbot es, sie wollte keine Landmanns in der Wohnung. (Daran will sich Richard nicht erinnern. Und er hört es nicht oder vergisst es gleich wieder, noch während Walli neben ihm auf dem Sofa sitzt und es ihm und mir erzählt.) »Sofie Estor duldete meine Anwesenheit nicht.« (Als müsse Richard beweisen, dass sein Erinnerungsvermögen wirklich nicht existiert.)

Richard schließt das Tor zum alten Garten meines Urgroßvaters auf. Auch über dieses Grundstück wurde verfügt, dass es im Originalzustand zu erhalten sei. Rosenstöcke und Obstbäume. Ein morsches Gartenhaus. An der Stirnseite: Holzverschläge wie übereinandergestapelte Würfel.

Julius Estor züchtete Rosen und versuchte, wilde Tiere zu zähmen. Er glaubte auch, dass die Nazis zähmbar seien. Seine Naturbeobachtungen aus dem Ersten Weltkrieg sind erstaunlich. Er beschreibt das Leben in der Erde rund um seinen Schützengraben bei Verdun. Er erzählt von den Reaktionen der Würmer, Käfer und Asseln auf den Lärm der Schusswaffen. Ich frage mich, woher Julius die überlebenspraktischen Fähigkeiten nahm, wo er doch immer an den Menschen vorbei auf die Tiere schaute. Er brachte eine Kiste voll toter Insekten aus dem Kampfgebiet heim nach Roseneck, zeigte sie aber nie seinen beiden Söhnen. Im Gas gestorbene Käfer und Libellen waren darin. Verfärbt und verformt. (Eduard Landmann brachte nur Alpträume mit heim.)

Julius Estor fing eine Elster. Er fütterte sie mit Fleischbrocken und eines Tages hackte sie ihm durch den Käfig in den Ringfinger. Sie konnte »O, du lieber Augustin« singen und das Miauen der Katze perfekt imitieren.

Auch einen Dachs fing er ein. Der fraß ganze Eimer voll Erbsensuppe und ließ es sich gut gehen, solange es ihm gefiel. Dann brach er aus und verschwand ohne ein Ade.

Der Fuchs zerbrach an der Gefangenschaft, verlor den Stolz des wilden Tieres und Julius kam sich bei den Fütterungen schäbig vor.

Der Hirsch wurde zu einer echten Gefahr. Er brüllte zum Kampf und drohte, alles einzustampfen. Julius schoss ihn nieder und das Dienstmädchen drapierte sein Fleisch auf einer Platte mit dem Geweih am Wacholder.

Seinen Schnurrbart zähmte Julius mithilfe eines Binders, um ihn in dieselbe Form wie Kaiser Wilhelms zu bekommen.

Richard präsentiert mir das Bild meines Urgroßvaters als rührenden Mann und so vorschnell wie ungefragt nicke ich es ab. Dass er seinen geliebten Hund totgeprügelt hatte, weil dieser ungehorsam war: geschenkt. Dass er die englischen Feministinnen für ihre dummen Emanzipationsbewegungen verurteilt hatte: geschenkt. Dass er in Hagenbecks Tierpark die Hottentotten begafft hatte: geschenkt. (Oder doch nicht? Die Geschichte schreiben die Sieger. Und die Dummen zitieren die Geschichtsfälschung und tragen sie in die Welt.)

Oskar Estor will seinen Vater entschulden, wenn er schreibt: *Er weigerte sich, die Hakenkreuzfahne zu flaggen.* (Was Julius tat, war Folgendes: Er nähte ein Hakenkreuz auf seine geliebte schwarz-rot-weiße Fahne und hängte diese auf. Und darunter marschierten SA und SS.)

Julius Estor wählte DNVP und war ein strammer Antisemit. Als Redakteur der *Rosenecker Zeitung* trug er die nationalsozialistische Ideologie und alle Gesetze treu mit (auch wenn diese Texte im Familienbuch nicht auftauchen). Es stimmt also nicht, dass die *Rosenecker Zeitung* gleichgeschaltet wurde. Und es ist unwahr, dass Julius Estor den Nationalsozialismus »gewiss nicht befürwortete«. Er mag ihn anfänglich abgelehnt haben, aber nicht etwa wegen seines Rassismus, seiner Unmenschlichkeit oder Radikalität, sondern einzig, weil ihm das »sozialistische« daran verhasst blieb.

Die *Rosenecker Zeitung* hetzte anlässlich einer Besprechung der Filme *Jud Süß* und *Der ewige Jude* vernichtend über alle jüdischen Menschen. Sie seien eine »Krankheit und Plage« und gehörten »ausgemerzt«. (Damals hatte Oskars älterer Bruder Heinrich Julius zwar bereits als Chefredakteur abgelöst, aber mitnichten war Letzterer aus politischem Widerstand zurückgetreten. Es ist ein Mythos, dass Julius Estor ein Regimegegner war.)

> *Rosenecker Zeitung*
> *Donnerstag den 26. September 1935*
>
> *Die Motor-Staffel des III/M xx des Nat. Soz. Kraftfahrer-Korps auf dem Parteitag der Freiheit*
>
> *Von NSKK-Mann Oskar Estor*
>
> *Stolz fliegt ein Geschwader deutscher Flugzeuge über deutsche Erde, und dort noch eins. Wie viel Vertrauen machen sie in ihrem stolzen, ruhigen Flug. Wir fahren ja zum Parteitag der Freiheit*

und so erscheinen sie uns als stolzer, symbolhafter Gruß der neuen Freiheit und Ehre Deutschlands.
Wir rücken in unsere Reihe ein. Kommando: »Sturzhelm auf!« Fanfaren! Der Führer kommt. Es wird gemeldet. »Heil Kameraden!« Wie laut wollte dann jeder antworten »Heil mein Führer!« Und wie manchem die Worte in der Kehle stecken blieben vor der Größe des Augenblicks. Die Gefallenen der Bewegung ehrt der Führer, mit ihm das ganze Volk. Manch einer hatte einen Kameraden, dessen Name jetzt unter den Toten steht, und manch ein Junge der Bewegung wird sich innerlich gelobt haben, ihnen nachzueifern. In ihrem Geist zu leben und sich, genau wie sie, dem Führer zur Verfügung zu stellen.

Fahnen Aufmarsch! Wie leuchtet das Rot der Standarten und Fahnen in der Morgensonne. Und genauso leuchtend und erhebend sind die Worte des Führers. Wir konnten ihn sehen und spürten die Kraft und das Vertrauen, das von ihm ausströmte und das in unsere Herzen einzog.

Immer dichter drängen sich die Menschen, je weiter wir in die Stadt kommen. Stürmische Zurufe, reicher Beifall für die schneidige Kapelle hinter uns, Blumen und Liebesgaben spenden begeisterte Zuschauer. Ja, man muss selbst dabei gewesen sein, um es recht zu erleben. Vorbei geht's am Hotel, in dem der Führer wohnt, vorbei am Kulturvereinshaus und hinein in die romantischen Straßen der alten Reichsstadt. An der Pegnitzbrücke biegen wir um die Ecke und kommen ins Blickfeld des Führers. Wie reißt sich da jeder zusammen und gibt auch das Letzte her, das in ihm steckt. Und dann ist der große Augenblick. Mit erhobenem Arm und gleichem Schritt und Tritt an dem Führer vorbei. »Ja, Kamerad, der du mit dabei warst, der Führer hat dich gesehen und den Kameraden neben dir und mich, alle hat er uns gesehen, jedem hat er in die Augen geschaut und an ihrem Leuchten hat er gemerkt, wie es in deinem Herzen aussieht. Und du hast in seine Augen sehen dürfen. Du sahst seine Strenge und spürtest das Vertrauen, das von ihm ausgeht. Kamerad, schwörtest du da nicht unverbrüchliche Treue? Wirst du den Augenblick je vergessen, Kamerad?« Und die Größe und Spannung des Augenblicks löste sich in einem plötzlichen befreienden Gesang. Und laut schallt es von den Mauern der alten Burg zurück: »Fest steht und treu, die Wacht, die Wacht am Rhein!« Niemand wusste, wer das Lied angestimmt hatte, mit einem Mal war es da.

Die Technik der perfiden Geschichtsfälschung hat mein Großvater Oskar vorgemacht und Richard imitiert ihn perfekt. Er ist ein würdiger gebundener Delegierter, wie Gabriele Rosenthal diesen in dem von ihr herausgegebenen Buch *Der Holocaust im Leben von drei Generationen. – Familien von Überlebenden der Shoah und von Nazi-Tätern* beschreibt.

Nein, meine Großeltern waren keine Opfer des Zweiten Weltkriegs. Ihre Überbetonung des eigenen Opferstatus ist grotesk angesichts ihres Totschweigens der wahren Opfer. Es ist falsch, dass sie ihr Leid hochhalten, während sie über das Leid der Juden, der Ausgestoßenen aus dem Volkskörper, der überfallen Polen und Russen, der Zivilisten und Kriegsgefangenen schweigen.

Die traute Einigkeit, in der ich die Abende mit Richard vor dem Kamin verbringe, ist eine Lüge. So sehr ich die Höflichkeit meines Onkels genieße, die Garantie warmer Distanz in der ich mich so sicher und geborgen fühle – so deutlich hämmert sich mir, lauter werdend, ein Begriff ins Bewusstsein: Verrat.

Ich verrate Erika, wenn ich hier sitze, und mit ihr alle Opfer, die nicht zum Thema werden. Nicht zuletzt mich selbst verrate ich, wenn ich weiter schweige.

Es ist eine rührende Geschichte, die Richard mir auftischen will. Eine Geschichte von moralischer Integrität bis in den Tod, von edlen Motiven, von Zwangsläufigkeit und der Macht des Schicksals. Es gebe nichts zu bereuen. Keine Schuld. (Und ich selbst stecke bis unter die Nase mit drin in diesem Teppich, der alles verdecken soll. Ich spiele treu meine Rolle, langsam bereitet er mich darauf vor. Wie brav habe ich immer wieder eingelenkt. Ein kurzes Aufflammen seiner Wut hat stets gereicht und ich bin versöhnlich eingeknickt. Ich lebe schließlich nicht in den Siebzigerjahren und will mit unnützer Konfrontationsgebärde jedes Gespräch kaputtmachen wie meine linkischen Eltern, links und linkisch sind die gewesen, ohne jedes Talent zur Einfühlung in das Gegenüber (natürlich aus gutem Grund, wie ich heute weiß, die Kaltherzigkeit geht zurück auf Ablehnung im frühen Kindesalter, ja, die 68er waren inhaltsgetrieben und zwischenmenschlich unbeholfen, ja, aber ich weiß das ja nun alles, ich habe jahrelang Therapie gemacht, die emotionalen Strategien meiner Eltern reflektiert und meine eigenen dazu, da muss ich doch in der Lage sein, die Wahrheit auszusprechen, nicht klein beizugeben und zu kuschen, wenn mein Onkel Richard droht, und nichts anderes tut er doch schließlich, wenn er laut wird, wild wird, wenn auch nur für seine Verhältnisse, er bleibt ja auch der unterdrückte Mann, aber zur Gewalt hat er eben doch den unverkrampfteren Zugang als ich und er nutzt die Drohgebärde, um mich zum Schweigen zu bringen, und ich danke es ihm mit einem Lächeln, ist mir denn noch zu helfen?).)

Dr. Oskar Estor war natürlich ganz nah dran an der Vernichtung. Er hat an der Universität Medizin studiert und gesehen, dass jüdische Professoren aus ihren Berufen gedrängt wurden, ebenso jüdische Ärzte, er kannte sie ja. Und die jüdischen Studenten, die die Uni verlassen mussten, hat er auch gesehen. Er wurde von Professoren unterrichtet, die stramme Nazis waren. Einige trugen die SS-Uniform unter dem Kittel. Sie lehrten ihm Erbhygiene. Die Rassenlehre hatte ihn selbst schon in der Jugend interessiert und er zitierte seinen »Günther« das ganze Leben lang, empfiehlt ihn uns bis heute zur Lektüre und verteidigt die Rassenlehre gegenüber dem Antisemitismus. Er ist in diesem Punkt unbelehrbar geblieben. Und natürlich kam er bei alldem auch mit den Anträgen auf Sterilisierung in Berührung, es war ja genau seine Zeit und er war in vielen Krankenhäusern unterwegs. Vermutlich nahm er auch an Sterilisierungen teil oder schrieb selbst Anträge zur Begutachtung.

Die Gewalt in unserer Familienkultur zu benennen, sie offenzulegen, ist tröstlich für mich. Weil es ehrlich ist, weil es meiner Wahrnehmung entspricht, statt sie in Zweifel zu ziehen.

Ich nehme allen Mut zusammen und sage, dass es mir wichtig sei, die Schuld meiner Großeltern zu benennen. Um sie zu überwinden. Ich halte den Opfermythos für ein gefährliches Familiennarrativ. Sofort wird Richard böse. (Der Begriff Schuld darf nicht fallen!) Ich kann riechen, dass er kurz davor ist, mir Undankbarkeit vorzuwerfen. Garstigkeit. Sind das Mines Wörter, an die ich mich unbewusst erinnere? Hat Klaus sie mir gegenüber wiederholt? Da brechen sie Richard auch schon aus dem Mund. Kurz hat er noch gezögert, welche Abzweigung er nehmen soll. (Den verächtlichen Dreiklang zu lachen, wäre auch eine Möglichkeit gewesen. Wegschieben, verlachen, zum Patienten machen. Aber dazu ist er zu sauer.) Hauen darf er mich ja nicht. (Ob er Alexander und Xenia wohl früher gehauen hat?) Tja. Warum werde eigentlich nicht ich selbst böse? Anstatt in Schockstarre wie das Kaninchen auf den Wutausbruch der Schlange zu warten. Es ist doch eine riesengroße Scheiße, dass sie der Erika das angetan haben! Und nicht, dass ich es ausspreche, ist die Scheiße!

Alles brennt und dreht sich. Die Weihnachtspyramiden aus dem Erzgebirge.

Aber alles auszusprechen, dazu bin ich zu feige. Ich frage nicht, warum Richard und Ingrid dieses Haus zu so günstigen Konditionen von Onkel Eugen kaufen durften. Ich frage nicht, wie es sich in dem alten Haus eines SS-Mannes und Vergewaltigers lebt. Ich frage nicht, was es mit der Verbindung zwischen Ingrids SS-Vater und Onkel Eugen auf sich hatte. Ich frage nicht, was Richard von den sexualisierten Übergriffen seiner Frau Ingrid auf meinen Vater weiß. Erzähle ihm nichts von meiner These, dass das Decken von Nazi-Tätern direkt in das Decken von Vergewaltigern und Missbrauchern übergehe. Dass in der Familie Estor eine Kultur der Grenzüberschreitungen herrschte, die Missbrauch massiv begünstigte. Dass auch die vielen medizinischen Übergriffe ein Klima schufen, das Missbrauch als normal erscheinen ließ.

Ich habe Angst, dass Onkel Richard mich in die Psychiatrie einweist, wenn ich all dies ausspreche. Dass er mich als Borderlinerin pathologisiert und ich ihm glaube. Ich bin feige und schweige.

Als ich ins Bett gehen will, drückt er mir ein Blatt in die Hand. Es gehört ins Stammbuch der Estors. Darauf das Geburtsdatum eines namenlosen weiblichen Kindes. »Litt an traumatischer Epilepsie. Gestorben im Rahmen der Euthanasie in einem Heim der Hephata.«

»Wie hieß sie?«

So traurig wie nie schaut er mich mit seinen blauen Augen an.

20

Das Schweigen meiner Urgroßmutter Maria Schneider aus Schroff (Elkes Oma, die Mutter ihres Vaters Fritz). Sie war neben Änneke Landmann die traurigste und stärkste meiner Urgroßmütter. Als Kind schon hätte sie für immer schweigen können, wie fünf ihrer sieben Geschwister, die alle in ihren ersten zwei Lebensjahren gestorben waren, aber Maria lebte.

Sie war eine gefallene Frau. Anders als die gefallenen Soldaten fand sie keine Erlösung im Tod, sie musste weiterleben.

Sie besuchte die Hauswirtschaftsschule in Breslau und ondulierte sich das Haar. Es gefiel ihr gut in der großen Stadt. Doch dann wurde sie schwanger, auf dem Dorf, im Haus ihrer großen Schwester, auf dem Gut Gleikowitz in Arnswalde, dort wurde sie geschwängert. Es schwängerte sie der Schwager ihrer großen Schwester. (Der Mann ihrer Schwester, Gutsherr Gleikowitz, war ein herrischer »Gewitterkopf«. Gut und Vermögen stammte zwar von den Schneiders und hätte genau genommen sogar Gut Schneider heißen müssen, doch er verleibte sich alles ein, kommandierte alle herum.) Es schwängerte meine Uroma Maria der Bruder dieses Gewitterkopfes. Ein Landarzt, Doktor Gleikowitz. (Vorname unbekannt. Er hatte bereits eine Familie, war zwanzig Jahre älter als Maria und dachte keine Sekunde daran, sie zu heiraten.) 1922 war das. Maria war schon fast dreißig Jahre alt. Was wollte sie denn eigentlich vom Leben? Hauswirtschaftsschule in Breslau. Haare onduliert. Große Stadt. Alles vorbei. (Und was waren überhaupt die näheren Umstände von Opa Fritzens Zeugung? Eine Vergewaltigung durch den Bruder des Gutsherren? Eine romantische Schwärmerei Marias für den verheirateten Schwager ihrer großen Schwester? Niemand wird mir je darüber berichten.) Als ihr Bauch wuchs, kam sie nach Berlin in ein Fürsorgeheim für ledige Mütter. Und blieb dort nach der Entbindung meines Großvaters noch eine Weile. Dann ging sie zurück nach Arnswalde, in das kleine Dorf, mit ihrem Sohn Fritz, der ihren Nachnamen trug, Schneider. Die Familie verstieß sie nicht. (Das gab es auf den Dörfern im Osten nicht so selten, dass eine junge Frau für einige Zeit verschwand und mit einem nicht näher genealogisch bestimmten Kind wiederkam.) Der Kindsvater bekannte sich zwar nicht zu dem Kind, doch irgendwer entschied, dass Fritz Abitur machen sollte, und irgendwer bezahlte diese Schulausbildung für ihn.

Elke hat nie nähere Recherchen über ihren leiblichen Opa angestrebt. Der unbekannte Großvater war für sie mehr eine Projektionsfläche. Dr. Gleikowitz hieß er bei ihr immer. Ein Arzt (bezeichnenderweise). Reich, gebildet, heilend. Und ein Pole, ihrer Interpretation nach, was wieder entschuldend wirkte. (Soweit ich verstehe, stimmt das allerdings nicht, doch wer bin und was weiß ich schon?)

Später wurde nach einem Mann für meine Uroma Maria gesucht. (Wie lief so etwas ab? Wer war die treibende Kraft hinter dieser Auktion? Gewitterkopf Gleikowitz? Marias große Schwester?) Und schließlich wurde ein Exemplar gefunden. Ein vierzehn Jahre jüngerer Mann: Lukas Hübsch. Wie sah die erste Gegenüberstellung der künftigen Eheleute aus? Gegen 1930 muss das gewesen sein. Fuhr man ihn zu ihr, in einer Kutsche? Musste er antreten, sich vorstellen, konnte er durchfallen, hatte sie ein Vetorecht? Hatte der Gleikowitz auf allem die Hand drauf? Die große Schwester? Wie lief das ab? Fand sie Hübsch eklig? Hatte er größere Makel? War der Hof, auf den sie dann gemeinsam zogen, das Preisgeld, das er bekam, weil er sie heiratete? Es ist keine kleine Landwirtschaft. Die Ruinen der Scheune aus Backstein sind gut siebzig Meter lang. Es gab ein Haupt- und ein Nebengebäude. Mehrere Knechte und Mägde lebten dort mit ihnen. Allerdings handelt es sich um einen Aussiedlerhof. Er lag einige Kilometer entfernt vom winzigen Dorf Schroff. Das winzige Dorf Schroff viele Kilometer entfernt vom nächsten Dorf und dreimal so viele Kilometer weit weg von der Stadt Meseritz. Arnswalde drei Tagesreisen entfernt. (Circa.)

Wie ging es Maria auf dem Aussiedlerhof? Wie hat sie das ausgehalten? Ich meine, ein spöttischer Ausdruck umspielt ihren rechten Mundwinkel. Oder ist das eine Lähmung? Sie hat einen festen Körper, ist allerdings etwas windschief. (Ich knie nieder vor dieser Frau.) Laut meiner Mutter Elke, ihrer Enkeltochter, kochte sie viel und war schweigsam. »Pragmatisch«, schob Elke rätselhaft nach. Maria fügte sich offenbar ganz in ihr Schicksal. Sicher nicht zuletzt ihrem Sohn Fritz zuliebe. (Vielleicht war sie gebrochen? Ohne Kontakte? Oder sie freundete sich mit diesem Leben an, das sie nicht gewählt hatte? Lebte sie einen subtilen Widerstand?)

Lukas Hübsch schwängerte sie. Drei Kinder gebar sie, beim dritten schon weit über fünfundvierzig Jahre alt. (Verzweifelte Maria? Weinte sie nachts ins Leinen? Ließ sie ihre Aggressionen an den Polen aus? An Lukas Hübsch? An ihrem Ältesten? Ihren anderen Kindern? Wohin packte sie ihre Wut? War sie im Landfrauenbund der Nazis? Was machten die dort in der Provinz eigentlich? War sie stolz auf ihren Sohn, der am Gymnasium in Meseritz Abitur machte? Fand sie ihn fesch in der HJ-Uniform? Sühnte Fritz mit frechem Auftritt ein paar der Ungerechtigkeiten, die sie an ihrem Leib erfuhr?)

Auf den Fotos sieht sie gehemmt und stumm aus. Meinen Opa Fritz habe ich auch als schweigsam in Erinnerung. (Warum kann ich nicht schweigen? Warum muss ich immerzu plappern, als plappere ich um mein Leben? Das ist die Dietrich-Seite, ich weiß schon.) Ilse hielt das Schweigen nicht aus. Es machte sie verrückt. (Oder kam es erst mit Elke so richtig auf, das Reden und Reden? Klaus war ja auch so eine Labertasche. Aber ist es denn wirklich so, dass wir uns erst durch das Reden spüren, erst redend einen Kontakt zum anderen aufbauen können?)

Im Krieg wird es Maria nicht schlecht gegangen sein. Als Bauern mussten sie nicht hungern. Vielleicht sorgte sie sich um Fritz, der eingezogen worden war zur Ausbildung zum Luftwaffenoffizier. Was dachte sie über Hitler? Was dachte sie über die Juden? Interessierte sie sich für Politik? Was bedeutete ihr die Kirche? Was Gott? Trösteten sie die Gebete? Laut Elke »rannte« sie später »jeden Sonntag in die Kirche«. (Verachtung in Elkes Stimme, mindestens Spott, vielleicht auch nur Unverständnis.) Vielleicht war die Kirche das Einzige, was ihr etwas bedeutet hat. Neben den Kindern. Obwohl sie nicht wirklich unglücklich aussieht auf den Fotos.

Was bedeutete es ihr, dass sie aus Schroff wegmussten? Wie erlebte sie die Ankunft der Sowjets im Dorf? Über ihren Mann Lukas Hübsch wird berichtet, dass er sich seine beiden jüngsten Kinder als lebende Schutzschilde auf den Schoß gesetzt und den Soldaten gesagt habe, sie müssten die beiden Kleinen auch erschießen, wenn sie ihn erschießen wollten. Obwohl die Rotarmisten Anlass hatten zu glauben, dass Lukas Hübsch sich unter den Nazis schuldig gemacht hatte, zog der Trick mit den Kindern auf dem Schoß. Sie ließen ihn leben.

Was erlebte Maria? Wurde sie vergewaltigt? (Sie wirkt auf mich stoisch.) Lukas Hübsch soll seine Kinder bis ins Erwachsenenalter hinein geschlagen haben. Nahm sie alles hin? Wo packte sie hin, was sie erlitt? Explodierte sie manchmal? War sie gebrochen? Ergeben?

Sie flohen dann. Zogen fort. Im Eichsfeld warteten sie darauf, ob Ost oder West ihnen die bessere Zukunft bieten würde.

Gewitterkopf Gleikowitz floh auch, lange bevor die Russen eintrafen. Sieben Pferdewagen mit seiner Habe rettete er. (Eine missgünstige Legende? Es heißt, die Polen hätten Grund gehabt, ihn totzuschlagen.) Da war seine Frau, Marias Schwester, bereits tot, die Frau des Gewitterkopfs starb

1943 an einem Gehirnschlag. (Er selbst bekam später Magenkrebs und starb schreiend.)

Eine Gesellschaft verwachsener Dorfbewohner um 1920. Vielleicht projiziert mein Blick das Verwachsene in die Menschen hinein, weil ich an Verwandschaftsehen denke. Vielleicht liegt es an der Fotografietechnik, die alle zur Anspannung zwang? Einigen Männern quellen die Augen aus dem Kopf. Dazu die affige Garderobe. Eine lässige Dame in der Bildmitte ist verwackelt. Insgesamt die Frauen wesentlich attraktiver. Wissende, gezügelte Blicke. Die Alten ganz entspannt, wie leicht betrunken.

21

Meine Großmutter Ilse Schneider, geborene Dietrich, kam aus einfachen Verhältnissen, wie man so sagt. (Dann sag's halt nicht.) Ihr Vater hatte während Wirtschaftskrise und Inflation nach dem Ersten Weltkrieg seine Existenz verloren. Und durch Hitler kam er wieder in Arbeit. »Natürlich wählte er die NSDAP.« (So weit Elkes Geschichtsschreibung. Der kleine Mann und das Primat der Ökonomie. Interpretation nationalsozialistischer Gesinnung als Nebenwiderspruch. Faschismusanalyse von Kommunisten und Sozialisten nach 1945. Für Elke war das Private nie politisch: Gefühle sind immer Überbau und haben keinen Wert.)

Ilse wuchs in einer Baracke auf, klammerte sich jedoch daran, aufgrund ihrer Intelligenz etwas Besonderes zu sein. (Diese Zuschreibung hat zwei Genrationen unbeschadet überlebt. »Wir Schneiders sind aufgeweckter als die anderen.« Vielleicht war meine Oma bloß leistungsbereiter als die Mädchen aus besserem Hause.) 1933 wurde sie eingeschult. Der Nationalsozialismus half ihr, aufzusteigen und sich für ein wertvolles Mitglied der Gesellschaft zu halten. (Einen Dünkel gegen arme Familien hatten die Nazis ja nun wirklich nicht.) Die weißen Blusen im BdM machten was her. Anpacken konnte sie, verwöhnt oder verzärtelt war sie nicht, der Vorwurf bürgerlicher Entartung traf bei ihr ins Leere. Aber das propagierte Menschenbild war eben rassistisch, autoritär und hierarchisch und auch als blondes und blauäugiges schlankes, fleißiges Mädel war sie durch die Hetz-, Hass-, und Verachtungskultur ständig bedroht zu fallen. Sie internalisierte die Härte gegen sich und alle anderen. In Ilse ging der Samen der »Bewegung« voll auf.

Natürlich sah sie Gewalt und Ausgrenzung. Gegen »rassisch Minderwertige«, »Arbeitsscheue«, »Asoziale« und Juden. Sie sah Demütigungen und demütigte sicher auch selbst. (Kinder sind eifrig und grausam. Ich selbst war ein eifriges, grausames Kind.)

Nach der Volksschule absolvierte sie eine Ausbildung zur Säuglingspflegerin in Frankfurt am Main. Das Gebäude befand sich im Grüneburgweg 36, das zuvor jüdischen Mitbürgern gehört hatte. (Laut Iris sagte Ilse einmal beiläufig, sie habe dort die schönste Zeit ihres Lebens verbracht.)

Im Juli 1944, gerade achtzehn Jahre alt geworden, wurde sie als Wehrmachthelferin eingezogen. Sie landete in der 5. Ausbildungsabteilung für Luftnachrichten-Helferinnen im Luftgau-Nachrichten-Regiment 7 in Augsburg-Pfersee. Sie erhielt monatlich 153,56 Reichsmark (inklusive Wohnungsgeldzuschuss). Sie war gemeinsam mit den anderen Funkpeilern und den Kampfpiloten untergebracht. Ab dem 1. 5. 1945 wurden die Zahlungen eingestellt.

Nürnberg 4. 5. 1946

Liebe Peilerkameradin!

Meine Antwort heute hat schon etwas lang auf sich warten lassen, ich weiß es. Ich will weiter nicht viel Entschuldigungen schreiben. Die Hauptsache ist: dass sie nun heute doch noch kommt. –

An unsere liebe Tante Anna No. 263 denke ich natürlich auch oft und natürlich auch an das holde Dreigestirn, das sich mehr für Schwalbe 23 und Kolibri 76 als für die ganze Kringelei interessierte. Als Ihr beiden an jenem Kardienstag fehltet, wusste ich Bescheid. G., der sich in München verduftete, raufte sich die letzten Haare heraus und schrieb sich die Finger wund mit Fahndungsbefehlen und Steckbriefen in 10-facher Ausfertigung. In der Osternacht ging dann der -- in die Luft. Ich rührte keinen Finger. Nach »heldenhafter« Verteidigung fand sich die La. -- in ihren Posten einige Tage später in A.

L. mit L. suchten von dort das Weite. Schreiber, D. und ich, wir drei hielten als Letzte durch, als vorgeschobene Beobachter bei der Artillerie, bis wir am 2. Mai unten am -- in amerikanische Hand fielen. Alle drei sind wir bald und gut dann nach Hause gekommen. Wenn uns G. nur gefolgt hätte, im Juni wäre er schon daheim gewesen!

Ilse und Fritz hatten den Krieg überlebt. Viel mehr stand damals nicht auf ihrer Habenseite. (Kein Entschuldungsversuch.)

Fritz war zweiundzwanzig, als er vom Elsass mit seiner Infanterieeinheit per Bahn zurück nach Deutschland transportiert wurde. Nun saß er in Runkel in amerikanischer Kriegsgefangenschaft und half bei der Demontage. Ilse war neunzehn und hatte sich aus Würzburg allein nach Hause geschlagen. Sie lebte wieder bei ihren Eltern. Gemeinsam mit ihren zwei Schwestern. Die Lage: gespannt.

Fritz hatte davon geträumt, als dekorierter Offizier der Luftwaffe heimzukehren. Aufs Dorf in Schroff. Und davon, seinem Stiefvater eine Ohrfeige zu geben. Aber er sah seine Grenzmark Posen-Westpreußen nicht wieder. Nicht den See und nicht den Wind darauf. Nicht die Kiefernwälder, die sandige Erde.

Elke entschuldete die Familie ihres Vaters auf folgende Weise: Katholische Bauern seien grundsätzlich keine Nazis gewesen. Die hätten besonders im Osten eher Zentrum gewählt als NSDAP. Der Katholizismus habe sie gefeit. (Aber das lässt sich nicht halten. Die Schulchroniken schreiben von hundert Prozent der Schüler in der Hitlerjugend. Die Inhalte befassten sich streng mit der Nazi-Ideologie.)

Fritz sprach nie über seine Kriegserlebnisse und die Abdrücke seiner Erfahrungen waren für mich nicht weiter sichtbar. Elke stellte sich vor, er habe bei der Besetzung Paris' »eine ruhige Kugel geschoben«.

Ilse war innerlich schwer verwundet und setzte alles daran, sich nichts anmerken zu lassen. Sie zeigte sich stolz und angriffslustig und eckte in ihrer Familie nur an. Aber sie war auch findig und mutig und legte sich ins Zeug, um Essen für die ganze Bande zu »organisieren«. (Dietrichs wussten, was

Hunger ist. Noch viele Jahrzehnte später gehörte es zur Familienkultur, ständig und ausführlich über Essen zu reden. Auch Elke muss als Kind gehungert haben. »Hat mir aber nicht geschadet« und so weiter.)

Meine Mutter wurde am 24. Dezember 1947 in die Arme ihrer knapp sechs Monate verheirateten Eltern hineingeboren. »Eine schreckliche Geburt! Sechsunddreißig Stunden Wehen! Sechsunddreißig Stunden Schmerzen!« – So wurde die kleine Elke von ihrer Mutter Ilse begrüßt. »Ist gut jetzt, Ilse.« – Und so von ihrem Vater Fritz. Elke war gesund und kräftig, schrie mit starken Stimmbändern und saugte engagiert an Ilses Brüsten. »Als wär ich ne Kuh ...«

Ilse wird durch die Geburt retraumatisiert, die Schreie triggern sie, die Erinnerungen kommen wieder, Ilse ist völlig fertig, keiner versteht sie oder hilft ihr, sie selbst versteht nicht, was sie hat. Sie ist doch darauf geeicht, nicht zimperlich zu sein. Ein deutsches Mädel flennt nicht und hat Angst vor nichts. Für Führer, Volk und Vaterland hat sie sich jahrelang zusammengerissen, den Arsch aufgerissen, Trümmer, Leichenteile weggeräumt, ihren ersten Verlobten verloren, Erschießungen gesehen, Explosionen. Um dann zu hören, dass Hitler sich erschossen hat. Die feige Sau.

Anfangs lebten sie in einem einzigen Raum ohne Waschbecken. Wasser musste aus dem Keller geholt werden, ebenso wie Holz und Kohlen. (Deine Konzentration auf das Armutsmotiv ist ein bisschen monokausal, nein? Opferisierst du hier nicht auch?)

Ilse hatte Schlafstörungen. Abends fand sie nicht in den Schlaf und morgens blieb sie nicht darin. Eine diffuse Angst saß ihr im Bauch und trieb sie aus dem Bett. Gedanken und Zweifeln wollte sie sich »ums Verrecken« nicht hingeben. Kraft der Tat. Fritz murrte und drehte sich auf die andere Seite. Um nicht alleine zu sein, weckte Ilse Elke.

Elkes Körper glich dem ihrer Mutter. Und auch Ilses Schlafstörungen und die morgendliche Unruhe hatte Elkes Körper bald in sich aufgenommen. Nur die Hände und die Augen hatte sie eindeutig von Fritz geerbt.

Immer wieder schob Ilse Elke ab (wochenlang zu Fritz' Eltern aufs Land, dann zu ihren Eltern) und Mal für Mal habe es ihr nicht geschadet. (So Elke.)

> *Das Kind wird gefüttert, gebadet und trockengelegt, im Übrigen aber vollkommen in Ruhe gelassen. Von vornherein mache sich die ganze Familie zum Grundsatz, sich nie ohne Anlass mit dem Kinde abzugeben.*
>
> *Versagt auch der Schnuller, dann, liebe Mutter, werde hart! Fange nur ja nicht an, das Kind aus dem Bett herauszunehmen, es zu tragen, zu wiegen, zu fahren oder es auf dem Schoss zu halten, es gar zu stillen. Das Kind begreift unglaublich rasch, dass es nur zu schreien braucht, um eine mitleidige Seele herbeizurufen [...]. Nach kurzer Zeit fordert es diese Beschäftigung mit ihm als ein Recht [...] – und der kleine, aber unerbittliche Haustyrann ist fertig.*
>
> *Nicht entschieden genug kann [...] vor falscher Nachgiebigkeit gewarnt werden. Sie ist ganz unnütz, verzieht das Kind und raubt der Mutter Zeit und Kraft. Das Kind wird nach Möglich-*

keit an einen stillen Ort abgeschoben, wo es allein bleibt, und erst zur nächsten Mahlzeit wieder vorgenommen.
Bei großen kräftigen Kindern sei [...] abermals der Rat gegeben: Schreien lassen! Nach wenigen Nächten [...] hat das Kind begriffen, dass ihm sein Schreien nichts nützt, und es ist still.
Auch das schreiende und widerstrebende Kind muss tun, was die Mutter für nötig hält, und wird, falls es sich weiterhin ungezogen aufführt, gewissermaßen »kaltgestellt«, in einen Raum verbracht, wo es alleine sein kann, und so lange nicht beachtet, bis es sein Verhalten ändert. Man glaubt gar nicht, wie früh und wie rasch ein Kind ein solches Vorgehen begreift.

Bis ins hohe Alter »hielt« Oma Ilse ihre Figur. Sie war als BdM-Mädel Turnerin gewesen und hatte an mehreren Gau-Turnfesten teilgenommen. (»Eine herrliche, wunderbare Zeit.«) Später kam sie nicht mehr zum Turnen, begann stattdessen früh damit, Telegymnastik zu betreiben.

Durch die Schwangerschaft sei ihre Figur versaut worden, wie sie meinte. (Zu sehen war nichts.) Immer wieder warf sie Elke vor, aus ihr einen »Hefeklops« gemacht zu haben. Alle Beteuerungen Elkes, sie sei die schönste Mami der ganzen Schule, machten es bloß schlimmer. (»Der Schule? Kunststück ... Mich mit den fetten Schabracken zu vergleichen.«)

Ilses Körper war permanent unter Spannung. Sie stand morgens pünktlich eine Minute vor dem Weckerklingeln mit einem Ruck senkrecht im Bett und riss die Fenster auf, begann, in der winzigen Wohnung hin und her zu rennen, hochkomplexe Choreografien rund um ihre wenigen Besitztümer auszuführen. (Ihr Tatendrang wirkte auf mich aggressiv. Wie sie Flecken herausrieb, auch Körperpflege, die sie an mir vollzog. Immer etwas zu ruppig, um als Zärtlichkeit durchzugehen. Ihr Verhalten eine chronische Abwehr von Nähe. Mit ihren groben Sätzen stieß sie mich permanent von sich. Dann klagte sie am Telefon wieder, dass ich mich so selten bei ihr meldete.) Fritz hingegen konnte stundenlang bewegungslos dasitzen.

Ilses große Szenen habe ich nicht erlebt, aber es muss sie gegeben haben. Elke sollte ihr als Kind oft starke Medikamente aus der Apotheke holen. Gegen ihre Migräne. Oder gegen die Gefühle. Für ihre Symptome hatte sie selbst kein Verständnis. (»Ich habe mich in meinem ganzen Leben nie gelangweilt«, prahlte sie triumphierend, als ich meine Depression erwähnte. Nach ihrem Tod konnte ich es sehen. Das riesige Haus war bis in den letzten Winkel frei von Staub. Kleiderschränke an allen Wänden waren so gut strukturiert, dass ihre gesamte Garderobe seit 1975 darin Platz gefunden hatte. Einige der Plastikkleider zerfielen beim Herausholen. Zig Handtaschen, nach Farben sortiert. In jeder einzelnen davon: ein Kugelschreiber, ein Notizblock, Taschentücher, hier und da ein Seidenstrumpf. Bis heute trage ich ihre alten Satinschlafanzüge auf.)

Ilse putzte sich gerne heraus und liebte es, ihre Reize an jungen Männern zu erproben. Deren erschrockene Gesichter feuerten sie zu immer größerem Wagemut an. (»Ich bin eine Dietrich: Quer verwandt mit der Marlene. Das alte Ami-Flittchen. Hätte die sich mal um unsere Männer gekümmert, damals!«) Sie trank dann schnell und viel, ließ sich hier und dort auf einen »jungfräulichen Schoß« fallen, bis

Fritz sie aus dem Gefecht zog, sie über seine Schulter warf und nach Hause trug, ihre Schreie, Schläge, Beleidigungen unbeweglich ertragend. Er war kein pommerischer Bauernkopp. Und falls doch, dann war er mehr als das. Er hatte Abitur, auch wenn ihm das dank Weltkrieg und Vertreibung nichts genützt hatte. Ein »Scheiß-Flüchtling« unterschied sich nicht wirklich vom »Scheiß-Flüchtling« mit Abitur.

Elke flog über die Schulzeit hinweg, übersprang zwei Klassen und engagierte sich in der Schülerverwaltung, der Schülerzeitung, der Handball-AG und dem Demokratie-Komitee. Sie war anpassungsfähig und durchsetzungsstark.

Siebzehnjährig erhielt sie ein Stipendium der Studienstiftung des Deutschen Volkes für die Fächer Mathematik und Volkswirtschaftslehre. Ihre Mutter Ilse hielt nichts davon, dass sie zum Studieren in die Großstadt nach Frankfurt ging. Mit einer Mischung aus Sorge (vor unehelichen Enkeln, Lustmorden, Abnabelung) und Missgunst (»Durfte ich etwa leben, wie ich wollte? Warum soll sie es schöner haben? Schneider bleibt Schneider.« Ilse war Meisterin darin, Elke Schuldgefühle zu bereiten.) stellte sie sich ihrer Tochter in den Weg.

Ilse hatte gerade ihren »Schönheitssalon« eröffnet und war sich selbst eine wandelnde Schaufensterpuppe. Die Haare aggressiv toupiert und das Makeup raufasertapentenartig aufgetragen, stand sie vor ihrer Tochter und hyperventilierte: »Wie soll isch misch uff meine Arbeit konzentrieren, wenn du am anderen Ende der Republik durch die Betten springst?« (Vorwürfe, Beschämung und Demütigung gehörten zu ihrem ständigen Repertoire und auch ins Gesicht hatte Ilse Elke oft geschlagen, stets im Affekt, aber stets auch zielgerichtet und hart.) Doch diesmal schlug Ilse nicht mehr zu. (Hatte sie gespürt, dass Elke mit dem Gedanken spielte, sie beim nächsten Mal zurückzuschlagen? Elke war eine ausgezeichnete Leichtathletin. Norddeutsche Meisterin im 7-Kampf. Sie warf den Speer wie eine Amazone. Sie nahm die Hürden ganz leicht. (Vater Fritz missfiel es, wenn Elke in kurzen Turnhöschen auftrat. Er murrte, sagte aber nichts. Verschränkte seine »pommerischen Bauernarme«, wie Ilse immer sagte, und »schaute beleidigt aus der Wäsche«.)) Stattdessen heulte, zeterte, flehte und drohte sie, drückte ein paar Tränchen heraus, die sie mit vorwurfsvoller Geste unter »Zerstörung meines teuren Make-ups« abwischte, doch Elke wartete alles bloß lächelnd ab. Sie winkte, klopfte ihrer Mutter halbgar auf die Schulter und ging in die Freiheit.

Ilse Schneider weinte fast täglich, doch ihre Tränen waren reiner Bühnenzauber. Tatsächlich konnte sie aus dem Stand heraus weinen, sie brauchte nur einen gewissen Ton anklingen lassen. Vermutlich hätte sie eine Bühne gebraucht, um in diesem Leben glücklich zu werden. Exzentrisch und kaputt wie sie war, angriffslustig und gemein, rauschhaft, dann wieder selbstmitleidig, heulend, voller Vorwürfe – ihre Talente kamen nicht zur Geltung.

Was, wenn sich Ilse nackt auf eine Bühne gestellt und geschrien hätte: »Alles, was ich will, ist mit Liebe überschüttet werden, wenn es mir schlecht geht und ich um Hilfe schreie.« So fies und gehässig wie sie auftrat, schien sie keinerlei Mitgefühl zu besitzen. Und doch war sie die Unglücklichste von uns allen. (Oder halt einfach bloß böse.)

Ilse arbeitete ihre Traumen nie auf. Nie brachte jemand ihre Gewalterfahrungen in Zusammenhang mit ihrem extremen Verhalten. Sie war viele Jahre lang medikamentenabhängig, gebärdete sich sexuell aggressiv, sprach gewaltvoll und ertrug keine gesunden Beziehungen. Nähe und Distanz waren ein nervenaufreibendes Spannungsfeld in ihrer Umgebung. (Ilses Unglück war wohl zu tief vergraben und viele kamen überhaupt nicht auf die Idee, dass in ihr ein Abgrund wohnte.)

Elke würgte Oma Ilse im Handumdrehen ab, begann diese über den Krieg zu sprechen. Einmal beim Brunch erhaschte ich den Zipfel einer Erzählung über ihre Fahnenflucht durch den Wald, Ostern vor Kriegsende. »Warum gibt es in einer Kaserne keine Jungfrauen? Ja. Warum wohl.« Die Erhängten in den Bäumen, die Erschossenen am Weg. Ich stellte hastig Fragen, doch Elke wurde gleich scharf, Ilse solle mit ihren egozentrischen Nazi-Geschichten aufhören. (Lag es an meinen Fragen?) Meine Oma fing an zu weinen, allerdings derart künstlich, dass mir gleich schlecht davon wurde, zudem zog sie mich an ihren riesigen, gestärkten, spitzen Busenhalter, hielt mich als Schutzschild vor sich und behauptete greinend, ich sei ihre einzige Verbündete in der Familie.

Das Verhältnis zwischen Elke und Ilse war toxisch. Elke ähnelte ihrer Mutter in vielem, obwohl sie lange darum kämpfte, das genaue Gegenteil von ihr zu werden. (Und ich bin auch eine klassische Schneider.)

Ilse starb einsam, unter zwei jungen Pflegern, die reanimierten. (Vielleicht waren sie hübsch und sie visionierte es sich schön? Ich glaube daran, dass ein Mensch so stirbt, wie er gelebt hat. Bezogen auf seine Mitmenschen. Wie sollte sein Leben auch plötzlich eine andere Ausdrucksform finden?)

Als ich kam, hatte Elke nahezu alle persönlichen Unterlagen von Ilse bereits weggeschmissen. Damit wollte sie nichts zu tun haben.

Natürlich litt Elke als Kind unter dem Trauma ihrer Mutter und natürlich traumatisierte sie Ilses unzuverlässiges, brutales Verhalten. (Je öfter ich Trauma sage, umso stärker verblasst die dahinterstehende Bedeutung.)

Meine Mutter entschied sich für die Beziehungslosigkeit, die sie als Freiheit auffasste, totale Einsamkeit, radikale Isolierung. Sie war gefangen in ihrem Eisenofen. (Rührte es daher, dass sie vierjährig isoliert im Krankenhaus lag? Was empfand sie dort? Wo finde ich diese Information, die sie mir verweigerte? Holte Oma Ilse sie unter Vorwürfen ab? Gemeinen Sprüchen? »Was glaubst du, was ich durchgemacht hab, wegen dir?« »Haben sie dich verwöhnt im Krankenhaus?« »Hat das Essen dir da besser geschmeckt?« »Willst du zurück zu deiner Schwester Beate?« Fiktion. Reine Fiktion. Ich agiere in Fantasien aus, was meine Mutter leugnete.)

In gewisser Weise war ihre Poliomyelitis-Erkrankung 1951 sicherlich initial für ihr ganzes späteres Leben. Sie war fast fünf, als sie erkrankte. Den Gesichtsausdruck ihrer Mutter Ilse, als diese zu ihr hinab ins Kinderbett schaute, sollte sie ihr ganzes Leben lang nicht vergessen. (»Ich habe niemals ein eigenes Kinderbett gehabt. Deine Geschichtsschreibung ist gefälscht, Tochter. Ich habe im Bett meiner Eltern geschlafen bis zum neunten Lebensjahr. Wir haben in einem Zimmer gewohnt. Du staffierst alles aus, wie es dir passt. Aber mach nur, mach!«)

Der Schrecken im Gesicht der Mutter. »Das Kind ist ein Krüppel! Das Kind ist gelähmt!« Sie war am Ende, fix und fertig, immer nervös, ein Streichholzratschen reichte, und sie explodierte.

Ilse ist nie zärtlich, nie zugewandt. Alle Bedürfnisse der kleinen Elke empfindet sie als Zumutung, als Vorwurf gegen sich, dann als Undankbarkeit, denn was reißt sie sich nicht die Arme aus, um den Schreihals zufriedenzustellen. Und jetzt Kinderlähmung. Als Lohn für ihre Mühen. Sie ist doch immer eine gute deutsche Frau gewesen. Ganz gesund und noch so jung.

Das Kind muss fort, sofort, ins Krankenhaus. Und (die kleine) Elke fühlt sich schuldig, dass sie ihrer Mutti solche Sorgen macht. Denn Ilse weint und versucht, dem Doktor irgendetwas zu erklären, aber der will das nicht hören, und dann zieht eine Krankenschwester Elke nackt aus und ein Nachthemdchen an und vielleicht lächelt sie hinter dem Mundschutz. Elke vermutet, sie selbst sei eine Bestie und eine Gefahr.

Hatte sie Angst? Um Ilse? Um sich? Verstand sie, dass sie in Lebensgefahr schwebte? Oder war alles nur Schmerz und Fieber und hoffentlich Schlaf.

Und wieder einmal rationalisierte sie lieber, als dem inneren Schmerz nachzugehen. (Ilse habe sie aufgrund der Ansteckungsgefahr nicht in den Arm nehmen können. Es waren andere Zeiten. Es hat mir nicht geschadet. Ganz im Gegenteil.)

Irgendwann ging die Tür zu. Und nicht mehr auf. Keiner erklärte es ihr. Für was sie wohl bestraft wurde? (Jeder Abschied brach die alte Wunde auf. Wie sollte sie wohl einmal sterben, wo sie bei jeder Umarmung am Gate zum Stein wurde?) Das Bett war weich und weiß. Vielleicht war sie im Himmel bei den Engeln? Vorm Fenster ein Gitter. In der Tür ein Fenster. Dahinter ein Licht. Manchmal der Schwesternkopf. Niemand sprach mit ihr.

Dann die schreckliche Prozedur der Rückenmarkflüssigkeitsentnahme. Eine Spritze in den Rücken, zu viert hielten sie die schreiende Elke fest.

Als die Schmerzen langsam verschwanden, kam die Langeweile. Strikte Bettruhe. Nur Weiß. Das Denken konnten sie ihr nicht verbieten. So wie das Schreien und das Weinen.

Sie hatte jetzt verstanden, dass sie eine Überlebende und dass sie stark war. Stärker als die anderen. Und noch dazu hatte sie Glück gehabt. Ihre Gesichtslähmung war zurückgegangen. Ihre Arme und Beine waren nicht gelähmt. Sie war kein Krüppel. Vielleicht würde die Mutter sie (doch) wiederhaben wollen. Falls sie nicht vor Kummer gestorben war. So oft hatte sie gesagt, dass sie eines Tages aus Kummer um Elke sterben würde.

Einmal standen sie am Fenster. Ilse und Fritz. Rausgeputzt und übertrieben fröhlich. Winkend, was das Zeug hielt. Da fing Elke sofort wieder an zu heulen, weil ihr Herz riss, und die fröhlichen Gesichter versschwanden so plötzlich, wie sie aufgetaucht waren.

Natürlich war die wochenlange Isolation ein traumatisches Erlebnis und Grundlage der Bindungsstörung meiner Mutter.

Ebenso wie das Aufwachsen in Armut, die vielen Schläge, die Unberechenbarkeit ihrer psychisch kranken Mutter. (»Was heißt hier psychisch krank? Den Luxus psychischer Krankheiten leisteten wir uns nicht.«)

Elke entwickelte in der Folge eine überdurchschnittliche Leistungsbereitschaft. Weil sie glaubte, Leistung erbringen zu müssen, um etwas wert zu sein, um gesehen zu werden, um geliebt zu werden. Um ihre Einsamkeit zu übertönen, um der existenziellen frühkindlichen Erfahrung etwas entgegenzusetzen: verstoßen und abgelehnt worden zu sein. Sie kämpfte mit Leistungen gegen das ewig drohende Gefühl an: niemals in ihrem Leben in eine Beziehung vertrauen zu können, nie Liebe um ihrer selbst willen erwarten zu können.

Elke lachte mich für meine Thesen aus: »Weil es mir Spaß machte, weil es sich gut anfühlte und weil ich es so wollte.«

Warum verachtete sie alle Ärzte? Warum weigert sie sich bis fast zum Schluss, zum Arzt zu gehen? Ich sage: aus Angst. Sie sagte: »Weil es eine Bande von Halsabschneidern ist.« (Aber in die Familie Estor einheiraten ...)

Je älter sie wurde, desto offener attackierte ich sie für ihre gepanzerten Erzählungen. Mal emotional und einfühlsam, was immer sofort ihren Spott und ihre Abwehr provozierte. Mal aggressiv, woraufhin sie manchmal für einen ganz kurzen Moment sehr weich wurde. Aus Mitleid mit mir, wie ich irgendwann verstand.

Mehrfach machte sie mir klar, dass mich ihre Psyche nichts angehe und dass sie auch nicht gewillt sei, darüber zu sprechen. Dann gab es plötzlich wieder sehr zarte Situationen und eine große Offenheit, über die Kindheit ihrer Eltern und das Leben ihrer Großeltern zu sprechen. (Ihre Gefühle bezüglich ihres eigenen Wesens und ihrer Herkunft waren stets ambivalent.)

Sie war sehr stolz darauf, nach ihrer Polio-Erkrankung ihr ganzes Leben lang gesund geblieben zu sein. (Bis hin zu ihrem festen Stuhlgang, mit dem sie gelegentlich prahlte.) Ihre orthorektische Diät hielt sie für die Grundlage ihrer blendenden Verfassung und diese, das stellte sie immer wieder klar, für ihre ureigene Leistung. (Ergo waren alle Kranken selbst schuld, da sie Schweinefraß aßen, zu wenig tranken und sich nicht ausreichend bewegten.) Ihr Bewegungspensum war zwischenzeitig hypomanisch. (Sie spielte dreimal die Woche je drei Stunden Squash und trainierte für den Ironman auf Hawaii.)

Die Kontrolle über sich aufgeben zu müssen, ihre Selbstbestimmtheit zu verlieren, auf Hilfe oder gar Pflege anderer angewiesen zu sein, war für sie eine schreckliche Vorstellung. Ich hatte keinen Zweifel, dass sie sich in so einem Fall das Leben nehmen würde.

Sie schmiss mich raus, als ich ihr zum ersten Mal von einer Krankheit namens Post-Polio-Syndrom erzählte. Ich hatte bemerkt, dass sie Schmerzen litt. Ihre Versuche, die Gebrechlichkeit zu ignorieren, ein höheres Bewegungspensum anzusetzen und mit aller Härte durchzuziehen, scheiterten. Immer hatte sie Schwäche mit Leistung bekämpft und immer hatte sie über ihren Körper triumphiert.

Sie akzeptierte es am Ende. Dass sie ihren Körper schonen musste. Dass sie Ruhephasen brauchte. Und endlich sogar den motorisierten roten Flitzer. Und sie bedankte sich bei mir für meine Fürsorge. (Ha!)

Sie starb schließlich einen Tod, den ich ihr nicht zugetraut hätte.

Es war eine ungemütliche, extrem schmerzhafte Zeit und wir ahnten beide nicht, worauf wir uns miteinander einließen. Ich hatte ihr versprochen zu bleiben, egal was passieren würde, damit sie nicht alleine sterben musste.

Hin und wieder schlugen ihre inneren Höllenhunde Alarm und dann schrie sie mich an, ich solle abhauen und mich um meinen eigenen Scheiß kümmern. Es gehe ihr bestens, sie sterbe nicht. »Was mischst du dich in mein Leben ein. Willst du mich umbringen? Lass mich in Ruhe!«. (Als Kind war ich vor ihrer Wut erstarrt und erst jetzt erinnerte ich mich wieder, wie oft sie damals rumgebrüllt hatte und wie laut.)

»DU STIRBST NICHT? UND FRAGST MICH, OB ICH DICH UMBRINGEN WILL??? Jetzt hörst du mir mal zu, Elke: Dass du alles abspaltest, was dir nicht in dein gepanzertes und unverwundbares Selbstbild passt, wie Schwäche, Angst und Schmerz – du glaubst, das geht mich einen Scheiß an? Alles, was du abspaltest, das bleibt an mir hängen! Du bist nicht so beziehungslos in dieser Welt, wie du denkst oder wie du es dir vielleicht ja sogar wünschst. Ich hänge an dir dran! Ich leide unter dir und deiner Störung! Wir sind beide gefangen in deinem Eisenofen! Und auch wenn du es versuchst: MICH KANNST DU NICHT ABSPALTEN! NIE! Ich spüre deine Angst und deinen Schmerz und deine Einsamkeit! Zur Not werde ich dich zwingen, Therapie zu machen!«

Während ich vor ihr stand und sie anbrüllte, der Zorn fühlte sich so gut an und ich mich so stark, da merkte ich, wie feige es von mir war, jetzt mit ihr abzurechnen. Sie war todkrank und wog noch fünfunddreißig Kilo. Die Wimpern waren ihr von der Chemo ausgefallen. (Ja, sie ließ sich mir zuliebe tatsächlich behandeln. Unglaublich, aber wahr.) Erst jetzt konnte ich es sehen. Sie war schrecklich schwach und ich rächte mich lustvoll an ihr. Und sagte ihr, was ich mich nie getraut hatte zu sagen.

Und wie in einem Hollywoodfilm setzten dann die Geigen ein und wir begannen beide zu weinen und sprachen uns aus. (Nicht.)

Ihr Mundwinkel zuckte, aber das war die alte Lähmung. Alles und nichts hatte sich gelöst.

Wir fuhren dann nach Feuerland. Sie wollte wandern. Ich hielt ihr keine Vorträge über die Unvernunft. Immer hatte ich ihren Glauben an die Vernunft kritisiert. Jetzt wollte ich ihr damit kommen? Wie einem kleinen Kind. Ich hielt es für wahrscheinlich, dass sie in eine Felsspalte springen würde. Ich hätte mein Erspartes darauf gesetzt, dass sie vor dem Sterben eine Abkürzung nehmen würde.

Sie ist dann ganz entspannt gestorben, ohne sedierende Medikamente. (Meine Mutter ist eine Schneider und kennt keinen Schmerz.)

22

Klaus fing dann doch noch ein bisschen an, sich zu erinnern. An seine Zeit mit Elke in der KPM. Mich erwischte er einigermaßen kalt damit. Ich saß auf seiner hässlichen Couch und trank seinen ungenießbaren Yogi-Tee, da holte er plötzlich eine Kiste raus: Darin ein paar vergilbte Exemplare des KPM-Parteiorgans, diverse bedruckte Zettel, Maschinenschrift auf Papier, sowie zwei, drei Fotos von ihm selbst mit blauer Schiebermütze und einer abgerissenen Gitarre in der Hand.

»Wir wollten die Fabrikarbeiter befreien von ihrem stumpfen Dasein, aber die fanden uns nur überheblich. Wie wir morgens um fünf am Fabriktor das Parteiorgan der KPM verteilten.«

Mit gelbem Textmarker hatte er die Artikel für mich markiert, die sich um Elkes Prozess und ihren Gefängnisaufenthalt drehten. Die kannte ich alle schon aus der Archiv-Datenbank im Netz. Aber auch ein handschriftlicher Brief von ihr war dabei. Ich registrierte es sofort, wollte aber nicht gleich gierig danach greifen.

»Ich hab es natürlich nie zum Kader gebracht. Ich war ein schlichter Sympathisant und galt als unzuverlässig. Als Telefonist bei Neckermann hab ich es keine zwei Wochen ausgehalten. Elke war der leuchtende Stern. Sie hat ständig neue

Leute für die Partei rekrutiert. Deshalb haben sie sie auch so lange machen lassen. Frauen waren ansonsten in der Partei eher fürs Tippen und Kaffeekochen da. Ich bin am Rande von Demonstrationen hin und wieder als Ernst-Busch-Imitator aufgetreten. Das hat mir Spaß gemacht. Aber das war natürlich Linksopportunismus. Ich musste eine Selbstkritik machen und ließ es dann sein.«

Mao sehe er heute natürlich kritisch. Von Enver Hoxha ganz zu schweigen. Wenn er an das Tiananmen-Massaker auf dem Roten Platz denke, könnte er sofort anfangen zu heulen. Welche seelischen Wunden die Kulturrevolution unter Maos Banner gerissen hatte.

»Wir waren Proletarier.« Klaus lachte.

»Und worüber GENAU lachst du da jetzt?«

»Ach, Kissi, sei doch nicht immer so hart mit mir.«

Er stand auf und ließ mich kurz alleine. (Ich befürchtete, er würde sich im Bad einschließen, um über meine Kränkung zu weinen.)

Preungesheim, den 8. 8. 1975
Liebe Genossen!
Als Anlage erhaltet ihr den versprochenen Brief an die albanischen Jugendlichen, um den die September-Reisegruppe gebeten hatte. Ich würde auch gerne ein kleines Geschenk mitschicken, da ich aber kaum etwas Brauchbares habe und mir keine gelungene Bleistiftzeichnung zutraue, lege ich nur einen kleinen Scherenschnitt aus der VR China bei, der mir bislang als Lesezeichen diente.

Meine Situation hat sich inzwischen nur unwesentlich verändert. Sämtliche politische Zeitungen wurden mir verboten und ich habe dagegen beim hessischen Justizminister Einspruch eingelegt. Ein Brief, in dem mir mein Mann aktuelle politische Vorgänge berichten wollte, wurde offensichtlich beschlagnahmt. Ich erhielt aber eine Genehmigung für eine Schreibmaschine und werde euch demnächst nicht mehr mit meiner miesen Handschrift belästigen müssen. Sämtliche Exemplare von Chinese Literature *und einige Mao- und Envertexte habe ich ebenfalls erhalten und zurzeit widme ich mich fast den ganzen Tag der Übersetzung der chinesischen Kurzgeschichten. Nebenbei mache ich in Französisch ganz gute Fortschritte. Ich sehe das unter den gegebenen Umständen als meine bescheidene Vorbereitung dazu an, an der Stärkung der Einheit und Solidarität der europäischen Völker besser mitwirken zu können. Seit ich mir das richtig klargemacht habe, lernt es sich noch mal schnell! Bezüglich der beantragten Verlegung habe ich noch nichts gehört. Ein besonderer Kunstgriff der Klassenjustiz besteht darin, mich in ein Gefängnis zu stecken, in dem fast nur notorisch rückfällige Kriminelle untergebracht sind, die durch und durch von der bürgerlichen Gesellschaft und ihren Idealen korrumpiert sind. Ich finde die Worte Magnus Brandts, die er auf der Gründungsveranstaltung der Roten Hilfe Deutschlands zu diesem Thema gesagt hat, vollauf bestätigt. Unter den genannten äußeren Bedingungen muss man nach Kräften die gefährliche Theorie bekämpfen, man könne gewissermaßen »politisch überwintern«, den Kampf aufgeben, ihm aus dem Wege gehen und nach 18 Monaten mit einer blitzsauberen, vielleicht noch weiter geschulten kommunistischen Einstellung das Gefängnis verlassen. Das ist absolut unmöglich! Im Volksmund sagt man: »Wer rastet, der rostet« und das trifft auch auf uns politische Gefan-*

gene hundertprozentig zu. Das heißt, der Kampf muss fortgesetzt werden.
Konkret heißt das für mich, dass ich mich nicht in die geisttötende Knastarbeit einspannen lassen will, die kaum Kontakt mit den bereits grob charakterisierten Mitgefangenen ermöglicht. Ich habe mir stattdessen einen streng geregelten Tagesplan aufgestellt, den ich eisern einhalten will und muss, um nicht zu verfaulen. Er beginnt um 5.30 Uhr mit dem Aufstehen und lockerer Frühgymnastik. Nach dem Frühstück um 6.00 Uhr, fange ich an, Französisch zu lernen. Ab etwa 8.30 Uhr setze ich mich für zweieinhalb Stunden an die Theorien über den Mehrwert, die ich aus der Gefängnis-Bücherei ausleihen konnte. Da raucht der Kopf. 11.00 Uhr Mittagessen. Anschließend trinke ich eine Tasse Kaffee, um die aufsteigende Mittagsmüdigkeit zu bannen. Dann geht es bis [unleserlich]. Den Abschluss des Arbeitstages bilden zwei Stunden Klassikerlektüre, darin sah die Anstaltsleitung keine Gefährdung der Sicherheit und Ordnung …
Ich fühle mich in jeder Beziehung auf dem Damm und das soll auch so bleiben. Aus Frankfurt bekam ich eine Resolution des RH-Stammtisches und eine Grußbotschaft unserer italienischen Bruderpartei geschickt. So viel für heute – bis demnächst. Vorwärts mit der KPM!
Mit Rotem-Hilfe-Gruß,
Elke

Klaus stand in der Tür und hielt eine Gitarre in der Hand, die ich nicht kannte. Eine blaue Schiebermütze saß auf seinen weichen Haaren.

»Die Wahrheit ist, dass die Genossen Elke im Knast total alleingelassen haben. Außer mir hat sie keiner mal besucht.

Und nach ihrer Entlassung wurde sie ziemlich bald aus der Partei ausgeschlossen. Es gab eine regelrechte Anklage und Elkes Selbstkritik bewerteten die obersten Genossen als Beweis ihres Rechtsopportunismus.«

»Die Genossen hatten ein Problem damit, dass sie eine Frau war. Dass sie rhetorisch so gut war und mehr Köpfchen hatte als alle Macker zusammen. Sie fuhren eine echt beschissene Kampagne gegen sie. Angeblich war sie eine Agentin des Klassenfeindes. Weil sie im Betrieb zu schnell aufstieg. Dass sie eine Familie zu ernähren hatte, interessierte keinen. Dass sie gute Arbeit machte.«

Er fing an, die Gitarre zu stimmen, und baute sich schließlich vor mir auf, um mir ein Ständchen zu spielen.

Denn Krupp ist Monopolherr
Und Krause ist Prolet
Das ist der Klassengegensatz
Den jedermann versteht.

Er tänzelte recht anmutig durch den Raum. Sein Hüftleiden löste sich für einen zauberhaften Moment in Vergessenheit auf.

»Klaus Adebesi und ich, wir waren die Bibbernden Barden. Aber das war noch zu Schulzeiten, bevor ich Elke über den Weg gelaufen bin. Vielleicht sollte ich den mal wieder anrufen.«

Plötzlich überfiel ihn ein Hustenanfall, der sich durch nichts beruhigen ließ. Ein Reißnagel schien ihm im Hals zu stecken und er zog sich ins Bad zurück, um ihn herauszuwürgen.

ELKE SCHNEIDER IM GEFÄNGNIS –
KLAUS SCHNEIDER DROHT ENTLASSUNG

Mitte Oktober erhielt Klaus Schneider, Referendar an einer Schule für lernbehinderte Kinder in Friedberg, einen Brief des Darmstädter Regierungspräsidenten, in dem ihm mitgeteilt wurde, dass das Kulturministerium nicht beabsichtige, ihn nach bestandener zweiter Prüfung als Lehrer einzustellen.
Klaus schrieb daraufhin einen offenen Brief an die Eltern, Schüler und Kollegen seiner Schule. Er erklärt in diesem Brief, warum er Kommunist geworden ist, und zeigt am Beispiel seiner Familie, wie »frei« man heutzutage als Kommunist in dieser angeblichen Demokratie ist.
Klaus' Frau, Elke Schneider, wurde 1972 bei der Demonstration zum Roten Antikriegstag verhaftet und 5 Wochen in U-Haft gehalten. Nacheinander wurde sie dann an zwei Arbeitsstellen entlassen. Im Prozess wurde sie zu 18 Monaten Gefängnis ohne Bewährung verurteilt. Sie fand wieder eine Anstellung bei den Farbwerken Hoechst. Als man dort aber erfuhr, dass sie Mitglied der KPM ist und eine Gefängnisstrafe zu erwarten hat, wurde sie sofort fristlos entlassen.
Klaus schreibt in seinem Brief: »Am 15. Juli 1975 wurde meine Frau abends von zwei Polizisten abgeholt. Ich hatte gerade eine Besorgung zu erledigen. Als ich nach Hause kam, stand meine Nachbarin aufgeregt vor der Haustür. Die Polizisten hatten ihr zwar Bescheid gesagt, meine Frau konnte ihr aber nicht mehr

den Schlüssel geben. Und so lag unser drei Monate altes Baby hilflos in der Wohnung, ganz allein. Seitdem sitzt meine Frau im Gefängnis als politische Gefangene ... Ich bin sicher, wenn Sie dies gelesen haben, so wundert es Sie nicht, dass der Regierungspräsident mir nicht einen Brief geschickt hat, in dem vielleicht das Folgende gestanden hätte: ›Lieber Herr Schneider, Sie sind ja jetzt wirklich in einer schwierigen Situation. Ihre Frau sitzt im Gefängnis und Sie müssen jetzt ein Kind von einem halben Jahr großziehen, außerdem müssen Sie gerade Ihre zweite Staatsprüfung ablegen. Sie können als sozialer Härtefall die Gewissheit haben, dass wir Sie weiterhin als Lehrer beschäftigen.‹ Stattdessen erhielt ich die Ankündigung meiner Entlassung; ich soll nicht mehr unterrichten dürfen, weil ich Kommunist bin.«

Klaus nahm diesen offenen Brief mit in die Schule. Zwei seiner Kolleginnen haben ihn mit in ihre Klassen genommen und dort an ihre Schüler verteilt. Klaus selbst besprach den Brief mit seinen Schülern. Bereits nach der ersten Stunde kam der Rektor, erklärte, er sei beim Schulrat gewesen und der habe verboten, dass dieser Brief verteilt würde, weil es wahrscheinlich eine politische Propagandaschrift sei.

Als Klaus den Schülern in der zweiten Stunde den Brief gab und erzählte, dass es verboten sei, fingen die Schüler sofort an, ihn zu verstecken. Im Hemd, im Schuh oder im Atlas. Als der Rektor in die Klasse kam und sie aufforderte, den Brief einzusammeln, war die einhellige Antwort der Schüler: »Was'n für'n Brief? Wir haben doch keinen Brief.« Genauso einhellig waren sie der Ansicht: »Wenn der Schneider gehen muss, gehen wir auch.«

Der Rektor machte sich dann selbst daran, in den Klassen die Briefe wieder einzutreiben. Verschiedene Lehrer hetzten, dass es richtig wäre, wenn Klaus sofort aus der Schule flöge und dass auch seine Frau völlig zu Recht im Gefängnis sitze. Trotzdem gaben einige Schüler die Briefe nicht heraus.

Klaus schreibt uns: »Ich habe jetzt vor, weiter mit den Schülern über meine Entlassung zu diskutieren. Den Eltern werde ich die Briefe mit der Post schicken bzw., wenn möglich, selbst hinbringen.

Man darf natürlich die Bourgeoisie nicht unterschätzen. Die sind durch mein offensives Vorgehen ganz schön ins Flattern geraten. Möglicherweise werden sie mich noch vor meiner 2. Prüfung suspendieren. Dann müsste der Kampf mit der Zielrichtung weitergeführt werden, dass ich zum einen meine Prüfung machen kann und zum anderen, dass ich im Schuldienst bleibe.«

23

An den Kindern zeigen sich die Störungen der Eltern. Die Kinder reagieren emotional inadäquat (unterdrückte Wut; Unfähigkeit, Schwäche auszudrücken, um Hilfe zu bitten; starker Wut-Affekt überdeckt Gefühle von Hilflosigkeit, Trauer, Einsamkeit, Angst) und die Eltern werden daraufhin zum Entwicklungsgespräch in den Kindergarten gebeten.

Man doktert individuell an den Kindern herum, dreht ein paar Schräubchen fest und lockert andere. Doch sie wollen einfach nicht funzen.

Mehr und mehr kommt das ganze Familiensystem in den Blick und es wird deutlich, dass etwas faul ist im Staate Parathym.

Die Eltern sehen sich mit dem Vorwurf konfrontiert, einen unangemessenen Umgang mit Gefühlen vorzuleben. Wie kommt's? Wie geht's wieder weg? Sind wir in Wirklichkeit aus Holz, wo wir uns doch für echte Menschen hielten?

Das Misstrauen gegenüber dem eigenen Sein und dem Selbst – sofern diese den Namen verdienen – wächst sich aus zu einer Wand, die jeden Ausblick versperrt.

Die zeitgenössisch angesehene Selbstoptimierung und Effizienzeinstellung verführen uns zu dem Glauben, wir hätten uns und unser Sein in der Hand, erzögen unsere Kinder wirkungsvoll und formten sie nach uns bewussten Mustern. In den meisten Fällen agieren wir schlicht das Erbe unserer Ahnen aus, unbewusst und unreflektiert, und überschätzen unsere Wirkungsmacht um ein 77-faches.

Das Kind schlägt den Stuhl, weil er ihm im Weg stand.

Die Eltern schimpfen das Kind, weil es ihre Schatten zum Tanzen bringt.

Die psychosomatisch Erkrankten verfluchen ihre Symptome als Ursachen ihres Unglücks.

Iris, Aki und ich leiden unter Symptomen, die wir uns nicht erklären können. (Im Grunde sind wir ein Körper.) In Kaufhäusern werden wir nervös. Lärm in geschlossenen Räumen, diffuse Geräuschkulissen, Kinderschreie lösen akuten Stress aus. Klaus hingegen lassen solche Situationen kalt (sehr kalt, zugegebenermaßen, vielleicht ist das auch nicht normal), während Elke auf dieselben Reize noch stärker reagierte. Sie wurde unruhig und aggressiv, wollte sofort weg und sich bewegen. Über das Verhalten der Kinder sind wir auf die Spur gekommen, dass es sich um die unbemerkte Weitergabe eines alten Traumas halten muss. Unsere Cortisol-Analyse ist eindeutig. Wir werden von alten, fremden Triggern attackiert. Unsere Körper verwalten unbewusst die Gefühlserbschaft unserer Mutter, unserer Oma.

Meine Geschichte ist nicht meine Geschichte.

Sehnsucht danach, dass die multiplen Traumen anerkannt werden, um die diversen Schonhaltungen ablegen zu können, die ursprünglich zum Schutz eingenommen wurden, die aber selbst schädigend sind.

Ich habe die Relativitätstheorie nie durchdrungen. Dass Zeit relativ ist, keine objektive Größe ist. Dass Zeit nicht immer und überall gleich wirkt und vergeht. Dass aber die vergangene Vergangenheit fortwirkt, verstehe ich gut. Spüre ich.

Die Schreckhaftigkeit, das Gefühl, verfolgt zu werden, jemanden im Nacken zu haben, aufgelauert zu bekommen.

Die Tage vor Ostern 1945, wie Oma Ilse sie erlebte, leben in mir bis heute fort. Lebten. Denn nun, wo ich von ihnen weiß, hören sie auf, in mir blind zu schreien. (Doch die Trauma-Arbeit ist nie abgeschlossen.)

Die Beziehungen sind gestört. Ja. Aber was heißt das? In unserem Fall heißt es, dass wir jede Verbindung kappen, kaputtmachen. Wir schieben etwas zwischen uns und den oder die anderen. Dieses etwas ist die Kritik am anderen. Wir analysieren den anderen auf seine Schwächen, Makel, Unstimmigkeiten hin und schieben ihn so von uns weg. Gleichzeitig bringen wir uns damit unter Spannung, als Mensch, in dieser Welt, und überhaupt, gut sein zu müssen. Da wir die anderen krampfhaft bewerten, befürchten wir, andere könnten uns auch be- und verurteilen. Wir verstehen Kontakt als Leistungsprüfung. Andere machen uns Angst. Wir empfinden Beziehungen als Stress.

Getriebenes Sprechen, um Gefühle abzuwehren (negative), und kraft des Willens Stimmung zu produzieren (positive).

Opfer, die lieber selbst Täter sein wollen, als Opfer genannt zu werden. Opfer, die alle Verletzungen leugnen, die in Drachenblut baden, die in Stahl baden, die sich auf ihre Leistungsfähigkeit verlegen, eine spezielle Art der Dissoziation. Die ihre Schmerzen in andere legen, die andere Menschen ihre Gefühle austragen lassen, außer der Wut, die sie zusammenhält. Opfer, die aufgehört haben, Opfer zu sein: Sie verachten Schwäche, sie verachten den Stillstand.

Immer hielt ich Oma Ilse für eine potenzielle Täterin. Immer hielt ich Opa Oskar für ein Opfer.

Gabriele Rosenthal schreibt: »In Familien von Überlebenden konzentrieren sich Mythen auf die Themen ›Stärke‹ und ›Widerstand‹, während in Familien von Tätern die Opferrolle der Familienangehörigen strapaziert wird.«

Mütterlicherseits komme ich aus dem Feuer. Einem Zustand chronischer Erregung. Brennende Wunde. (Das Trauma drückt sich schon im Mutterleib auf den nachkommenden Körper ab.)

Väterlicherseits komme ich aus dem Meer. Einem Gewässer, das Depression heißt. Der depressive Blick vermag den Angesehenen zum Opfer zu machen. Das Kind etwa wird traditionell opferisiert. Um die unzureichende Bindung zu ihm aufzubauen und eine – wenn auch krankhafte – Nähe herzustellen. So reicht man das Meer von Generation zu Generation weiter, das einen von innen überschwemmt und jedes Gefühl mitreißt.

24

Ich weiß nicht, wie Ilse damals reagiert hat. Ich weiß nicht, was Elke empfand. Ich weiß nicht, wie sie ins Krankenhaus, wie sie zur Diagnose kam. Ich weiß nicht, was sie dachte, wie sie behandelt wurde. Ich weiß nicht, wie das Zimmer aussah, wie der Besuch vor sich ging, ich weiß nicht, wie die Therapie ablief, ich weiß nicht, wie die Ärzte und Schwestern mit ihr sprachen. Ich weiß nicht, wie sich eine Traumatisierung bei einem 4-jährigen Kind äußert und wann sie sich zeigt.

Ich weiß nicht, wie es sich für Elke angefühlt hat, die Tochter Ilses zu sein. Ich weiß nicht, ob sie ein stilles oder unruhiges Kind war. Ich weiß nicht, welche Gefühle sie begleiteten, als sie in der Schule Erfolge feierte. Ich weiß nicht, wie sie sich Ilse gegenüber verhielt, als sie zu Hause auszog. Ich weiß nicht, worüber sie am Kaffeetisch stritten, wie das ablief, wenn sie im Streit auseinandergingen. Ich weiß nicht, für welche Handlungen Elke als Kind bestraft wurde, wie die Schläge ausgeführt wurden, was sich der Strafe anschloss.

Ich weiß, dass Elke eine Bluna spendiert bekam, als die Deutschen 1954 im Fußball-Weltmeisterschaftsfinale standen. Von ihrem Vater Fritz. Dass dies eine krasse Ausnahme war. Ich weiß, dass ihr Opa ihr ein Fahrrad versprochen hatte, doch dann starb er vorher und Elke empfand das als typische Gemeinheit gegen sie, wie sie sie so oft erlebte. Ich weiß, dass sie viele Wochen bei ihren Großeltern Schneider in Wernigerode verbrachte. Dass ihr Opa Lukas Hübsch als Handlanger arbeitete, nachdem sie aus Schroff vertrieben worden waren und ihren Aussiedlerhof hatten zurücklassen müssen. Dass er einmal blutüberströmt heimkam, weil er sich mit einem Beil in die Hand gehakt hatte. Ich weiß, dass ihre Oma Maria Schneider schweigsam war. Ich weiß, dass ihr Vater Fritz ein uneheliches Kind war. Ich gehe davon aus, dass er von seinem Stiefvater hin und wieder »Bastard« genannt wurde. Aber ich weiß es nicht. Das ist die Wahrheit.

Die Wahrheit ist auch: Elke ist nicht tot. Sie ist nicht gestorben. Sie ist kerngesund und gepanzert wie eh und je. Nie habe ich sie konfrontiert. Nie habe ich sie in den Tod begleitet. Ich habe es mir bloß ausgedacht, um mich an ihr zu rächen. Um ihr den Kontaktabbruch heimzuzahlen. Muttermord als finaler, als mächtigster Kontaktabbruch. Jeden einzelnen Kontaktabbruch in all unseren Begegnungen wollte ich ihr damit heimzahlen. (Natürlich ist die fantastische Fantasie eine Lüge. Elke wird mich um Hunderte Jahre überleben. Es ist nicht unwahrscheinlich, dass sie wirklich unsterblich ist.)

Und wenn sie das hier liest, wird sich mich enterben.

25

Es ist Spätsommer. Elke und ich fahren zum ersten Mal in die alte Heimat ihres Vaters. Weizenfelder, Kiefernwälder, Seen. Schroff ist ein unscheinbares Dorf. Ärmlich und verlassen. Die Ruine des Aussiedlerhofs, auf dem Fritz einst unter der Knute seines kaum fünfzehn Jahre älteren Stiefvaters lebte, morbide und schön. Wir baden im See. Wir üben im Auto die Aussprache polnischer Wörter, damit uns niemand als Deutsche identifizieren kann. Wir kommen beim Spazieren vom Weg ab und verlaufen uns gnadenlos in unseren Sandalen. Hunde bellen uns an und zum ersten Mal hat Elke mehr Angst als ich. Wir überbieten uns in unserer Anspruchslosigkeit und mieten in der Kreisstadt das schäbigste Zweibettzimmer, das wir finden können. Das Klo ist auf dem Gang und ab vier Uhr morgens schlägt die Tür. Elke schnarcht und ich beobachte sie. Ich zähle ihre Falten.

Wir sitzen im Wohnzimmer einer uralten Dame. Sie ist hellwach und erinnert sich an alles. Elke sind meine Fragen unangenehm und nach dem zweiten Schnaps rammt sie mir den Ellbogen in die Seite. »Hör auf damit.« Ich lächle. Die uralte Frau macht keinen Hehl aus der Geschichte, sie will reden und erzählen. Elke will nicht hören und nicht wissen. (Aber sie war es doch, die damals laut Antifaschismus schrie, nicht ich.) Mir geht's bloß um die Wahrheit. Ich will das hören. Dass alle Nationalsozialisten waren hier in der Gegend. Katholisch hin oder her. Keine Deckgeschichten mehr. Hier war kein Widerstand. Streng katholisch *und* nationalsozialistisch. Von wegen neben der Arbeit auf dem Hof blieb keine Zeit für die HJ. Aber Elkes Blick und ihre Unruhe verunsichern mich. Manipuliere ich wieder? Lasse ich die Alte ins Messer rennen? Muss ich unterbinden, dass sie sich schuldig macht? Bin ich suggestiv? Schneide ich meiner Mutter ins Fleisch? Bin ich böse, weil ich ihr Schmerzen zufüge? Kann sie denn die Wahrheit nicht verkraften? Muss ich als gute Tochter ihre Lebenslügen decken? Ist es nicht meine Pflicht, sie zu zwingen?

Wir wollen die Ausstellung der Landesheilanstalt in Meseritz-Obrawalde besuchen. Ab 1939 wurden hier systematisch Menschen umgebracht, erst psychisch Kranke, dann auch politische Gegner. Kiefern, kleine Kopfsteinpflastersträßchen, ein wunderschöner Backsteinhauskomplex aus den frühen Zwanzigerjahren, ursprünglich erbaut als vorbildliche Anstalt der Reformpsychiatrie. Mit Schwimmbad, Tennisanlagen. Aber wir finden die Ausstellung nicht. Ich artikuliere meine Fragen an die Krankenschwestern (es befindet sich heute wieder eine Psychiatrie auf dem Gelände) nun sehr deutlich auf Deutsch (Elke nimmt es gelassen). Aus einer Halle dringen Schreie, ein Pfleger setzt ein Kätzchen unsanft vor die Tür.

Meine Mutter nimmt mich an der Hand und will mich trösten. Bin ich denn traurig? Im Verwaltungsgebäude probiere ich es erneut. Eine Ausstellung? Sehr freundliche, verbindliche Gesichter bedeuten mir Mal um Mal, kurz zu warten. Jemand wird herbeigeholt, hört sich das Problem lächelnd auf Englisch an, lässt sich das Problem stirnrunzelnd auf

Polnisch wiederholen. Irgendwann kommt ein Bauarbeiter mit einem Schlüssel. Wir werden durch das Gebäude geführt. Vorbei an einem riesigen Saal, altrosa Seidentapete, zweihundert Stühle, hellblau gepolstert, eine Bühne, geraffte Vorhänge rechts und links. Dann ein unscheinbares Zimmer. Darin die Ausstellung. Seit fünf Jahren war niemand hier drin. Die derzeitige Chefin wusste bis heute nicht, was sich in diesem Raum befindet.

Dieser Gedenkort wurde vor circa vierzig Jahren konzipiert, schätze ich. Brachial im Stil. Bilder der verscharrten Leichen. Explizite Verurteilung des Faschismus. Wenig subtile Betonung der Überlegenheit des sozialistischen Systems.

Ich lese jede Tafel, betrachte jedes Foto. Versuche, den schwarzen Mikrofiche-Film mit der Aussage der leitenden Oberschwester kurz vor ihrer Exekution zu entziffern. Ich fotografiere wie immer alles ab. Elke trägt währenddessen Texte aus einem Begleitkatalog laut vor, als gäbe sie einen bunten Abend im Foyer des Burgtheaters.

Wir laufen zurück in die Stadt, immer der Straße nach. Elke singt Lieder, die sie als Kind im Radio gehört hat und nicht vergessen kann. Ich sage nichts. Wir essen Rinderbraten mit Kartoffeln und Mischgemüse. Wir spielen Riesen-Schach im Park. Sie lässt mich nicht gewinnen, aber es stört mich nicht.

Betrunken wird sie dumm. Baggert den jungen Kellner an. Wird distanzlos aber auch sentimental und reumütig und ganz ehrlich.

Dann, unerwartet, auf eine mutige Frage von mir:
»Weißt du, Karolina. Ich fürchte –
Ich habe all diese Gefühle nie zugelassen.«

S. 27
aus: Margarete Mitscherlich, *Eine Liebe zu sich selbst, die glücklich macht*, Frankfurt/M. 2014, S. 158 f.

S. 164
aus: Theodor Adorno, *Minima Moralia. Reflexionen aus dem beschädigten Leben, Gesammelte Schriften*, Bd. 4, Frankfurt/M. 1997, S. 116.

S. 211 f.
aus: Johanna Haarer, *Die deutsche Mutter und ihr erstes Kind*, München, Berlin 1941, S. 173 f., S. 271.

S. 237
aus: Gabriele Rosenthal, *Der Holocaust im Leben von drei Generationen. Familien von Überlebenden der Shoah und von Nazi-Tätern*, Gießen 1999, S. 25.

Erste Auflage Berlin 2023

Großbeerenstr. 57 A | 10965 Berlin
info@matthes-seitz-berlin.de

Umschlaggestaltung: Marion Wörle, Berlin
Satz und Herstellung: Hermann Zanier, Berlin
Druck und Bindung: Pustet, Regensburg

ISBN 978-3-7518-0909-2

www.matthes-seitz-berlin.de